U0068183

馬華現代主義文學的傳播
1959——1989

謝川成 著

｜推薦序一｜

文學傳播的原始點：毋忘初心

謝川成的博士論文，研究從1959年以迄1989年的馬華現代文學發展，他讓讀者看到了50年代到80年代的《蕉風》月刊的內容，詩散文小說在不同年代的蛻變。川成也以個案研究的方式論述三個「文人」：白垚、陳瑞獻、溫任平，還有天狼星詩社這個團體對現代主義的影響。身為當事人，重讀這部（稍稍簡化了的博論），不無感慨。我想一切都得從「文學傳播的原始點」談起。

這兒的原始點與經絡學無關，而是事情「從何而來」、「由何出現」的溯源。

一

1966年到1970年那段日子，通過借閱，我把我當時能掌握的文學知識傳播給瑞安、宗舜、周清嘯、藍啟元等「美羅七君子」。瑞安與我同住美羅舊居，比其他同學自然多了不少優勢。1972年之後，瑞安的閱讀書單與我的開始有些不同，18歲的他開始讀美學家克羅齊的理論，而我那時讀了朱光潛的《談美》，順藤摸瓜便讀朱光潛比較深的《文藝心理學》。1972年我在彭亨直涼中學當副校長，學期放假，我會把在直涼埠買到的臺灣《純文學》月刊，載回美羅老家。瑞安在第一時間內向我拿書與月刊先睹為快。貧瘠匱乏至此，難怪瑞安會把天狼星詩社美羅分社定名為「綠洲」。

面對瑞安與他的同學，我後來想到用詩朗誦比賽、創作比賽……讓勝出者優先借得好書或收到我的贈書。文學資訊得來不易，我又限日期還書（3天、5天），這麼一搞，借書的人看書的態度反而更認真了。

那時我才二十多歲，根本不懂得傳播學是甚麼，對六度分隔理論毫無所知。我完全不知道自己正在「傳播」。所謂六度分隔法是兩個人：甲與乙並不認識，共處世界一方，他們要聯繫上，中間需要通過六個步驟或六個環節。你要認識歐巴馬，中間只需六個人的穿針引線；你打算找馬雲，透過六個人即可。這是1967年哈佛大學社會心理學系史坦利·米爾格拉姆（Stanley Milgram）的實驗所得，兩個人當中隔著六個人。通過信件、名片、電話的聯絡，甲與乙終於認識彼此。史坦利教授從六度分隔理論，進一步提出「小世界現象」（small world phenomenon）的假設。

六度分隔理論提出之後，三十多年來，一直受到社會學家、行為學家、心理學同行的挑戰。2001年，哥倫比亞大學社會學系的登肯·瓦茲（Duncan J. Watts）主持了一項最新的對「六度分隔理論」的驗證工程。166個國家的6萬名志願者參與這項心理測試，結果證明人與人的間隔確是五個到七個人，這理論廣為直銷與傳銷人員採納，間接證明人際關係，其實並沒有想像中的那麼疏離。

臉書FB留言盛行的今天，六度分隔理論才開始真正鬆動，2016年2月4日，FB的研究組提出了「三度半分隔理論」（Three and a half degrees of separation）。臉書從15.9億的臉書人口調查，把電子郵件也計算進去，歸納得到的結果是：各處一方的兩個人，通過3.57個人（或其他中介）便有機會彼此聯絡。

二

我對川成的影響始於1975年，那年我從彭亨州調職回來，在吡叻冷甲的Sek Men Dato Sagor教書。同年我在該校成立華文學會，擔任顧問老師，傳授現代文學知識。借書給學生看，這些書我認為有助於對現代文學的啟蒙。《葉珊散文集》；余光中的《蓮的聯想》、《逍遙遊》、《掌上雨》、《左手的繆思》；張曉風《在地毯的那一端》；王文興《龍天樓》；白先勇《游園驚夢》；《張愛玲短篇小說選》；葉維廉《現象・經驗・表現》；周夢蝶的《還魂草》，都是文星版，借出去的次數無法計算，回到我手上都破爛不堪。一些心思細膩、好心腸的女生，替我用玻璃粘紙駁接著，才不致散佚成斷簡殘篇。

《蓮的聯想》讓學生了解現代詩與古典詩詞的淵源，讀了《逍遙遊》、《掌上雨》、《左手的繆思》，有助於了解臺灣的現代文學曾面對過怎樣的誤解與攻擊。當時的余先生怎樣持之以理去澄清、駁斥。《還魂草》集現代詩技巧之大成，讀者無須是佛教徒，一樣可以欣賞夢蝶詩心獨秀，舉凡矛盾語言、動作意象、戲劇性的鋪陳、超現實手法，與文言的特色：對仗駢儷，均在其中。

白先勇脫胎換骨自《紅樓夢》的小說語言。葉珊（楊牧）的散文，文白交融，用典出入古今中外。張曉風柔中帶剛，創意不斷，有志於現代散文而不苦讀細品余葉二張，都屬虛妄。噢，差點漏掉的一張是張愛玲。張姑奶奶於文字能撒豆成兵，銜接了舊文言新白話，她的想像力豐富，對人生／生命／感情／時空的感受極其敏銳，讀她的散文小說適足於磨利自己的感性。葉維廉的

《現象・經驗・表現》，讓不喜歡論述文章的讀者，明白論述可以寫得那麼好讀、那麼有趣、而同時那麼有份量。

我在冷甲綜合中學，發掘到殷建波（殷乘風），通過他的聯絡，安順的張樹林、吡叻打巴的風客、金馬崙冷力的雷似痴，沙白安南的藍薇、飄雲、冬竹出現。殷建波甚至坐巴士從冷甲去金寶與川成，程可欣、林若隱、徐一翔……討論現代詩、現代散文。同一時間，或更早一些（我從彭亨返回吡叻）的前一兩年，瑞安與怡保的方娥真聯繫上，方娥真比較靦覥，前來美羅總要陳美芬陪伴，也與吉隆坡何棨良、陳明發（亦筆），亞羅士打的許友彬、洪錦坤，大山腳的陳俊鎮（戈荒）、徐若雲……等聯絡上，版圖一直在擴張。

我與樹林、川成是「二度分隔」，與娥真、美芬也是「二度分隔」；我與雷似痴風客、冬竹是「三度分隔」。至於樹林在安順三民中學搞華文學會後來成立了「綠流分社」，川成在金寶培元國中成立華文學會，後來還領導天狼星詩社「綠園分社」，那些華文學會成員與分社社員與我是三度、四度甚至五度的間隔……嗣後天狼星詩社在70年代「核子分裂」式的擴散，在西馬的十個城鎮成立人數不一、能量不同的十個分社，那大概真的去到「六度分隔」。

80年代天狼星詩社通過可欣、若隱、一翔、林添拱、張允秀、張嫦好……在馬大中文系／教育系唸書，她們以「馬大文友會」的名義繼續發揮文學的傳播功能，可欣、若隱都能譜寫詩曲，以文會友，歌詠唱和，磁吸到不少其他科系的同學參與。若隱在1993年榮獲《星洲日報》主辦的花蹤文學獎詩獎主獎，接下去金寶培元國中的小師弟游以飄也以詩縱橫花蹤詩壇，其他人各有所成，……我這麼講著講著，大家就明白文學與傳播學是怎樣地毯式的展開，神經元似的縮接。人才難得，往往得來又全不費功夫。川成的博論與我這篇序，不怎麼突出詩社這些年來一共拿了多少個個人獎、多少個團體獎，社員參加社團寫作比賽的成績如何如何，重點是在檢驗文學與傳播學的交互作用與關係。

三

李宗舜、藍啟元、張樹林、謝川成都曾經在物資缺乏的70年代初編過手抄本，情況好一些之後，才用手操作，用蠟紙像印考題那樣，印個50份、100份方便流通。每次用油墨刮蠟紙都不免造成磨損，印出來的刊物愈來愈多汙垢黑點。某次去安順與樹林見面，發覺他一直不把手放在桌下，才發現他和沈穿心、孤秋、朝浪不知甚麼時候都成了黑手黨。

天狼星詩社在1975年印過一套十二張的書籤，前面是殷建波或藍啟元的鋼筆畫或毛筆墨，每幀書籤後面都印上詩社社員的兩首詩。啟元與建波各自負責六張繪圖，一套十二張書籤總共有24首短詩或截句。我們把書籤寄給《蕉風》月刊的主編，《蕉風》竟然把書籤的圖案設計印在封面，使大伙既驚且喜。

一套書籤十二張才賣5角，書籤後面那兩首短詩，有心人偶爾讀到了，說不定會「腦洞大開」（這是網絡新詞），靈機一觸，也寫起詩來。我們只是平平凡凡的人，不知「緣起」從何而起，由何而來，但作為眾生，我們只能、也應該提供緣起的條件。

書籤的12首詩當中，中學預備班的學生、13歲的張健英的〈蹤跡〉五行迄今仍傳為美談。2017年我偶爾心血來潮把詩行貼在臉書上，發覺國內竟有8名女生受到這五句詩的影響而嘗試寫過詩：

第一次來到這裡
用最大最大的力
踏出一個深深的痕跡
未免消失
就是那麼深情

文字淺易，作者寫來隨意，整首詩率真輕盈，語氣誠摯，深刻動人。貼上這首1974年的舊作，健英也與我聯繫上。網絡、臉書已經攻破了人與另一人之間的六度分隔或六個藩籬。

手抄本、油印本、書籤一千套，所有這些做法都不符經濟定律，在網絡時代隨時可以留言寫詩貼稿的今天，只能用一個字去形容，就是「土」。手抄本500頁（內附設計），只有一厚冊，編輯抄寫耗時費力，讀者只有一個，我的意思是，只能一個接一個傳遞過去。手抄本後面附帶「閱讀後請簽名留念」，常識告訴我們，隨意簽署的多，認真翻讀的少，它的傳播功能與付出的心力與時間不成比例。但什麼叫傳播呢？多傳一個就多了一丁點力量。力量不就是這樣凝聚的嗎？聚沙成塔，集腋成裘，都已經是箴言式的成語了。

四

川成在1983年前去安順蘇丹亞都雅茲中學教書，他直接栽培出來的學生是陳輝漢、馬振福、李家興、黃家傑、陳明順。家興、振福、輝漢、家傑都能用吉他調頻譜寫詩曲，二十歲不到，才華已露。輝漢有領導能力，明順責任心強，這些都是團隊的assets。記得輝漢曾譜過我的詩：〈一場雪在我心中下著〉。川成與樹林在安順匯合，力量倍增，他們把能詩能文的陳鐘銘也帶進來了。80年代下半葉陳鐘銘角逐國內的大專文學獎的散文與詩，多次晉身三甲。他是新加坡第三屆「獅城扶輪文學獎」的詩獎得主。鐘銘去到拉曼學院唸書爭取成立華文學會，並與學院同學出版合集與選集，在文學的傳播扮演重要的角色。

1988年川成調職前去怡保近打師訓學院任教，他栽培出來的學生最出色的恐怕要算謝雙發。雙發在1988年出版了第一部詩集《江山改》，3年後他力攻花蹤文學獎詩獎，根據決審報告，他的作品僅以微差未能奪冠。後來他去了新加坡，通過詩人網絡，我與他又接頭了。2017年，我們約見於吉隆坡班登英達的祕方咖啡廳，他的弟弟謝雙順也在場，原來1989年天狼星詩社在金馬崙主辦「最後一次文學聚會」，雙發、雙順昆仲都有出席。如果不是因為天狼星詩社在熄火停工之後的25年重出江湖，我還想不起雙順是雙發的弟弟。多麼奇妙的人生際遇。

謝川成是博論的撰寫人，「自己提自己」最難下筆，也容易引起指導教授、校外教授的質詢，我在序文裡頭理應補上兩段，才合乎情理。川成是當年天狼星詩社的副祕書長，這些年在中學、師範學院、大學語言學系任教，他於文學傳播的力道，是自然而然發揮出去的，好像武俠小說習武者的內力激盪，他散播出去的力量有多大，當事人自己不一定知道。

還有川成與我的10年海外文學之旅。1997年12月我在留臺聯總主辦的「馬華文學的新解讀」研討會上提論文，並且在論文提呈之後，表示自己「從今天開始，我重回馬華文壇。」我從1993年到1997年淡出文學界，不僅詩和散文都不寫，甚至連專欄文章的邀約我也婉拒，不是擺姿態扭計，是自覺沒長進。我重返馬華文壇的聲明，很快就有人撰文在報章上當作笑柄，我沒因此被激怒中風倒地。謝謝這些人的鞭策，1998年開始我每天都不忘讀書，我把我不應錯過的、80年代下半葉的「後學」：後現代主義、後結構主義、東方主義、女性主義、後殖民主義、同志書寫、科幻論述……林林總總的文化研究，認真閱讀，用心思考，追讀的過程真的像學生時代在補課，協助我找書和刊物的人是康榮吉教授與潘永強博士。大恩大德，不知如何言謝。

2003年開始，我與川成往新加坡大學、廈門大學、山東大學、中國人民大學、浙江文理學院、上海復旦大學……參加文學研討會，不是旁聽，是主動的、積極的參與整個研討會的辯論過程，提升自己，廣結善緣，認識海外的學者專家。師徒如此奔徙十餘載，用意不在「賣」天狼星詩社，而是讓詩社（詩社只是個籠統的稱謂）有血有肉的人，在地理上作出跨越的嘗試；即使我們的文學傳播失敗了——因為文學作品份量不足，因為外面的世界太大，高手太多，因為馬華文學之於兩岸三地僅僅是涓滴之水——也無愧今生。

溫任平（馬來西亞天狼星詩社社長）

2018年12月3日

｜推薦序二｜

文學傳播的意義

文學傳播是傳播者借助於大眾傳播媒介和傳播方式，將文學資訊、文學作品及其社會文化背景等傳遞給文學消費者的過程，其目的主要是將作家的個人創作轉化為某種程度的社會共享。從文學傳播的媒介上說，有廣播電視、互聯網、報刊雜誌、出版機構等與傳播技術有關的媒體；從文學傳播的方式上說，是傳播者通過媒介來傳播文學資訊的方法和過程。

文學傳播的意義主要體現在兩個方面：一是為審視文學的發生與發展提供一種可具操作的理論方法，二是為考察一種新的文學關係提供一個研究視點。

一

作為一種審視文學發生與發展的理論方法，它承擔著檢驗和審視文學價值的批評職能。

馬來西亞華文文學是東南亞華文文學發展最為發達的國家之一，在暨南大學出版社出版的《海外華文文學名家》（1994）一書列舉的111位名家中，馬來西亞就有18人，占26%。從文學體裁上說，無論是現代詩、散文，還是小說、戲劇，都取得了重要的成就。馬華文學在創作上之所以取得如此成就，是緣於馬華作家對藝術的執著與追求，以及堅持對馬華文學創作的自信與自覺。此外還有一個更重要的原因，就是馬華文學得到了有效的傳播。在這方面，詩人謝川成博士的《馬華現代主義文學的傳播（1959~1989）》（以下簡稱《馬華現代主義文學的傳播》）從傳播的媒介、策略和方式等方面，作了較為全面而具體的闡述。

文學傳播是用傳播的方法和視角來審視文學的發生與發展，它離不開作家創作、文學社團和文學受眾。

作家是文學作品的創作者、編輯者和傳播者，謝川成博士指出，「文學傳播必須有人，也必須有作品，沒有作品，文學傳播欠缺文本，沒有影響力，到頭來無法傳播。」為此，他在《馬華現代主義文學的傳播》中給我們介紹了文學編輯者對刊登馬華現代主義文學的期刊《蕉風》、《綠野》、《綠流》、《綠湖》、《綠風》、《綠島》、《綠叢》等的編輯及其對文學作品的傳播。其中，《蕉風》是馬華現代主義文學傳播的重要刊物，從20世紀50年代開始引進現代主義文學風潮，到60年代推出現代詩研究的專號、專題、專輯，再到發表評論文章、譯介外來作品、刊登馬華作品等，其對馬華現代主義文學的傳播功不可沒。這裡需要強調的是，《蕉風》作為傳播馬華現代主義文學重要的媒介，卻是一份不賺錢的文學刊物，是靠贊助才得以出版的。儘管如此，馬華文學的編輯者卻不斷追求精神世界的富有，追求人生境界的高尚，他們守得住清貧，耐得住寂寞，憑著共同的人生追求和共同的理想愛好自願聚集在一起。更為重要的是，他們有著扎實的華文文化功底，有著高度認真的事業責任心，為馬華現代主義文學的發展默默耕耘著。正如謝川成博士所指出，牧羚奴「為傳播現代文學的努力，……這股精神實在難能可貴。也因為有這樣的一號人物，不計較金錢，不計較得失，只憑興趣和使命積極推廣現代文學，今天的馬華現代文學才有長足的發展。」

謝川成博士認為，馬華現代主義文學的傳播，在創作和編輯方面，白垚、牧羚奴（陳瑞獻）和溫任平的貢獻較大。白垚的貢獻主要來自其敏銳的歷史觸覺而衍生的連續性寫作行動。他首先發表幾首現代詩，接下來寫〈新詩的再革命〉和〈新詩的道路〉，並於1964年撰寫〈現代詩閒話〉。這一連串的寫作活動一波一波地促進馬華現代主義文學的形成與演變。陳瑞獻的貢獻是其進入《蕉風》編委會之後，採取翻譯各國現代主義作品、推出專號和策劃出版《蕉風文叢》三大策略來傳播現代主義文學。溫任平的貢獻是：通過創作和撰寫文學評論、論述馬華現代文學史、編輯選集建構馬華現代文學的典律、策劃現代詩曲卡帶與唱片、成立天狼星詩社等，來傳播現代主義文學。

馬華現代主義文學的傳播還有一個重要的方面，就是出版現代詩人的個人專輯和製作現代詩曲唱片與卡帶。截至1980年為止，馬華出版的個人與集體選集多達19種，其中個人的有詩集、散文集、評論集等，集體的有詩選集等。較為重要的個人詩集有溫瑞安的《將軍令》、溫任平的《流放是一種傷》、張樹林的《易水蕭蕭》等；較為重要的詩選集有《蕉風》編輯的《美的V形》和《郊遊》、溫任平主編的《大馬詩選》、張樹林主編的《大馬新銳詩選》、沈穿心主編的《天狼星詩選》、謝川成編著的《多變的繆斯——天狼星中英巫詩選》等；較為重要的評論集有溫任平的《人間煙火》、謝川成的《現代詩詮釋》等。在製作現代詩曲唱片與卡帶方面，謝川成博士指出，天狼星詩社與馬來西亞已故著名音樂家陳徽崇領導的「百囀合唱團」把現代詩譜成曲並製成唱片和卡帶，把溫任平的〈驚喜的星光〉作為社歌，並稱之為「現代詩曲」。詩曲卡帶暢銷，收到了明顯的傳播效果。

在文學社團方面，馬華文學有天狼星詩社（1973年成立）等多個華人社團，這些華人社團是馬華現代文學的組織者和傳播者，他們或是借各報副刊的版面，定期或不定期地出版同仁文藝專刊，或是自辦文藝性、學術性刊物，有的甚至籌資出版社團同仁的個人或多人作品集，對馬華現代主義文學的傳播起到了重要的作用。

在文學受眾方面，最重要的一個策略就是在學校培養馬華文學的後繼之人。例如，詩人溫任平在冷甲國中的課堂中，講述現代主義文學及中國文學，楊柳在培元國中的假期中主辦「馬華文學」的系列講座等。在他們的教導和影響之下，很多學生如林秋月、謝川成、程可欣等，後來也成為天狼星詩社的新力軍。這樣一來，冷甲國中的授課和假期集訓就成為文學受眾和傳播現代文學的一個重要平臺。

二

作為一種考察新的文學關係的研究視點，它承擔著檢驗和審視文學影響的評價職能。

傳播是影響的一種基礎，文學與傳播媒介的相互作用，構成了當代華文文學的時空關係場，即：作家（文本生產者）——傳播者（媒介傳播）——受眾（文本消費者）。謝川成博士在《馬華現代主義文學的傳播》中指出，「就傳播活動的整個過程來看，從傳播者（信源）到接受者有個編碼和解碼的過程。……在閱讀作品完畢之後，接受者會作出各方面的評價和考慮，這些感受、評論、建議如果能夠回傳到作者哪裡，那就是一個訊息回饋的過程，完成了一次相對完整的文學傳播活動的反向運動。」例如，詩人溫任平的「人際傳播」通過「個人與個人之間直接面對的交流，互動性強，能夠及時進行資訊回饋」，此外，他還「通過媒介如信件、電話、傳真、簡訊、電郵」等方式，來獲得資訊的回饋。

文學傳播作為一種文學資訊流動的過程，必須借助文學譯介、文學傳播的控制和人員交流等方式來實現。

在文學譯介方面，謝川成博士在《馬華現代主義文學的傳播》中給我們介紹了馬華現代主義文學的翻譯情況：一是把譯介的西方現代文學作品刊登在《蕉風》上，作為其傳播現代文學的一個重要策略之一。從20世紀60年代至70年代末，《蕉風》所刊登的譯介作品多達700多篇，這些譯介的作品，「在某個程度上，把馬華現代主義文學的發展推向了新高。」二是馬華文學社團天狼星詩社組織出版中英巫三語詩選，如謝川成的《多面的繆斯——天狼星中英巫詩選》（1985）以及溫任平的中巫雙語詩選《傘形地帶》（2000）等，這些「詩選著重在優質的現代詩翻譯，以促進文學交流」。上述這兩個方面的文學譯介，也就構成了一種新的文學關係場：翻譯家翻譯的作品——雜誌、出版的傳播——讀者的審美接受。

在文學傳播的控制方面，謝川成博士指出：「馬華文壇報章文藝版的控制權依然為現實主義牢控，現代主義作家除了在《蕉風》等發表文章以外，在報章文藝副刊發表幾乎不可能。」這就導致了馬華文壇的學術論爭，即：現實主義與現代主義之爭。在這場學術論爭中，馬來西亞文學史料家李錦宗認為《蕉風》「在推動文學發展上一直扮演著重要的角色」，馬崙也認為「馬新現代文學的先／現行者，無不來自《蕉風》」。確實，《蕉風》在20世紀50、60年代中，分別刊登了馬摩西的〈象徵派詩人李金髮〉（1957~1959）等10篇現代文學評論，淩冷（白垚）的〈新詩的再革命〉（1959）和〈現代詩閒話〉（1964），杜蔭的〈新詩拉雜談〉（1960）等等。此外，《蕉風》的編者在詩歌的押韻、音樂性和形式三個方面作了回應，刊登〈蕉風對新詩所採取的立場〉等10篇論述文章，讓作者和讀者盡情討論，目的是讓雙方人士針對現代文學提出意見。而後，溫任平的《人間煙火》和《精緻的鼎》也有學術筆戰的文章。而在眾多現代詩的詩人中，現實主義者把詩人白垚稱為「叛逆者」。白垚則認為，這些「叛逆者的名字，不是個人的名字，而是反叛文學作品共有的名字：『現代詩』」。這又構成了一種新的文學關係場：現實主義者——學術論爭——現代主義者。

在人員交流方面，馬華作家除了來往於移居國和中國的港臺之外，還通過舉辦座談會、辯論會和文學研討會等，促進文學社團成員的交往，形成一種新的文學關係場。文學社團的成員來自各個不同的領域，每個人都有自己獨立的文學觀點，不同的文學觀點體現著不同的思想觀念，隨著文學的交流，也會碰撞出各自耀眼的思想火花。這些都是文學交流的資訊回饋，這樣的文學座談會、辯論會和文學研討會，也有力地促進了馬華現代文學的傳播。

馬華詩人謝川成博士是我的摯友，逢其大作《馬華現代主義文學的傳播（1959~1989）》的出版發行，寫下這一小文，是為序。

謝永新（南寧師範大學文學院教授）
2018年12月16日

｜推薦序三｜

追尋熱帶叢林深處現代主義的基因

一、熱帶蕉風椰雨形成的現代主義

謝川成的《馬華現代主義文學的傳播（1959~1989）》是一個很新的命題，極其吸引人的探索。因為這種答案是一般文學喜好者想得到的。所以他很明白簡單的從三大方面切入：《蕉風》與馬華現代主義文學的傳播、天狼星詩社與馬華現代主義文學的傳播文人與馬華現代主義文學的傳播。那就是現代主義往往在熱帶原始的熱帶叢林找到起源地。《蕉風》就是熱帶神祕的中心。我們永遠都為蕉風椰雨形成的現代主義而嚮往。

這種學說的建立，這些年來我們常常聽見如白垚在1959年3月在《蕉風》發表了〈麻河靜立〉，這是現代詩的開始。另外也有人說威北華（1923-1961）更早於1952年發表〈石獅子〉為最早的馬華現代主義詩。同樣的《蕉風》與天狼星詩社的同仁推動，都說現代主義由於他們的推動，現代主義開始誕生。事實上每一位熱帶的作家，多少都啟動了一些現代主義想像，因為現代主義的基因喜歡生長在自然原始的熱帶雨林深處。

這種現代主義想像永無止境，我讀霹靂實兆遠長大的杜運燮（1915-2002）的詩，他在抗戰時期，在滇緬熱帶高峰峻嶺上1942年寫的〈被遺棄在路旁的死老總〉與「Narcissus」，1944年寫的〈夜〉，1945的〈山〉，都是至今世界華文詩人經典的現代主義詩。雖然出身霹靂的實兆遠，他第一本詩集《詩四十首》（1946）至今全球華人，包括大陸臺灣的詩人難於超越。[1] 我喜愛閱讀的康拉德（Joseph Conrad 1857-1924）《黑暗的心》（*Heart of Darkness*, 1899）及其長短篇熱帶雨林小說像《金姆爺》（*Lord Jim*, 1990），很多是在新加坡的萊佛士飯店寫作，[2] 這些在十九世紀（1899）就完成的小說，已被定位為極端前衛的現代主義代表傑作。地球的熱帶如新馬的熱帶叢林正是現代主義的的搖籃。[3] 我閱讀《黑暗的心》，覺得處處都是最現代主義的小說結構與想像、一流的詩與散文，下面是我初讀時發現最美麗的詩意，我的題目是〈溯流而上〉：

1

象牙王國

　　　　在河的盡頭

　我的船便朝著原始林的深處

　　　　向著空洞荒涼的商站奔流……

2

河岸

在面前兀然張開

然後又在後面合起來

　　　以黑色的森林

　　　塞住我回去的水道

---

1 杜運燮《詩四十首》（上海：文學叢刊，1946）。

2 〈萊佛士酒店的作家傳奇〉《秋葉行》（臺北：當代叢書，1988）.

3 康拉德著，王潤華譯，《黑暗的心》（臺北：志文出版社，1970）

3

我洶湧的浪頭
　一進
一退
千槳
萬槳
敲著風雨中
黑沉沉的山門

4

當我進入白濛濛的霧裡
才發現這水道
比我想像的狹窄
河岸長著茂密的樹林
濃密的枝椏在急流中摸索
我飢渴，但忍耐
載著一船浪花
鑽過
　　　一個漩渦
　　　又一個漩渦

5

射完一排子彈
還是穿不透黑沉沉的森林
我的槍聲
只是一堆煙

消失於兩片綠葉之間

6

河面狹窄

兩岸高入雲層

夕陽突然從樹梢掉進水底

濺起

白濛濛的

暮靄

7

水深沉

河狹窄

我知道：

船愈來愈深入黑暗的心了

夜晚

只有鼓聲隨急流滾下來

我不知道：

它是戰爭

還是祝福？

8

三個月後

槍聲

會從非洲大陸倒流回來嗎？

康拉德、杜運燮 威北華的現代主義作品更經典，因為他們更深入原始熱帶叢林。康拉德作為水手，進出非洲大陸與印尼群島黑暗的海洋與森林，杜運燮生長在霹靂實兆遠的原始熱帶森林邊緣，大學時從雲南進入緬甸的蠻荒森林，那是現代主義的基因生長溫床。《蕉風》與天狼星的詩人他們都住在城市的邊緣，距離那現代主義的原始自然還很遙遠啦。

二、現代主義起源於非洲神祕的原始假面具

有人類文化以來，現代主義的基因就存在熱帶。西方學者花了近百年，終於找到一個滿意的答案：現代主義起源於非洲神祕的原始假面具與雕塑。後殖民經驗中他者的啟示，啟發了另一種美學的幻想與文學藝術試驗。非洲神祕的假面具成為文化生產轉化的媒介，同時也是自身再發現轉化的動力。

為了尋找「現代主義文學」，「現代主義藝術」的起源論，從西方的歷史、經濟、文化、資本主義工業化、哲學、心理學，[4] 一直找到非洲。現代主義為何把資產階級的思想意識形態產生的藝術形式放棄，加以踐踏、大膽試驗另一種美學經驗與結構？現代主義怎麼發現一種新的美學與文化模式？現代主義最後還強迫歐洲人認識與瞭解他們的文化只是多元文化的一種，我們可以從多元文化的角度去體認、想像與表現心靈與現實，並在藝術與生活中將它從新呈現與建構。現代主義顛覆權威統治文學藝

4 Irving Howe, *Literary Modernism* (New York: Fawcett Premier Book, 1967); Michael Levenson (ed), *Cambridge Companion to Modernism* (Cambridge: Cambridge University Press, 1999); Art Berman, *Preface to Modernism* (Champaign: University of Illinois, 1994).

術的歐洲。[5]

歐洲與其殖民地在非洲的相遇，是促使這種現代主義的新思維概念開始出現的最重要原因。在1880 與1890年代，被歐洲稱為「爭奪非洲」（scramble for Africa）的年代。當時的歐洲主導文化雖然參與蠻強橫暴的摧殘在非洲東西部所遇到的「野蠻」（savage）文化，但同時又大事掠奪非洲的假面具、雕刻及珠寶，當作戰利品運回歐洲，收藏在新建的民俗與考古博物館的地下室。其實他們運回歐洲的這些面具雕刻，不只是手工藝品，是一種全新的，歐洲沒有的，觀察原始世界與呈現心靈的另類方法。[6]

進入二十世紀初期的幾十年間，當這些面具雕刻被拿出來展覽時，激發出現代主義藝術家的新靈感，受啟發作家藝術家大膽的嘗試創造另一種意象，超越現實的藝術品。由於對這些收藏在大英博物館（British Museum）的假面具、雕刻得極端有趣，啟發勞倫斯（D.H.Lawrence, 1885-1930）把非洲藝術品的意象放進了他的小說中如《彩虹》（*The Rainbow*, 1915）[7]與《戀愛中的女人》（*Women in Love*, 1926）。在《戀愛中的女人》中勞倫斯甚至受非洲的原始面具雕刻而發展出「原始敘事」（narrative primitivism ）的結構。[8]巴黎人類博物館（Musee de l'Homme ）的非洲雕刻，現代主義畫派畢卡索（Pablo Picasso, 1882-1973）的1907年的繪畫

---

5 Bill Ashcroft, Gareth Grifiths and Helen Tiffin, *The Empire Writes Back: Theory and Practice in Post-Colonial Literatures* (London: Routledge1989), 155-161.

6 Op cit.

7 Deborah Louise Shapple, 「Taking Objects for Origins: Cultural Fetishism and Visions of Africa in the Late Imperial Novel」, http://repository.upenn.edu/dissertations/AAI3073051/

8 Brett Neilson, 「D.H. Lawrence's "Dark Page": Narrative Primitivism in 'Women in Love' and 'The Plumed Serpent.'」，*Twentieth Century Literature*, Fall, 1997, see http://www.findarticles.com/p/articles/mi_m0403/is_n3_v43/ai_20575589

《亞維農的女人，1907》（Les Demoiselles d'Avignon），其靈感便是來自巴黎人類博物館的非洲雕刻的原始意象。[9] 他在非洲原始藝術古怪的意像那裡發展出一種所謂「同時性視象」的繪畫語言，將物體多個角度的不同視象，結合在畫中同一形象之上。例如在畢卡索的《亞維農的少女》（圖一）（Les Demoiselles d'Avignon, 1907）一畫上，正面的臉上卻畫著側面的鼻子，而側面的臉上倒畫著正面的眼睛。一般說來，《亞維農的少女》是第一件立體主義的作品。在同一個平面上表現立體的多面向，將人物、形體分解成幾何塊面，互相重疊組合，巧妙地將一種物體的多種不同角度同時呈現在一個畫面上：[10]

二十世紀初期，當西方現代主義文本形成之時，原始的非洲文化之「發現」，跟歐洲文化形式之與他者的接觸，極為重要，因為非洲被歐洲定義為「在歷史以外」（outside history）的文化，是文明以外的另一種野蠻藝術。這種邊緣的、後殖民地思考，不但解構

圖一

[9] K.K. Ruthven, 「Yeats, Lawrence and the Savage God」, *Critical Quarterly*, 10, No.1 & 2, (Spring and Summer).

[10] 參考第二章，李宏，〈分解與重構——立體主義繪畫〉《西方現代繪畫欣賞》，見http://ccd.zjonline.com.cn/xfhh/。關於非洲藝術對畢索的影響的論述及其畫作，見African Influenced works of Picasso's and Braquehttp://sachiyoasakawa.tripod.com/PicassoandBraque.html

西方文化霸權，也是催化與創造歐洲二十世紀首二十年代的新意象的泉源。

以上述勞倫斯的小說與畢卡索的繪畫來說，非洲假面具與雕刻古怪荒誕式的歪曲人臉部與身體，使歐洲質疑理智之光（light of reason），走進黑暗之心，去理解藏在文明底下魔鬼與黑暗面，因此成為主導歐洲自我發現的思維方式。這種藝術使得文學家及藝術家探索文明人的潛意識世界、喚起被歐洲文化長期壓制住的原始的情慾。非洲原始藝術形式具有驚動、解放與刺激潛意識的衝動與慾望。文明人因為擁有自我中心主義，他們是無法捕捉這些黑暗面。勞倫斯與畢卡索就是透過非洲原始藝術的原始主義進行創作，下面這個吉他（圖二）就受非洲假面具的影響。

圖二

三、喚醒潛意識與黑暗面的假面具

西方現代主義的前衛作家，如康拉德、卡夫卡（Franz Kafka, 1883-1924）、湯馬斯·曼（Thomas Mann, 1875-1955）、喬艾斯（James Joyce, 1882-941）、勞倫斯等等，創作了最為迷醉的現代主義文學。相對的，新加坡在1960年後開始擁抱現代主義文學的人來說，啟發了創新的幻想與美學思考，開始捕捉這些黑暗面，探索文明人的潛意識世界。他們除了文學的影響，原始自然的現代帶主義基因的的生成根有關係。尤其杜運燮，1945年就寫下〈山〉。這座山，我讀後，橫臥在馬泰國邊境的馬來半島的中央山脈與滇緬公路的高山峻嶺就顯現眼前，這是杜運燮的現代主義基因：

來自平原，而只好放棄平原，
植根於地球，卻更想植根於雲漢；
茫茫平原的昇華，它幻夢的形象，
大家自豪有他，他卻永遠不滿。

他嚮往的是高遠變化萬千的天空，
有無盡光熱的太陽，博學含蓄的月亮，
笑眼的星群，生命力最豐富的風，
戴雪帽享受寂靜冬日的安詳。

還喜歡一些有音樂天才的流水，
掛一面瀑布，唱悅耳的質樸山歌；
或者孤獨的古廟，招引善男信女俯跪，
有暮鼓晨鐘單調地訴說某種飢餓，

或者一些怪人隱士，羨慕他，追隨他，
欣賞人海的波濤起伏，卻只能孤獨地
生活，到夜裡，夢著流水流著夢，
回到平原上唯一甜蜜的童年記憶。

他追求，所以不滿足，所以更追求：
他沒有桃花，沒有牛羊、炊煙、村落；
可以鳥瞰，有更多空氣，也有更多石頭；
因為他只好離開他必需的，他永遠寂寞。

他是文字魔術師，他最出名的1945年《滇緬公路》，寫於戰時，激情、抗戰、魔術的現代主義想像樣樣齊全，一條靜止公路，竟可昇華進入動態：

看它，風一樣有力；航過綠色的田野，
蛇一樣輕靈，從茂密的草木間，
盤上高山的背脊，飄行在雲流中，
儼然在飛機的坐艙裡，發現新的世界，
而又鷹一樣敏捷，畫幾個優美的圓弧。

杜運燮也是冷靜的智者，觀察萬物，用雋永的語言，用機智和活潑的想像與新奇的比喻寫詩：

異邦的旅客像枯葉一般，
被橋攔擋在橋的一邊，
念李白的詩句，咀嚼著，
「低頭思故鄉」「思故鄉」……
彷彿故鄉是一顆橡皮糖。

（1948年〈月〉）

威北華寫的〈石獅子〉，他從印尼的一萬多個群島與海洋的黑暗世界回來新馬之後的詩：

誰吩咐你蹲在空庭讓黑煙薰著
儘管你看了百年又百年的興衰
半夜鐘聲敲不開你嗑睡的眼

回頭讓我拾起一把黑土挪向天邊
那兒來的蝙蝠在世紀底路上飛翔
怎得黑夜瞥見一朵火薔薇在怒放
我就獨愛在馬六甲老樹下躺著畫夢
且讓我點著海堤上的古銅的小航炮
轟開了歷史底大門我要看個仔細
誰在三寶山頭擎起了第一支戰鬥的旗

那時候，西方殖民主義的戰火還沒有熄滅，鄭和留下的華人的夢還未醒過來，威北華從爪哇蘇門達臘的黑色森林回來，具有馬來、印尼、荷蘭的現代主義基因自然出現這首詩裡。[11]

王潤華（馬來西亞南方大學學院教授）

[11] 王潤華〈總序：重讀魯白野》《馬來散記〉（新加坡：周星衢基金2019），頁6~23。

｜推薦序四｜

馬華文學史上的另一條脈流

提出馬華現代主義文學，表示在馬華文學史上有這麼一條脈流，也意味著除此之外，還有他種主義文學的存在。從一般經驗來看，這所謂「他種」，應該就是寫實主義文學了。

正確的說，在馬華新文學史上，現代主義文學不是一開始就存在的，而是伴隨著在地化、現代化乃至和他域的互動和交流而逐漸生成，而且也必然如此：一開始只是微弱的聲音，甚至以異端的姿態出現，反正統、反主流。它的對立面是寫實主義文學。

如所周知，在中國五四新文學的影響下出現的馬華新文學，先天帶著晚清以降感時憂國的傳統因子，高舉「寫實」旗幟，要反映人生、批判社會。但寫什麼樣的實？寫實到什麼樣的程度？你寫你的實、我寫我的實，角度不同、價值觀不同、表現方式不同，同樣一個實，可能會有多種樣態，當然會起紛爭了。

謝川成這本《馬華現代主義文學的傳播（1959~1989）》旨在探討寫實主義文學長期「壟斷」的馬華文壇，現代主義文學究竟如何產生？如何傳播？他從三個角度切入主題：一是文藝傳媒：《蕉風》；一是文藝社群：天狼星詩社；一是個別文人：白垚、陳瑞獻、溫任平。

這也就成為本書的三輯內容：《蕉風》部分以三節分別處理50、60、70年代馬華現代主義文學的傳播；天狼星部分有二節，分別處理70、80年代馬華現代主義文學的傳播；個別文人三位：白垚的詩和詩論主要是通過《蕉風》；陳瑞獻（牧羚奴）複雜得多，他寫詩和小說，也是畫家，除《蕉風》外，還編了其他媒體，如《南洋商報》的副刊，作品發表媒體，除《蕉風》外，還有《教與學月刊》、《民報》、《學生周報》等；而溫任平，他寫詩和散文，對這兩種文類也都有理論和批評，他用一枝健筆，不斷闡明現代主義詩歌和散文的特質和價值，經由社團和媒體推動現代主義文學。

談文學的「傳播」，無可避免要觸及傳播者、媒介、訊息、效果或影響等，謝川成重視主導媒介的編者，特別是其言論主張和創作實踐，甚至以其為分期的標準，這樣的傳播史，等於是從傳播的角度看馬華現代主義文學的發展。

在出版《馬來西亞天狼星詩社創辦人：溫任平作品研究》（臺北：秀威資訊，2014）之後不久，謝川成又將出版這本研究馬華現代主義文學傳播的專書，史料豐富，見解精闢，對於馬華現當代文學史的研究，有加深加廣的功效，值得重視。

李瑞騰（臺灣國立中央大學文學院院長）

目次｜CONTENTS

第一輯

《蕉風》與馬華現代主義文學的傳播

Ch.1 《蕉風》與50年代馬華現代主義文學的傳播

前言

上個世紀50年代是馬華文學史上重要的時期。一是馬華小說的產量豐富，二是《蕉風》引進現代主義文學風潮，為馬華文壇增添新穎的文學觀念與寫作手法。

在50年代，就有許多馬來亞半島的學生到臺灣留學，其中包括多位後來成為馬華重要作家的白垚（劉戈）、王潤華、淡瑩、林綠、陳慧樺等。當時的臺灣文壇正受到西方現代主義文學的衝擊。這些年輕人在臺灣也受到現代主義的影響，大量閱讀臺灣現代詩人的作品，也學習以現代主義手法創作現代詩。他們當中有些留在臺灣繼續深造，把作品寄給《蕉風》發表。他們的作品，尤其是現代詩，與當時流行於馬華文壇的新詩風格大異，引起廣泛的關注和模仿。白垚學成之後回到馬來亞，繼續大量介紹現代主義文學作品。1958年，《蕉風》出版社從新加坡遷移到吉隆坡，白垚從作者變成《蕉風》的編輯，《蕉風》自然而然地成為他傳播現代主義文學的重要基地。

《蕉風》在創始階段是一份綜合性的雜誌，兼容各種文學流派的作品。創刊號的封面顯著寫著：「純馬來亞化文藝半月刊」，「稿約」又列明：「凡以馬來亞為背景的文藝創作……

皆受歡迎。」[1]50年代中葉以後，《蕉風》也刊登港臺現代文學作品，介紹現代主義文學觀念，同時也刊登本地現代詩人的作品。1959年6月和9月先後出版新詩選[2]《美的V形》和《郊遊》，為馬華現代主義文學的起航奠下基礎。《蕉風》在1960年3月進行第一次改革，開始大量刊登和介紹現代主義文學作品，1969年第二度改革之後，就完全現代化了。之後通過各種策略和活動進一步推廣和傳播現代主義文學，改變了馬華文壇獨尊現實主義的現狀。

本文論述《蕉風》在50年代發揚現代主義文學思潮的起源和過程，並分析其社會背景和所扮演的角色。

一、《蕉風》簡介

《蕉風》於1955年11月10日在新加坡創辦[3]，是一本32開本、每期篇幅不到40頁的小型文學半月刊[4]。1964年9月號的第一百四十三期，在主編黃崖的主導下革新，每期篇幅增至76頁，可刊登大約15萬字。《蕉風》初期由來自香港的方天[5]主

---

[1] 編者：〈稿約〉，《蕉風》創刊號（新加坡：蕉風出版社，1955年11月），頁32。

[2] 這裡所謂的「新詩」其實就是「現代主義詩」。

[3] 《蕉風》的創辦人申青，原名余德寬，到新加坡之前擔任香港《中國學生週報》社長。申青也是《蕉風》的編輯委員，直到《蕉風》編輯部遷移到吉隆坡為止。申青也是《蕉風》的作者，從1957年4月10日起，他為《蕉風》撰寫專欄《蕉風閒話》，偶爾還發表一些短篇小說如〈無字天碑〉等。

[4] 《蕉風》於1955年11月10日在新加坡創刊，初期是半月刊，以32開本的小型刊物姿態出現，由方天擔任主編。到了第十九期，擴大了版本，改為16開本。1957年馬來亞獨立後遷移至吉隆坡出版，仍然為半月刊。1958年11月號改為月刊，不過仍然保持著16開本的形式出版。

[5] 方天，原名張海威，乃當時中共先驅人物張國燾的兒子，與申青一起從香港到新加坡發展。他們到了新加坡之後，與作家李宏賁、陳振亞、詩

編。[6]1958年，友聯出版社遷移到吉隆坡[7]，《蕉風》改在馬來西亞出版，主編也跟著易人。姚拓、黃思騁和黃崖都曾擔任過主編。《蕉風》連續出版了43年，共488期，因各種問題無奈地於1999年出版了1、2月號之後，宣布休刊。《蕉風》是一份不賺錢的文學刊物，它每一期都虧本。它的財務一向都由吉隆坡的友聯文化事業有限公司負擔。姚拓退休之後，公司老闆易人，《蕉風》必須自力更生，所以才暫時停刊，以籌募日後之出版基金。最後，《蕉風》由南方學院的馬華文學館接手出版，在2000年12月復刊，停刊超過3年，目前已經出版超過500期。[8]

《蕉風》成立於新馬未分家之時，是馬華文壇一份舉足輕重的文學刊物，也是新馬兩地壽命最長的文學刊物，馬來西亞文學史料家李錦宗認為是「世界華文文壇最長命的文學刊物之一」。[9]而且「在推動文學發展上一直扮演著重要的角色」。[10]它對馬華現代主義文學的傳播舉足輕重，許多馬華現代主義作家都受過《蕉風》的影響。馬崙如此評論《蕉風》對馬華現代主義文學傳播：

人範經、馬來亞作家馬摩西等人合作，成立《蕉風》出版社。

6 《蕉風》早期的編輯陣容無人知曉，每一期的《蕉風》都沒有把編輯的名字印上，要到第兩百零三期開始才出現編者的名字。早期的編輯，根據申青，計有曾鐵忱、馬俊武（馬摩西）、陳振亞、李宏賁（李汝琳）、範經、張海威（方天；兼執行編輯）、丘高明（兼藝術編輯）。見申青：〈憶本刊首屆編委〉，《蕉風》第四百八十三期（八打靈：蕉風出版社，1998），頁86。

7 1958年8月，蕉風出版社的印刷廠在馬來西亞雪蘭莪州的八打靈設立，《學生週報》和《蕉風》的編輯室就搬到八打靈。

8 張錦忠：〈跨越半島，星散群島〉，張錦忠編：《重寫馬華文學史》（埔里：國立暨南國際大學東南亞研究中心，2004），頁139~140。

9 李錦宗：〈《蕉風》的創刊人〉，《新馬文壇步步追踪》（新加坡：新加坡青年書局，2007），頁238。

10 張永修：〈從文學雜誌的處境談末代蕉風〉，見網頁：http://freesor.blogspot.com/2010/12/blog-post_24.html (06072011)

（1）馬新現代文學的先／現行者，無不來自《蕉風》；（2）馬來亞獨立後，馬華文壇的寫作人近60%曾在《蕉風》上發表文章；（3）此外，《蕉風》是同港臺及歐美華文文學交流最密切的一道橋樑。[11]

二、新詩再革命，推廣現代主義文學

《蕉風》創刊之時，並沒有標榜是一本傾向現代主義的純文學刊物，其「稿約」說明了它是一本綜合性的雜誌：「凡以馬來亞為背景的文藝創作，如小說、散文、戲劇、新詩、歌曲、寓言、童話、遊記、雜感、隨筆、民間傳說、歷史故事、人物特寫、文藝評論、名著介紹及漫畫、木刻、素描、攝影佳作等皆受歡迎，翻譯作品須附原名及原作者姓名。」[12]

此外，編者在書末的「作者・編者・讀者」的交流欄中，也強調了《蕉風》的編輯方針是走向「馬來亞化」。[13]

《蕉風》的現代文學色彩，到了50年代末才比較鮮明可見。《蕉風》在第七十八期（1959年4月號）進行改版，正式提出「人本主義文學」和「個體主義文學」的主張。配合這次改版，刊登了3篇重要的文章：主編的〈改版的話——兼論馬華文藝的發展方向〉、魯文的〈文藝的個體主義〉[14]以及淩冷（白垚）

---

[11] 馬崙：〈蕉風揚起馬華文學旗幟〉，《蕉風》第四百五十八期（1994年11、12月號）（八打靈：蕉風出版社，1994）。

[12] 〈稿約〉，《蕉風》創刊號（新加坡：蕉風出版社，1955），頁32。

[13] 楊宗翰：〈馬華文學在臺灣〉，《文訊雜誌》229期（2004年11月號）（臺北：文訊雜誌社，2004），頁67~72。

[14] 淩冷，白垚早期的筆名，本名劉國堅，其他筆名包括劉戈、林間等，曾任《蕉風》、《學生週報》的主編。馬崙如此評價劉戈：他是第一位在馬華文壇提倡寫現代詩，而且發表了第一首現代詩的詩人。（該詩作

〈新詩的再革命〉。[15]

此3篇文章與該期刊登的13首現代派新詩和一首西洋現代詩前後呼應。

白垚在數十年後回顧這3篇文章，無限感觸，他對改革版《蕉風》所刊登的3篇文章之關係分析如下：「第一篇是以人本文學為《蕉風》定調的〈改版的話——兼論馬華文藝的發展方向〉，第二篇是配合人本文學而寫的〈文藝的個體主義〉，第三篇是企圖在人本主旋律中獨奏現代之音的〈新詩的再革命〉。」[16]

〈文藝的個體主義〉闡明了個體主義作品的特色。「個體主義者的作品，則要求形式上的美，要求感情上的真，要求人與人之間的和諧，要求掘發人內心深處的良善，……」[17]這裡所列出的個體主義作品的特色可謂與現實主義的作品大相徑庭，雖未直接說明現代主義，卻暗藏了走向現代主義的意願。《蕉風》刊登這樣的作品，改革後要走的路向頗為明顯。

〈新詩的再革命〉在馬華文學史上是一篇重要的文章，意味著星馬華文文學第一波現代主義浪潮就此興起。[18]同時也可看出《蕉風》刊登這篇文章的潛在動機。作為前現代化的操作，《蕉風》顯然要以創作和評論並重的雙路線來推廣現代主義文學。這是白垚發表了〈麻河靜立〉之後，以文字來傳播現代文學的後續

〈麻河靜立〉發表於1959年3月6日的《學生週報》）。

15 見《蕉風》第七十八期（1959年4月號）（八打靈：蕉風出版社，1959），頁19。

16 白垚：〈新詩的再革命〉，如上。

17 魯文:〈文藝的個體主義〉，如註15，頁5。

18 張錦忠：《南洋論述：馬華文學與文化屬性》（臺北：麥田出版，2003），頁52。

動作。前者是創作示現，後者則通過論述文字來傳達現代主義文學的理念。白垚於半個世紀以後這樣回顧：

> 《蕉風》在1969年4月底第七十八期改版，但籌劃早在三個月前，我參與其事，得佔先機，在1959年3月，以〈麻河靜立〉先在《學生週報》偷步起跑。另以，〈八達嶺的早晨〉，稿發《蕉風》，配合〈新詩的再革命〉，在人本文學的主旋律中獨奏現代之音。[19]

作者夫子自道，讓我們了解到當初《蕉風》改革的動機。由此也可以確定〈麻河靜立〉乃白垚的先導之作，視其為第一首馬華現代詩實在不為過。他又說：「1959年4月，離〈麻河靜立〉發表於《學生週報》『詩之頁』版的歷史時刻，不過一個月光景，故〈麻河靜立〉可視為〈新詩的再革命〉的踐行先聲，或先發創作。」

儘管此詩（〈八達嶺的早晨〉）以《詩經》以降的男女情懷為情感呈現公式，詩開頭的句法「於是有一晨／而涼而露珠滴落公雞不啼」尤富現代感，已非同時期詩作合乎華文／漢語句構陳規的工整句式，以之和〈麻河靜立〉為反叛文學肇始之作亦不為過。

〈新詩的再革命〉篇幅不長，簡單扼要地提出了新詩再革命的五大主張：

> （一）新詩是舊詩橫的移植，不是縱的繼承；

---

[19] 白垚：〈雨過河源隔座看《縷雲起於綠草》兩篇文評的反思〉，《縷雲起於綠草》（八打靈：大夢書坊，2007）。

（二）格律與韻腳的廢除；

（三）由內容決定形式；

（四）主知與主情

（五）新與舊、好與壞的選擇，亦即詩質的革命。[20]

白垚的幾點主張與臺灣以紀弦為代表的現代派主張類似。臺灣文學現代化的主張始於1953年，紀弦在自己主編的《現代詩》刊中，主張要使新詩達到現代化，同時有責任使其成為有特色的現代的詩。紀弦於1956年主辦「現代派詩人第一屆會議」，共有102人出席，宣布正式成立現代派。會議過後，紀弦還在《現代詩》第十三期（1956年2月出版）封面刊出「現代派信條」：

一、我們是有所揚棄並發揚光大地包容了自波特萊爾以降一切新興詩派之精神與要素的現代派之一群。

二、我們認為新詩乃是橫的移植，而非縱的繼承。這是一個總的看法，一個基本的出發點，無論是理論的建立或創作的實踐。

三、詩的新大陸之探險，詩的處女地之開拓。新的內容之表現；新的形式之創造；新的工具之發見；新的手法之發明。

四、知性之強調。

五、追求詩的純粹性。

六、愛國。反共。擁護自由民主。

---

[20] 白垚：〈新詩的再革命〉，《蕉風》第七十八期（1959年4月號），頁19。

白垚於3年後在馬來西亞《蕉風》提倡現代派詩歌，可以說是受到紀弦的「現代派信條」的啟示，尤其是〈新詩的再革命〉五大主張的第一條明顯是直接採用「現代派信條」的第二條，只是多了「舊詩」兩個字而已。白垚的第四點亦與紀弦的第四點「前呼後應」。白垚留學臺灣，深受「現代派」的影響，然後將此思想帶回馬來西亞。新馬文壇的現代主義受到臺灣的影響是明顯的。[21]

在推動馬華文學的現代主義風潮方面，我們不能忽略當時的《蕉風》主編——姚拓。他在第七十八期革新的〈編後話〉裡肯定了淩冷在〈新詩再革命〉提出的5個主張，該期也刊登了白垚的一首現代詩〈八達嶺的早晨〉[22]，說明主編是認同這個方向的。[23]

白垚在〈新詩的再革命〉一文中說「中國新詩運動的歷史，完結於馬來亞華人的手裡；而現代詩的基礎，也從那裡開始。」[24]這個預言顯示白垚在推動現代主義文學的雄心，他以《蕉風》為基地，一面發表現代詩，一方面有計劃地撰寫現代文學的文章，介紹給新馬一帶的讀者。

繼〈新詩的再革命〉之後，《蕉風》在接著的第七十九期，刊登淩冷的〈新詩的道路〉，並且在接下來的幾個月，陸續刊登現代主義文學的評論文章，有系統地推介現代主義文學。

---

[21] 張錦忠：《南洋論述：馬華文學與文化屬性》（臺北：麥田出版，2003），頁53。

[22] 張錦忠：〈白垚與馬華文學的第一波現代主義風潮〉，《南洋商報》（2008年11月18日）。

[23] 編者：〈讀者、作者、編者〉，《蕉風》第七十八期（1959年4月號），頁24。

[24] 如上。

表（1）：《蕉風》1957年5月到1959年12月刊登的現代文學評論

<table>
<tr><th>序號</th><th>年月</th><th>刊期</th><th>作者</th><th>文章題目</th></tr>
<tr><td>1</td><td>1957年5月</td><td>38期</td><td>馬摩西</td><td>〈象徵派詩人李金發〉</td></tr>
<tr><td>2</td><td>1958年8月</td><td>68期</td><td>鐘期榮</td><td>〈法國現代文學的動態和特色〉</td></tr>
<tr><td>3</td><td>1959年2月</td><td>76期</td><td>覃子豪</td><td>〈臺灣十年來的新詩〉</td></tr>
<tr><td>4</td><td>1959年4月</td><td>78期</td><td>白垚</td><td>〈新詩的革命〉</td></tr>
<tr><td>5</td><td>1969年5月</td><td>79期</td><td>白垚</td><td>〈新詩的道路〉</td></tr>
<tr><td>6</td><td>1959年6月</td><td>80期</td><td>鐘期榮</td><td>〈超現實主義的詩〉</td></tr>
<tr><td>7</td><td>1959年8月</td><td>82期</td><td>白垚</td><td>〈新詩的轉變：評蕉風文叢新詩選《美的V形》〉（頁6~7）</td></tr>
<tr><td>8</td><td rowspan="2">1959年9月</td><td rowspan="2">83期</td><td>覃子豪</td><td>〈象徵與比喻〉</td></tr>
<tr><td>9</td><td>李薇</td><td>〈真純的美與樸素的美〉</td></tr>
<tr><td>10</td><td>1959年11月</td><td>85期</td><td>白垚</td><td>〈新詩？新詩！新詩。評詩集《郊遊》〉（頁4~5）</td></tr>
</table>

早在1959年4月以前，《蕉風》就先刊登了〈象徵派詩人李金發〉、〈法國現代文學的動態和特色〉及覃子豪的〈臺灣十年來的新詩〉。這些文章介紹了外國現代主義的文學，也介紹臺灣現代文學的發展。這幾篇文章所傳達的資訊，讓本地讀者知道現代主義文學在外國和臺灣的情況，從中得到啟發，為60年代的現代文學風潮打下良好的基礎。

10篇文章中，有4篇以白垚的名字發表。第二篇〈新詩的道路〉配合〈新詩再改革〉的五點主張，闡明當地新詩日後要走的方向。同年8月和10月，白垚又寫了兩篇《蕉風》出版的詩集評論，〈新詩的轉變：評蕉風文叢新詩選《美的V形》〉（頁6~7）》和〈新詩？新詩！新詩。評詩集《郊遊》〉（頁4~5）。我們看到白垚充分使用《蕉風》這個平臺，以創作者、提倡者和評論者的身份，積極從事現代主義文學的推動。

綜合《蕉風》在50年末期密集地刊出上述10篇文章，我們可以看到《蕉風》同仁在推動現代主義文學運動時，採取的是多元策略，既介紹西洋文學，如鐘期榮的〈法國現代文學的動態與特色〉和〈超現實主義的詩〉兩篇文章，也介紹中國和臺灣的現代主義文學，如馬摩西的〈象徵主義派詩人李金發〉和覃子豪的〈臺灣十年來的新詩〉、〈象徵和比喻〉。

除此之外，《蕉風》也重視本土的實踐與批評，出版《美的V形》[25]和《郊遊》[26]兩本新詩合集，這是本地作者在受到現代主義文學洗禮之後的成果。

三、出版現代詩選集：《美的V形》和《郊遊》

1955年創刊的《蕉風》在50年代末進行編務改革，有意識地推動現代主義文學，提倡新詩和鼓勵新詩創作，編者除了刊登大量的現代詩和現代文學評論以外，也在1959年6月和9月，出版了兩本現代詩選《美的V形》和《郊遊》，隨《蕉風》免費贈送。[27]這兩本詩集頗受讀者歡迎，讀者因此認識了一種新的詩體，接受了現代詩。因此有人稱它是「蕉風派」。

現代主義沒有引進到新馬文壇前，讀者只能看到寫實的作品，報章也不刊登比較現代的詩歌和散文。因此，一般讀者不太能夠理解和欣賞現代主義文學。《蕉風》打破馬華文壇寫實的傳統，給予「新詩」更多的關注，也因此有了《美的V形》和《郊遊》。

---

[25] 羅門等著：《美的V形》（八打靈：蕉風出版社，1959）。

[26] 端木羚等著：《郊遊》（八打靈：蕉風出版社，1959）。

[27] 張錦忠：〈白垚與馬華文學第一波現代主義風潮〉，如註22。

《美的V形》於1959年6月出版之後，讀者覺得耳目一新，得到讀者們熱烈的反應，評論也很多。大部分的論者有相當一致的看法：

《美的V形》新詩選，就可以發現很多新詩人的風格已在開始蛻變。他們揚棄了形式、韻腳，轉而創作舒展自如、不為格律所束縛的自由詩。[28]

《美的V形》的作者大部分不是本地人，或許有所缺憾。不過在馬華現代主義文學蓄勁待發的當兒，它確實是一本重要的詩集。第一，它是第一本在馬來西亞出版的現代詩選，具有文學史的意義；第二，詩選中的年輕詩人，從舊有的詩歌形式走出來，大膽嘗試形式自由的現代詩。

3個月之後，《郊遊》跟著出版。詩選的作者與詩題如下：

表（2）：《郊遊》所收錄的現代詩

序號	作品	作者
01	郊遊	端木羚
02	六月	周牧
03	雨	上官予
04	睡眠	林熙
05	水期	阮襄
06	松鼠	黃隼
07	微風	飛蛾
08	本事	白垚
09	語	謝璞
10	讀獵人日記	瘂弦
11	緊閉的心靈之窗	柏雄

[28] 白垚：〈新詩？新詩！新詩。〉（評九月份蕉風詩集《郊遊》），《蕉風》第八十五期（1959年11月號），頁4。

序號	作品	作者
12	寂寞湖	志浩
13	狂潮	子燕
14	小夜曲	花蓮
15	飲葡萄酒	王憲陽
16	喜馬拉雅山	馬角
17	棄曲	喚歡
18	一瞥	李迎
19	靜靜的夜	林綠
20	大㨃路之晨	麥留芳
21	為你	雲天
22	沉船	承廉
23	超現現實之夜	余光中
24	城市	比利時E. Verharen作，覃子豪譯
25	向地平線	印尼BB. Borkar作，林北譯

全書收入了25首現代詩，另外兩首是譯詩。臺灣詩人有瘂弦、王憲陽、馬角、余光中、上官予、阮囊和覃子豪等人，新馬詩人則有端木羚、白垚、喚歡（即周喚）、林綠和麥留芳等人。《郊遊》乃以端木羚的詩題為書名。

同是詩集，《郊遊》與《美的V形》有共同點，也有不同點。共同點是兩本都是新詩，形式自由。不同的是風格方面，《美的V形》的風格是清麗的，《郊遊》的詩作大部分卻是氣勢雄偉的，顯現了詩人對現實環境的疑惑、苦悶和掙扎。[29]

到了50年代末，社會複雜，傳統現實主義詩歌的的寫作技巧再也無法滿足當時年輕的詩人，現代主義文學的引入，讓詩人可

[29] 參照李錦宗：〈蕉風文叢新詩選〉，《新馬文壇步步追踪》（新加坡：新加坡青年書局，2007），頁249。

以進行新的嘗試，出版新詩專輯更是實踐的收成，帶給讀者和創作者新鮮感。更重要的是，入選的新馬作者後來都成為新馬文壇著名的現代詩人。

除此之外，這兩部詩選也為現代詩本地化的進程提供了重要的動力，《蕉風》在1969年11月出版的詩專號增刊《星馬詩人作品》[30]，無論在作者數量上或作品的品質上，都有了明顯的增多和提升，可視為「蕉風文叢新詩選」的延續，也加速了現代文學本地化和現代化的進程。

《蕉風》在提倡新詩和鼓勵新詩創作上盡了最大的努力。第一，一份每月虧損的文學雜誌居然出版市場價值低，銷路幾乎肯定不理想的詩選，而且還是隨著《蕉風》附送給讀者，倘若不是使命使然，我們找不出任何理由它要這麼做。第二，它開風氣之先，介紹一種具有獨特風格的詩體給讀者，對現代主義文學在馬華文壇的崛起具有重大的影響。馬華文壇文學史料專家李錦宗肯定這兩部詩選對引進現代主義文學的貢獻：「雖然『蕉風文叢新詩選』只送兩本而已，不過產生了一些影響力，因為部分『現代詩』通過這兩本新詩選引進馬華文壇，同時，部分本地寫作者也在這兩本新詩選上學寫『現代詩』。」

---

30 《星馬詩人作品》乃是第兩百零五期《蕉風》（1969年11月詩專號）增刊小冊，收入了星馬詩人25首詩，依序如下：〈詩〉（完顏藉）、〈碎裂的蝸殼〉（南子）、〈信仰〉（沙河）、〈豹〉（英培安）、〈學院派〉（蓁蓁）、〈潺緩流泉〉（梅淑貞）、〈足印〉（沈璧浩）、〈異域〉（賀蘭寧）、〈三個小孩〉（牧羚奴）、〈沒尾巴的獸〉（歸雁）、〈除了校門〉（孟仲季）、〈寂寞〉（李蒼）、〈不題No.2〉（綠浪）、〈一盞紅燈〉（艾文）、〈星期日下午〉（零點零）、〈憶人〉（文凱）、〈本事〉（白垚）、〈古老的夜〉（淩高）、〈難浪渡〉（吳偉才）、〈心像歷程〉（淺白）、〈月臺〉（賴敬文）、〈一元論者〉（陳慧樺）、〈幾筆簽單的變奏〉（藍夢）、〈欄柵〉（謝清）、〈蝶翅〉（流川）。

結語

馬來西亞華文文學的現代主義進程過程漫長，50年代是啟蒙期，因為《蕉風》的介紹和提倡，讀者和創作者開始接觸現代主義文學。到了60年代，《蕉風》的作者群擴大，漸成風氣，但是仍然無法和當時的寫實主義相抗衡。一直到了70年代，因馬來西亞政局的變化，加強言論的管制，傳統的寫實主義無法反映現實，而告消沉，正好讓現代主義文學得到發揮的機會。《蕉風》，作為馬來西亞生命最久的文學刊物，正是現代主義文學發展的見證者，帶領一代之風潮。

（2018年8月28日修訂）

Ch.2 《蕉風》與60年代馬華現代主義文學的傳播

前言

上個世紀50年代末，《蕉風》發起反叛文學運動，開始把現代主義文學引進馬華文壇。[1]到了60年代，《蕉風》繼續推廣和傳播現代主義文學。現代主義文學被引進馬華文壇，反對者頗眾。《蕉風》為了平息那股反對的浪潮，曾於1963年4月號刊出將減少譯介西方現代主義文學篇幅的啟事。然而，啟事刊出不到兩個月，《蕉風》編輯部收到好幾百封的讀者來函，一致要求《蕉風》保留介紹現代主義文學的篇幅。這樣通過信件的訴求引發一場關於西洋現代主義文學的討論。討論的背後是一個難以否定事實，那就是馬華文壇的讀者和寫作者已經接受了現代主義文學。

在傳播現代主義文學方面，《蕉風》在60年代採取與50年代稍微不同的傳播策略。50年代末是墾荒時期，需要理念的引進，創作的示現，60年代進入發展時期，更需要積極鼓勵本土創作，理念的進一步鞏固，以及譯介西洋現代文學的經典以資借鑑。這方面可以從四個側面來研究，第一是一連三期推出「新詩研究專輯」，第二是與1964年刊登白垚「現代詩閒話」的系列文章，再來就是譯介西洋現代主義文學的重要作品，最後大量刊登本地現

[1] 詳見謝川成：〈蕉風與50年代馬華現代主義文學的傳播〉，發表於中國紹興文理學院等主辦「第九屆東南亞華文文學國際學術研討會」，2002年10月23~26日，紹興文理學院蘭亭校區。

代作家的作品，達到馬來西亞化的目的。

本文將該書60年代馬華現代主義文學的概況，並論述《蕉風》在這10年中所採取的多種策略，以繼續推廣和傳播現代主義文學。

一、60年代馬華現代文學概述

馬華新文學自1920年到50年代末[2]，一直由現實主義掌控，導致文學作品重視內容，強調思想性與政治教誨的作用。甚至到了60年代，馬華文壇依然是現實主義的天下。現實主義壟斷馬華文壇大部分的資源，控制了文學發表和生產的場域，在某個程度上形成了文壇霸權。在現實主義文學意識形態的籠罩下，現代主義的出現被視為一種叛逆的新行為，現代詩人自然被稱為叛逆者。不過，有了這一些叛逆者，在60年代，馬華文壇被左翼文學壟斷逾40年的局面才出現一些轉機。白垚就是一個叛徒，他在50年代末發起反叛文學運動，發表現代詩和論文，激起第一波的馬華現代主義文學的風潮。[3]他說：「20世紀50年代後期，馬華文壇即有叛逆者揭竿而起，突破專橫，激發一場影響深遠的反叛文學運動，到90年代，叛逆者的形象已無所不在，有詩的地方，就有他的英明。馬華文壇叛逆者的名字，不是個人的名字，而是反

---

[2] 必須扣除其中3年8個月的日治時期，即1948年2月15日起至1945年8月15日止。

[3] 白垚當時以淩冷為筆名發表了兩篇論文。第一篇〈新詩的再革命〉，發表在《蕉風》第七十八期，1959年4月號，頁19；第二篇〈新詩的道路〉，發表在《蕉風》第七十九期（1959年5月號），頁4~7。在這之前，白垚在《蕉風》的姐妹刊《學生週報》發表一首詩〈麻河靜立〉，此詩被認為是馬華文壇的第一首現代主義詩。見《學生週報》第一百三十七期（1959年3月6日）。

叛文學作品共有的名字：『現代詩』」。[4]

60年代對馬華現代主義文學來說，雖然還是篳路藍縷的年代，但是現代主義文學的出現，卻是馬華文壇一件大事。其崛起帶來了多元文學環境的希望。到了60年代中期，現代主義文學已經成為馬華文壇重要的派別。溫任平在〈馬華現代文學的幾個主要階段〉中，把1959年到1964年列為「探索時期」，並把1965年到1969年列為「奠基時期」。馬華現代主義文學的探索時期是其探索、試驗的重要階段。這種探索與試驗，一方面是尋找新的形式與技巧，企圖建立新感性；另一方面是發掘新的題材與內容，嘗試拓廣與「深刻化」作品的內涵。[5]這種精神可以在年輕作者的作品中取得驗證。從60年代初到60年代中，當時現代主義文學的作者主要是年輕的一代。他們對文學的要求已經超越現實主義作家所能提供的，因此他們只好轉向現代主義文學。他們很多是從西洋現代主義文學和臺灣現代主義文學汲取養分，開始模仿，並加入本身的經驗和本土化題材，形成與西洋現代主義文學和臺灣現代主義文學不同的格調，自成風格。就現代詩來看，當時主要的現代詩人有白垚、周喚、冷燕秋、喬靜、麥留芳、王潤華、笛宇、綠浪、李蒼、牧羚奴、艾文、淡瑩、賴瑞和、賴敬文、江振軒、梅淑貞、歸雁等。

就文類的表現而言，60年代馬華現代詩的表現比散文略勝一籌。馬華現代散文只能說是差強人意，收穫並不可觀，尤其是在初期，比較重要的或者說寫得比較出色的是魯莽和憂草兩位而

---

[4] 白垚：〈林裡分歧的路：反叛文學的抉擇〉，《縷雲起於綠草：散文、詩、歌劇文本》（八打靈：大夢書坊，2007），頁82。

[5] 溫任平：〈馬華現代文學的幾個主要發展階段〉，溫任平編：（安順：天狼星出版社，1980），頁6。

已。當時大部分的散文只能說是五四散文之變奏或改裝。無論是在文字、技巧或者韻味方面，整體表現成就不高，只是多了些本地色彩，欠缺重大的突破。魯莽在當時引人注目，乃是因為他散文的主題多樣化，包括了對人生的體悟、面對大自然所激發之內心感受。他的散文用詞穠麗多姿，詞彙又豐富，同時具備了現代藝術的深刻與反覆的特色。主題的深刻化以及詞彙特色構成了他的散文與眾不同。

稍後崛起的憂草，憑〈叛逆〉一文，開闊了散文的新天地，也開啟了新的感性。溫任平認為「憂草實在是60年代馬華文壇最重要的一位現代散文作家。」[6]這句評語頗為客觀。憂草在當時已經發表數量不少的散文。他本身也是一位詩人，強烈的感性，創新的慾望，放縱的想像，常帶給讀者耳目一新的奇思妙語。張樹林把他列為馬華現代散文三重鎮之一。[7]

馬華現代小說遲至60年代中葉才抬頭，作家不多，較具代表性的只有宋子衡、張寒、溫祥英、麥秀、菊凡等。宋子衡於60年代中葉才開始寫小說。他喜歡用現代主義作家常用的技巧如意識流、象徵技巧等。他用前者描繪出小說人物的心理，用象徵技巧融情入景。在情節安排方面，他善於處理各種衝突，如生與死的衝突、個人與社會的衝突、感情與理智的衝突。「衝突」成了他小說的常見主題，也成為其小說的特色。[8]

---

[6] 溫任平：〈馬華現代文學的意義和未來發展：一個史的回顧與前瞻〉，如註5，頁70。

[7] 憂草出版了四本散文集：《風雨中的太平》、《鄉土、愛情、歌》、《青春的悲歌》、《大樹魂》，共收154篇散文，奠定了在馬華現代散文界的地位。見張樹林：〈馬華現代散文三重鎮〉，溫任平編：《憤怒的回顧》（馬華現代文學21周年紀念專冊）（安順：天狼星出版社，1980），頁17~31。

[8] 關於宋子衡與菊凡的小說表現，可參閱謝川成：〈以宋子衡、菊凡為例

如前所述，60年代是馬華現代主義文學繼續發展的年代，到了60年代末，它已經成為一個文學派別，不少新人的出現，接下前行代作家留下來的棒子，溫任平、梅淑貞、麥秀、沙河、李蒼、思采等是典型的例子。他們日後都成為馬華現代主義文壇重要的詩人。然而，其中亦不乏內部的隱憂。這些隱憂可以從以下兩個現象看出：第一個現象就是前行代作家減產甚至熄火停工，如寫小說的張寒，寫散文的憂草、魯莽，寫詩的喬靜、笛宇；第二個現象是一些作家先後出國深造，雖然繼續創作，卻很少把作品寄回國內發表，甚至在國外組織文學團體，出版自己的刊物和書籍，高度融入臺灣文壇，臺北星座詩社成員林綠、陳慧樺、葉曼沙、王潤華、淡瑩等就是典型的例子。

二、推出新詩討論特輯，確定蕉風的立場

新加坡和馬來亞於1965年分家是政治上的一大課題，這對新馬華文文學的發展不能說是完全沒有影響。報章如《南洋商報》本來星馬流通，1965年以後則需要兩邊出版，不過文藝版方面則兩地通用。就馬華文壇來看，60年代是現實主義和現代主義壁壘分明、緊張對峙的年代。

如前所述，《蕉風》在50年代引進了現代主義文學，也刊登了不少現代文學作品和論文，更出版了兩本新詩選。[9]在現實主義壟斷下的馬華文壇，《蕉風》的舉動就遭到敵對陣營的攻擊。杜

——略論馬華現代短篇小說的題材與表現〉，溫任平編：《憤怒的回顧》（馬華現代文學21周年紀念專冊）（安順：天狼星出版社，1980）頁49~62。

[9] 《蕉風》在1959年6月和9月出版了兩本現代詩選《美的V形》和《郊遊》，隨《蕉風》贈送。

薩於1960年4月，在《南方晚報》寫了兩篇〈新詩拉雜談〉，非議《蕉風》刊登現代主義詩，並把所刊登的詩稱為「蕉風派詩」。[10]四個月後即1960年8月，《蕉風》第九十四期刊登了編者對拉薩文章的回應：〈蕉風對新詩所採取的立場〉，同時闢「新詩討論專輯」，一連三期，讓詩作者和評論者針對新詩發表意見。

對於拉薩的批評，《蕉風》的立場是：「我們的新文學還在一個初創時期，沒有值得大書而特書的文學作品。……基於這個原因，蕉風勢必在較為幼稚落後的新詩上，多加一點助力。」[11]由此可見，《蕉風》的立場堅定，它引介、刊登現代詩對年輕人來說是重要的，對整個文壇來說也意義深遠。

《蕉風》1960年8月推出「新詩研究特輯」，刊登了多篇論述文章和現代詩。論述文章包括：〈從新的本質看新詩〉（馬放）、〈給一個青年詩人的信〉（里爾克）、〈新詩的前途〉（林以亮）、〈千頭萬緒話新詩〉（林音）、〈蕉風對新詩創作所採的立場〉（編者）、〈公開的覆信〉；現代詩方面就有：〈足跡〉（外一章）（若賓）、〈在檳城渡輪上〉（林蕙）。這是8月份的文章。1960年9月，《蕉風》再推出「新詩研究特輯」，刊登了兩篇論文，即〈站住吧！詩人們〉（童蒙）和〈詩與感情〉（林陸）。現代詩就有〈河流〉（夢華）、〈訴〉（碧玉）、〈雨夜〉（陳愕）及〈眷念〉（紅葉），共4首。1960年

---

[10] 杜薩，劉放當時使用的筆名。他說：「遠在1960年4月，我曾以『杜薩』為筆名在當時的《南方晚報》寫過一篇〈新詩拉雜談〉。我本人沒有存稿，現在僅記得內容好像是談論『豆干體』新詩和現代詩的差異。至於那篇文章是否影響了後來《蕉風》的編輯方針，如廈門大學李麗2004年大作所言，我實在無法證實。」見劉放：〈星馬本土化好詩〉，《星洲日報》〈文藝春秋〉（2012年1月11日）。

[11] 編者：〈蕉風對新詩創作所採的立場〉，《蕉風》第九十四期（1960年8月號），頁25。

10月，《蕉風》繼續推出「新詩研究特輯」，讓作者提出個人的觀點，促進交流。這一輯的文章共有4篇論文和一則編者的〈公開的覆信〉。這4篇論文如下：〈新詩的出路〉（趙康棣）、〈新派詩評議〉（徐速）、〈新詩舊談〉（唐承慶）、〈談新詩〉（丘騫）。現代詩則有〈寂寞的詩篇〉、（陳世能）、〈五月〉（汀白萍）、〈另一世代的春天〉（黃亮）及〈遠洋感覺〉（瘂弦），也是4首。

就論述文章而言，這三期的《蕉風》刊登了共10篇討論新詩的文章。馬放在〈從新的本質看新詩〉認為詩是音樂性的文學體裁，但是新詩採用自由體，不押韻，不重平仄，失去了中國古典詩的特性，因而欠缺韻味。因此，他建議新詩作者可以從字音和節奏上面下功夫，以彌補音樂性的不足。林音在〈千頭萬緒話新詩〉中提出新詩遭人鄙視的原因包括：（1）許多寫詩的人，素質太差；（2）新詩欠缺完美的形式；（3）含義晦澀，內容胡鬧。他也提到新詩不重視音樂性是個很大的缺憾。行文中他也批評臺灣一些現代詩人寫的圖象詩，並認為這些詩人才盡了，所以才要靠圖象來彌補個人的不足。文章後面他就新詩存廢的問題提出看法。他不贊成現代人寫古典詩，並認為新詩有存在的價值，不過必須做兩件事情，第一，為新詩創造一個完美的形式，第二，提高新詩的素質。要達到這兩個目標，他提出兩個努力的方向，那就是首先必須創立健全的新詩理論，接著就是詩人應充實自己，謙虛學習。童蒙在〈站住吧！詩人們〉一文中，詩是不能翻譯成另一種文字的，因此我們沒有理由把西洋詩的形式抄襲過來變成中文新詩的形式。他也批評了臧克家的詩〈老馬〉、艾青的〈樹〉和馮至的〈兒童節〉。他認為這三首詩都不是好詩。因此，新詩如果要繼續存在，詩人不得不更加努力去突破所有的局限。林陸的〈詩與感情〉強調詩不但要有真的情感，還要有好的藝術技巧。趙康棣在〈新詩的出路〉中也強調音樂性對詩的重要性。新詩嚴重欠缺音樂性。他也非議新詩的自由形式，使到詩的形式支離破碎，很不可取。雖然如此，他最後樂觀地表示，未來肯定會有人突破新詩目前的困境，扭轉當前的窘境。

以上討論圍繞在押韻、音樂性和形式三個方面，顯示當時各造對現代主義的認識尚淺，對詩性的要求還停留在過去的審美觀念。不過，他們對新詩的前途大抵還是樂觀的。

一連三期推出了「新詩談論特輯」讓作者和讀者盡情討論，顯示《蕉風》對文學的認真態度。發起反叛文學革命和大量刊登現代詩，敵對派的作者和評論者發起連續性的攻擊。其中的岳騫抨擊現代詩最猛烈。他說：「這種詩派實在是一種水上浮萍，沒有一線根基，雖然這派詩人有所附會，自稱學自外國，實際上全不相干，有的甚至以現代派畫家畢加索相標榜，厚顏自稱現代派的詩與畫，都是讓人看不懂的。……有許多詩把作者找來，敢擔保他也不懂。試問這種自己不懂，別人也不懂的東西，寫它做什麼？……現代派的詩已走入窮巷，因為這一派詩人讀的書太少……。」[12]岳騫的批評顯示他對現代詩的無知與偏見。現代詩在馬華文壇才登陸不久，怎麼可能「已走入窮巷」？如果以白垚〈麻河靜立〉作為馬華現代主義文學的肇端，到了岳氏發表文章的月份，馬華現代主義登陸還不到兩年，正處於發展的階段，說現代詩已經走入窮巷，判斷難免輕率。現代詩人不斷閱讀《蕉風》所刊載的有關西洋現代文學的文章，以及其他專論，可以說不斷在充實，有些作者曾在臺灣留學，讀了不少臺灣現代詩，接

[12] 岳騫：〈談新詩〉，《蕉風》第九十六期（1960年10月號），封面內頁。

觸面其實很廣。說現代主義作家「讀的書太少」不符事實。現代詩人在60年代甚至自己譯介西洋現代文學作品，如牧羚奴、王潤華、梁明廣、賴瑞和。梁明廣和牧羚奴在大學修的現代文學專業，王潤華60年代在臺灣主修西洋文學，後來還考獲比較文學博士學位，這些現代詩人讀的書多得很。[13]由此可見，岳騫的批評是情緒性的、印象式的，欠缺文學評論該有的學理性。

溫任平曾針對《蕉風》特闢「新詩研究專輯」提出看法：「無論如何，我仍認為馬華整體性的現代詩運動肇始於1959年，因為1959年、1960年《蕉風》開始發表數量可觀的現代詩，《蕉風》第九十四期（1960年8月號）甚至特闢了一個『新詩討論專輯』，一連數期，供各方發表意見。現代詩作為一個Infant Terrible，開始受到廣泛的注意，抨擊與非議隨之而至，白垚後來在《蕉風》寫他的〈現代詩閒話〉為現代詩辯護。」[14]

「新詩討論專輯」的作用主要是讓雙方人士針對現代文學提出意見，更重要的是，《蕉風》在這過程明確地流露出現代主義的傾向，接下來《蕉風》刊登越來越多現代詩，促進現代主義文學的傳播和發展。到了1964年，《蕉風》又發表白垚的〈現代詩閒話〉，進一步為傳播現代主義文學努力。

---

[13] 梁明廣曾翻譯喬艾斯的著名小說《尤利西斯》，王潤華曾翻譯Joseph Conrad的《黑暗的心》（The Heart of Darkness）。

[14] 溫任平：〈三十而立的馬華現代文學〉，《南洋商報》「特約評論」（1989年8月26日）。本文後收入於氏著：《文化人的心事》（吉隆坡：大將事業社，1999），頁156~158。

三、黃崖加速《蕉風》現代化，積極傳播現代主義文學（1962年到1967年）

《蕉風》的現代化傾向有跡可循。1960年8月10日推出「新詩討論專輯」，對引進和傳播現代主義文學的立場堅定，繼續刊登現代主義的譯介文章和現代詩。到了1962年，黃崖入主《蕉風》，現代化的進程加速了許多。

黃崖，1932年在中國福建廈門出生，1950年擔任香港《大學生活》編輯，《中國學生週報》副社長。他出版過自己的現代詩集《敲醒千萬年的夢》，也出版過臺灣現代詩人瘂弦的詩集《苦苓林的一夜》和朱西寧小說集《賊》等。移居馬來西亞之後，擔任《學生週報》、《蕉風》月刊的編輯。在60年代，他曾經協助文藝青年出版《新潮》月刊、吉隆坡《荒原》月刊、北馬《海天》月刊[15]等。他於1968年開始擔任南馬文藝研究會顧問並在70年代創辦《星報》綜合性雜誌。從事文學創作多年的黃崖，著有《紫藤花》、《吉隆坡的雨季》等書。

---

15 《新潮》、《荒原》、《海天》屬於60年代自資創辦的小型文藝刊物。南馬的《新潮》最先出版，創刊於1962年5月5日。出版到第七期，暫停10個月，才復刊出版第八期，擴大版本，繼續出版了3期，在1964年8月終刊。這份刊物側重小說作品。中馬的《荒原》創刊於1962年月5日15日，出版了3期，第八期開始改革，即擴大版本。1966年7月停刊。這份刊物比較重視散文。北馬的《海天》遲至1962年5月25日才創刊，由北馬檳榔社出版。第二期到第六期則由海鷗出版社出版，第七期起才由海天出版社出版。1962年12月25日出版第六期之後暫時停刊，1963年10月復刊，1964年1月出版第十期時革新。《海天》於1967年6月停刊，共出版了21期。所發表的作品比較側重詩歌。這幾份刊物比較現代，與《蕉風》《學報》配合起來，形成與現實主義陣營的對抗局面。

方桂香指出，黃崖於1962年接編《蕉風》後積極推廣現代文學。編輯方針「一直以刊登港臺的作品為主導方針，而以馬華作品為副，間或轉刊一些港臺現代詩作，而翻譯作品則只是聊備一格。」[16]她的看法與張錦忠的觀察不謀而合。張錦忠說：「黃崖主編《蕉風》月刊期間刊登了不少臺灣作家的詩文，其中不少為這些作家來稿，而非轉載。顯然黃崖推展馬華現代主義文學及其對《蕉風》月刊的貢獻及其作為星馬港臺文壇橋樑的角色有待重新給予肯定。……」[17]

黃崖接編《蕉風》之後，這本文學雜誌的現代化傾向更加明顯，並進一步落實新詩再革命，刊登不少臺灣現代作者的文章。張錦忠認為黃崖的做法模糊了白垚所欲彰顯的馬來亞華人與華文的主體性。白垚從黃崖手裡接掌《蕉風》月刊編務，和陳瑞獻、李有成及姚拓聯手改革刊物的方向，更全面落實反叛文學，播散本土化的現代主義，方見高蹈現代主義文本，例如牧羚奴（陳瑞獻）的詩文、完顏藉（梁明廣）譯《尤利西斯》。[18]

儘管張錦忠對黃崖刊登港臺作品稍有微言，卻不能否定他帶領《蕉風》走向現代化的努力。1962年，馬華現代文學還處於牙牙學語的階段，尚不能自立，需要多方的營養，港臺作家的作品剛好提供了適當的營養，彌補了本地作家面對的營養不良的困境。1962年到1967年間，《蕉風》發表的港臺現代詩人作品就有彭邦楨的〈薔薇園〉，覃子豪的〈燈〉，敻虹的〈升〉、

---

16 方桂香：《新加坡華文現代主義文學運動研究》，博士論文（廈門：廈門大學，2007），頁374。

17 見張錦忠：《南洋論述：馬華文學與文化屬性》（臺北：麥田出版，2003），頁374。

18 張錦忠：〈白垚與馬華文學的第一波現代主義風潮〉，《南洋商報》（2008年11月18日）。

〈二葉〉、〈我已經走向你了〉，周夢蝶的〈孤峰頂上〉、〈連鎖〉、〈尋〉、〈虛空的擁抱〉、〈五月〉、〈三月〉、〈擺渡船上〉、〈無題〉，胡品清的〈黑色的聯想〉、〈花間路〉、〈企望渺渺〉、〈桃花源〉、〈華美的夜〉，洛夫的〈投影〉、〈飲雨的人〉、〈焚燒之前〉、〈早春〉，余光中的〈浮雕集〉、〈空宅〉、〈答案〉、〈悲哉我之冰河期〉、〈失樂園〉、〈天國的夜市〉、〈春天，遂想起〉、〈豹〉，沈臨彬的〈汨羅江畔〉，林以亮的〈有贈〉，羊令野的〈蝶之美學〉，周鼎的〈圍牆〉、〈露珠〉，蓉子的〈多餘的四月〉、〈三月〉、〈我無膜拜〉，瘂弦的〈庭院〉、〈給橋〉、〈死了的蝙蝠和昔日〉、〈懷人〉、〈葬曲〉、〈現代人之風習〉、〈季候病〉、〈護士〉、〈協奏曲〉、〈海之歌〉、〈藍色的井〉，羅門的〈欲像〉、〈都市〉、〈生之前窗向死的後窗〉，蔣勳的〈酩酊〉、〈負〉、〈夜語〉，葉珊的〈蹤跡〉、〈馬纓花〉、〈前夕〉、〈停雲〉、〈山後的小部落〉、〈天王星〉、〈歷霜〉、〈給時間〉，吳宏一的〈楓葉樹下〉，管管的〈花之墓〉，辛鬱的〈浪子回家吧〉，張健的〈春安，陽光〉、〈夜聚〉，吳望堯的〈第一交響詩〉、〈沙葬〉等。

黃崖大量刊登港臺作品加速了馬華現代主義文學的發展。他提供了很多參考資料，寫作手法的借鑑，主題思想的選擇對年輕作者都有很大的刺激，大大開闊了他們的眼界，同時也幫助他們提升寫作技巧。總的來說，《蕉風》的黃崖時期是馬華現代主義文學發展的一個重要時期。

四、發起第二波現代主義風潮：刊登白垚〈現代詩閒話〉系列文章

《蕉風》於50年代末發動反叛文學運動，發表了淩冷的〈新詩的再革命〉和〈新詩的道路〉，為馬華現代主義文學的發展邁開了第一步。到了60年代，《蕉風》面對現實主義作家的圍攻，也能站穩立場，繼續為馬華現代主義文學護航。到了1964年，《蕉風》一連四期發表了淩冷的〈現代詩閒話〉的系列文章，成為張錦忠等人所說的第二波馬華現代主義浪潮。白垚非常清楚，現代文學如果還要繼續發展下去，不下重藥或不積極一些是不夠的了，於是才發表〈現代詩閒話〉系列。這4篇文章，一改之前的「新詩」，直接援用「現代詩」一詞，揭示了《蕉風》對現代文學的立場。

從1964年3月號到7月號的《蕉風》，連續發表了這4篇總題為〈現代詩閒話〉的系列文章，詳情如下。

表（3）：白垚〈現代詩閒話〉

序號	篇名	刊期	頁碼
01	〈不能變鳳凰的駝鳥：現代詩閒話之一〉	《蕉風》1964年3月號，總137期	12~13
02	〈當車的螂臂：現代詩閒話之二〉	《蕉風》1964年4月號，總138期	12~13
03	〈藏拙不如出醜：現代詩閒話之三〉	《蕉風》1964年6月號，總140期	12~13
04	〈多角的鑽石：現代詩閒話之四〉	《蕉風》1964年7月號，總141期	13

從〈新詩再革命〉到〈現代詩閒話〉，標示《蕉風》在推廣和傳播現代主義文學態度上的改變。起初，也許擔心直接採用現代詩會引起諸多不滿，尤其是來自現實主義陣營的人。事隔5年，文壇已經有了改變，《蕉風》在這5年來也陸續刊登了不少現代主義的作品。因此在5年後，《蕉風》再一次推動馬華現代主義文學的進程，明確且毫不猶疑地使用了「現代詩」這個詞語，發表了白垚「現代詩閒話」的系列文章。

〈不能變鳳凰的鴕鳥：現代詩閒話之一〉有三大重點。首先，白垚認為，現代詩的出現是不可抗拒的，不管你喜歡不喜歡，它仍是一股力量。……第二點，他說：「現代詩應該不是一件新的東西，在西方，甚至比我們的白話詩還有歷史，它對我們的讀者和作者之所以有陌生感覺，主要的原因是介紹的工作做得不夠，其次是我們的欣賞範圍一直自我局限在一個小角落裡，……」[19]第一點強調現代詩出現的必然因素；第二點則探討現代詩對馬來亞讀者而言比較陌生的原因。在他看來，問題出現在介紹的工作做得不夠以及本邦讀者的欣賞範圍過於狹隘。這兩點在今天來看，我認為是中肯的。

第三點比較激進一些，他把現代詩的反對者比喻為鴕鳥。他說：

> 第一，現代詩本來沒有反對的必要，假如「他」連T.S. Eliot的〈傳統和個人才具〉都沒有耐心讀下去，那麼，他的反對是毫無力量的。第二，保守者皆鈍化了自己的趣味和感覺，他不願意接受不同的東西，……這完全是一種不

[19] 白垚：〈不能變鳳凰的鴕鳥：現代詩閒話之一〉，《蕉風》第一百三十七期（1964年3月號），頁12~13。

上進的心理，這種心理演變為排除異己，[20]第一點比較尖銳，第二點一針見血，反對現代詩的人應該多加反省，是現代詩的問題還是本身的問題。「鈍化」和「不上進」這兩個形容詞用得極為恰當，也反映了當時敵對陣營反對現代詩的癥結所在。分析了反對者的問題，白垚的結論是：「不少現代詩的反對者已經慢慢地接受現代詩的洗禮。……而且，我深信，今天許多現代詩的作者，都是由新詩（非現代詩）的作者蛻變而來。」[21]

是期《蕉風》的編者對白垚的觀點也是頗為支持的。「編者的話」中有一段特別談到白垚文中所提到的現象：「現代詩在星馬很受人輕視和攻擊，其實，這情形在其他地區也是如此。『新』的東西，往往是不易為人接受的；有些人甚至連『接受』的問題也不考慮，便將『新』的東西拒於千里之外。這是一個可怕和可悲的現象！白垚的〈不能變鳳凰的鴕鳥〉即針對這個現象作了十分誠懇的評論，希望有更多的讀者據這個問題發表意見。」[22]

為了使到現代文學更加順暢地傳播，白垚接下來發表〈當車的螂臂：現代詩閒話之二〉。本文有兩大重點：第一點提到現代詩的發展有三大阻礙；第二點論述現代詩人面對批評與阻礙時應該具備的態度。白垚認為，馬華現代詩的三大阻礙是：（1）頭腦滯化了的詩作者；（2）缺乏創造的批評者；（3）政治教

[20] 如註19，頁13。

[21] 如註19，頁12。

[22] 編輯部：〈編者的話〉，《蕉風》第一百三十七期（1964年3月號），頁2。

條。[23]這三大阻礙涵蓋了詩作者、批評者以及詩歌表達的內容問題。白垚很清楚，要求對方改變是十分困難的事情，因此，與其要求他人不如面對現實而努力強化理念和創作。於是他在分析了三大阻礙之後，提出馬華現代詩人應該具備的態度。他提出四點與現代詩人共勉：

1. 作為一個崇高理智的現代詩人，我們有責任將這些廟堂侏儒帶到陽光下，讓他們回復成一個堂堂正正的人。
2. 作為一個現代詩作者，在一個適當的時候，應該以一種偉大解放者的心靈，打開鳥籠以勇敢的態度接受他們惰性的反啄。
3. 作為一個現代詩人，我們不怕被門閥內的侏儒罵我們是不識榮華富貴的臭丫頭。
4. 作為一個現代詩人，我們也不怕被登徒子罵我們黃色，因為現代詩根本就不是黃色，只是登徒子有一雙黃色的眼珠，將一切純淨潔白的東西都看成黃色。[24]

文學傳播必須有人，也必須有作品，沒有作品，文學傳播欠缺文本，沒有影響力，到頭來無法傳播。在〈當車的螂臂：現代詩閒話之二〉，白垚強調的是人，接下來的一篇則不僅強調人，也凸顯作品的重要性。他先為「現代」這個詞下定義，指出本邦現代詩人的弱點，最後列出現代詩人最重要的工作。他認為現代詩是當代的詩，同時認為「現代詩中的『現代』一詞是無數個過

---

[23] 白垚：〈當車的螂臂：現代詩閒話之二〉，《蕉風》第一百三十八期（1964年4月號），頁12。

[24] 如註23，頁13。

去，形成了一個現代，這個現代，就是我們所重視的……」，而且「應該是不斷的隨時光充實，每一個將來都會在一瞬間成為現代。」[25]白垚這個關於「現代」的定義就不局限在時間的觀念而已，還包括了過去留下來的東西。換言之，「現代」是傳統的新形式，沒有豐富的過去就不會出現精彩的現代。

他接下來批評本邦的現代詩人的修養仍是薄弱得很，歷史也短暫。他沒有詳細論述什麼叫做「修養」，我們認為不是品德上的問題，而是對現代文學認識上的程度未臻理想。儘管如此，他還勉勵現代詩人不要怕被攻訐，要怕就怕自己沒有好作品。現代詩人在創作上應該努力創作一種富有現代生命的現代詩。最後，他認為現代詩人目前最重要的工作是多創作，多作理論的探討和發表。[26]白垚的批評中肯，建議也合理。在開始階段，現代詩人如果不夠努力，整個馬華文學的現代主義運動就難以繼續下去，因此他語重心長地希望現代詩人能夠正視自己的作品，對自己要求高一些。

最後一篇現代詩閒話乃是第三篇的延續。這一篇的重點只有兩個：（1）現代詩與民族風格；（2）現代詩人應有的抱負。這是在創作上進一步要求，寫作不只是個人的事情，要看到民族，也要看到民族以外的更加廣闊的世界。他強調：「現代詩人，在創作上，對民族風格應該更有一個了解就是一個時代的詩風格的形成，在於使人的不斷創造，而不是固執於某一種民族風格的模仿表揚。」[27]

---

[25] 如註23。

[26] 詳見白垚：〈藏拙不如獻醜：現代詩閒話之三〉，《蕉風》第一百四十期（1964年6月號）。

[27] 白垚：〈多角的鑽石：現代詩閒話之四〉，《蕉風》第一百四十一期（1964年7月號），頁12。

白垚發表的4篇現代詩閒話，不僅帶出他本身的現代主義的色彩，更重要的是證實了《蕉風》自1962年黃崖接編以後「向現代派傾斜，進一步落實新詩再革命。」[28]這幾篇文章對馬華現代主義文學的發展和傳播有其重要的歷史意義。溫任平認為：「白垚在1964年開始寫他的〈現代詩閒話〉，以相當鋒銳的筆為現代詩披荊斬棘。」[29]在1969年，白垚進入《蕉風》編輯部，與牧羚奴、李蒼等配合，進一步推動和傳播馬華現代文學。

五、譯介西方現代主義文學

刊登西方現代文學作品是《蕉風》傳播現代文學的其中一個重要手法。在60年代，錢歌川、王潤華、莊重、葉逢生、于蓬貢獻頗多，其中錢歌川、王潤華、莊重三人，所翻譯的作品，質量兼具，數量也不少。在數量上，錢歌川共翻譯了34篇各類作品，數量最多。由於之前刊登了多篇譯介現代文學的文章，引起一些讀者的不滿而要求減少刊登。主編於1961年3月號（第一百零一期）預告將從第一百零三期開始介紹近代文藝思潮以及近代文學優秀的作品。到了第一百零三期，亦即1961年5月號，「編者的話」第一段這樣寫：「從這一期開始，我們將有系統地來介紹現代世界文學。作為一個文學欣賞者或工作者，是需要對現代文學有所認識的；雖然，介紹現代文學是一件艱鉅的工作，但我們仍將勉勵去做。」[30]這裡提到對現代文學認識的重要性，同時也意

---

[28] 張錦忠：〈白垚與馬華文學第一波現代主義風潮〉，《南洋商報》（2008年11月18日）。

[29] 溫任平：〈馬華現代文學的意義和未來發展：一個史的回顧與前瞻〉，《文學・教育・文化》（安順：天狼星詩社，1986）頁3。

[30] 編輯部：〈編者的話〉，《蕉風》第一百零三期（1961年5月號），頁2。

識到介紹現代文學是一項艱鉅的工作，「艱鉅」可能包括了相關作者難尋，也可能包括過程中可能遇到的反對聲浪。

《蕉風》對西洋文學的譯介是頗具眼光的，在這一期就介紹了20世紀偉大的現代詩人及評論家艾略特的詩〈荒原〉。除了刊登〈荒原〉的翻譯，還刊登了葉逢生寫的〈簡介艾略特和〈荒原〉〉，可謂用心良苦。其用心也可以從〈編者的話〉看出：「這一期，我們介紹的是現代最有名望的詩人艾略特和他的成名作〈荒原〉。由於大家接受古典文學的影響較多，對於新文學的接觸較少，可能初讀〈荒原〉時，會有一種格格不入的感覺，但，各位必須注意，這首詩是經過相當長時間的爭論，最後被公認為一首傑出的長詩，所以我們實應耐心地去讀它，去體味它。」[31]〈荒原〉是一首不容易讀更不容理解和接受的現代詩，《蕉風》則在一開始就介紹，這是從高處著手，要把讀者的文學品味提升到預定的高度。

接下來的一期，《蕉風》向讀者介紹意識流小說。這對馬華文壇而言確實是個新名詞。《蕉風》在刊登這類小說的譯文之前，先請莊重寫一篇介紹文章〈談意識流小說〉[32]，讓讀者有個概念，先有個心理準備。編者在「編者的話」還特別說明意識流小說乃當時流行的體裁，但是東方讀者對它並不熟悉，所以有介紹必要。「意識流小說是最近數十年來極為流行的文學體裁，它不僅是流行，而且，還有繼續發展的趨勢，它可說是近代文學的一大巨流。可是，說來慚愧，東方的讀者對它是陌生又陌生。」[33]無疑的，本地作家很多尚未讀過意識流小說，也正因

[31] 如註30。

[32] 莊重：〈談意識流小說〉，《蕉風》第一百零四期（1961年6月號），頁3~4。

[33] 編輯部：〈編者的話〉，《蕉風》第一百零四期（1961年6月號），頁2。

為如此，意識流手法提供給馬華小說家另一種比較新穎的表達方法。意識流小說，比較著名的有伍爾芙夫人（Virginia Woolf）、亨利・詹姆斯（Henry James）和喬埃斯（James Joyce）。伍爾芙夫人的小說如《燈塔》（To the Lighthouse）對60年代的馬華小說啟示或影響最大。對於詹姆斯，他的小說文字精緻細密，功力深厚，可是馬華小說家模仿不來，而喬埃斯那種對語言文字的實驗，反而對馬華作家有較大的啟迪。這種啟迪要到60年代末和70年代初才見其端倪。馬華文壇當時比較受歡迎的小說家韋暈、方北方，都是現實主義的代表，作品欠缺深度，而所謂的寫實也只是盡其所能去模仿實況，藝術手法低落，難以感動當時的讀者，尤其年輕一代的讀者。《蕉風》引介的意識流則大開本地小說家的眼界，擴大了書寫的空間，也開拓了新的書寫模式。

1963年4月號《蕉風》「編者的話」，概括了反對者的意見，也闡明了《蕉風》的立場：「最近，我們接到不少讀者來信，建議我們減少介紹現代西洋文學的篇幅，歸納大家提出的理由，共有兩點：一、翻譯的文字，閱讀不習慣；二、現代文學的表現方式和我們常看到的本邦作品距離太大。……我們將採取精簡的政策，盡量選刊比較精短的現代作品。」[34]《蕉風》的立場在這裡明確表露出來了。它們尊重讀者的意見，但不會停止刊登譯介西洋現代文學的作品，只是應允減少其篇幅。這樣的立場在那個時候是屬於前衛的，也因此導致現實和現代派之間的矛盾與對立。換言之，《蕉風》「譯介西方現代派文學，其態度積極進取中有冷靜慎重，前瞻中又進退有分。」[35]

---

[34] 編者：〈編者的話〉，《蕉風》第十一期（1956年4月號），頁2。

[35] 黃萬華：〈馬華文學八十年代的歷史輪廓〉，黃萬華、戴小華編：《全球語境。多元對話。馬華文學》（山東：山東文藝出版社，2004），頁42~43。

從1960年到1969年7月，《蕉風》所刊登的譯介作品共320篇，各文類的分佈如下表。

表（4）：《蕉風》1960年至1969年7月所刊登的譯介作品

文類	數目	積累數目
論述	116	116
譯詩	52	168
小說	116	284
散文	25	309
書信	6	315
傳記	4	319
童話	1	320

現代主義文學於1959年才被引進馬華文壇，進入60年代，還是發軔的時期，需要理論的指引和各類作品的參考。從表中所列，《蕉風》最重視的兩個文類不是現代主義詩，反而是文學評論和現代小說，各刊登了116篇。評論分為各種文類的評論，確實有引導的作用。現代小說的刊登主要是起示範作用的，讓馬華作家有個學習的對象。60年代馬華小說，素質太低，無法滿足年輕讀者的要求。《蕉風》刊登眾多的現代主義小說，其目的明顯不過。至於一直被人詬病的現代詩，刊登的數目只有52首，遠比評論和小說少得多。其他文類數目，影響不大，只能算是點綴而已。散文刊登了25篇、書信6篇、傳記4篇、童話1篇。

艾略特主張詩的無我性和個人性（impersonality）。這個詩論是為了糾正浪漫主義詩論對情感和個性過於強調的弊端。艾略特強調詩的情感應該是「非個人」，藝術創作實際上是「非個人化」的過程。他這個最有影響力的詩論可以在他的詩作〈荒原〉

中得到印證。平實言之，60年代的馬華詩人當中，能夠駕馭感情而達到泯滅自我的實在不多。然而，艾略特的詩論開了馬華年輕詩人的眼界，頓覺詩可以有這麼多歧義，可以寫得如斯曲折深邃。這樣的現代主義詩比起當時鐘祺、杜紅所發表的分行散文、口號詩風格完全迥異，意境既近而遠，自有一定的魅力。

小說的譯介方面，對馬華小說影響比較大的是伍爾芙夫人的「意識流」手法。這種表達手法，幫助馬華小說家擺脫韋暈、方北方等作家過於表面的現實主義寫作手法。他們學習用語言去捕捉內在的思想活動，意識的流動，把人腦中思潮起伏的實際情況具體生動地記錄下來。意識流跳接快速，空間的轉移，時間的前後流轉，乍看之下紊亂異常，卻有內在的情感連貫。這種新穎的書寫方式呈現了生活的某種真實或者實相，是現實主義手法所無法達到的。

另外被引進馬華文壇而又有影響力的兩位小說家是亨利・詹姆斯（Henry James）和喬艾斯（James Joyce）。可惜的是，前者的精緻細密，難以模仿。後者在寫小說時，努力於語言文字的探索、試驗與創新，這種寫法反而對馬華小說有比較大的啟示。70年代崛起的小說家張寒、宋子衡、菊凡、麥秀、溫祥英和小黑，都曾受過這兩位小說家的影響，不管是直接還是間接的。[36]

從傳播學的角度看，大量地刊登現代主義文學作品，影響是肯定的。《蕉風》只是一本文學刊物，也是當時現代主義文學的唯一基地，縱使如此，也不可小覷，因為這一輪大量刊登西洋現代文學之餘，也刊登了接近70首的現代詩。這就是傳播的影響。

---

[36] 在臺灣文壇，受到這兩位小說家影響的就有林懷民、王文興，還有王敬義、白先勇、王文興、聶華苓，於梨華等。他們小說中所出現的視角轉換、象徵、小說中的頓悟、顯現，可以說是這兩位小說家的影響。

到了60年代末期，周喚、沙河、飄貝零、謝永就、黑心藏、李木香等在《蕉風》發表了具有現代主義語言特色的詩。換言之，《蕉風》60年代發表的譯介作品成功地傳播了西方現代主義文學，並在某個程度上，把馬華現代主義文學的發展推向新高。

從創作的角度看，我們看到了60年代一些馬華現代主義詩人，在接受和挪用的語言技巧及創作手法時，他們為馬華詩歌找到一個方向，一個突破。例如艾文和沙河這兩位詩人在60年代的地位就不可忽視。他們在詩歌語言美學方面的嘗試具有貢獻。他們學習到了如何使用技巧挖掘內心的世界，大量使用隱喻、象徵、意象來挑戰當時的現實主義。艾文的〈信仰〉、〈困〉、〈左手〉、〈白災〉、〈聲音〉、〈沙漠象徵〉、沙河的〈停屍所〉、〈街景與死亡〉、〈臉〉、〈齒輪〉、〈感覺〉都是挪用象徵主義詩常用的象徵語言，以新的審美思維觀照當時的社會課題以及個人內心的世界。

六、大量刊登港臺現代詩和現代文學評論

60年代是馬華現代文學發展從萌芽到全面發展的年代，也因此使到馬華文壇出現壟斷馬華文壇多年的現實主義與新興的現代主義壁壘對峙的緊張狀態。究其原因，其中一個就是《蕉風》與60年代採取多樣化手法來促進、傳播和發展現代文學。其中一項就是刊登譯介西方現代文學作品和理論，另一項做法就是大量刊登臺灣現代文學作品，尤其是現代詩，大量刊登臺灣現代文學評論，再來就是也不忘記刊登本地的現代詩和散文、小說。以上幾個步驟讓敵對陣營非常不滿，紛紛寫文章抗議，但是現代文學在《蕉風》有計劃地推行下，已經呈現勇不可擋的勢頭，任何反對

的浪潮也只能算是發展過程的點滴或花絮而已。

總的來說，60年代的《蕉風》傳播現代文學的路線有三，其中譯介西洋現代文學作品已如前述，其二是藉他山之石，刊登大量港臺現代作家的作品作為借鏡的對象；其三刊登本地作家作品，以資鼓勵。在三大策略下，港臺作家如王敬羲、朱西寧、聶華苓、郭衣洞等的小說，覃子豪、余光中、夏菁、瘂弦、葉維廉、羅門、周夢蝶、鄭愁予等的現代詩，陳之藩、琦君、張秀亞、葉珊等的散文，相繼在《蕉風》亮相，豐富了本地作者和讀者的閱讀經驗，也提供了學習和模仿的對象，對新一代的年輕作家肯定有潛移默化的作用。

再來，本地年輕作家的各類作品也大量出現在《蕉風》，形成特殊的本地風貌。這些本地作家包括原上草、慧適、馬漢、冰谷、姚拓、山芭仔、年紅、林方、梁誌慶、冷燕秋、葉逢生、高秀、陳慧樺、綠穗、北藍羚、魯莽、梁園等。當然，在60年代，這些作家還年輕，作品素質與現代主義文學的美學標準尚有一段距離。不過，他們的作品呈現了年輕人的實驗精神，都嘗試新的寫法，擺脫了50、60年代初那種僵硬的現實主義的寫法，予人清新的感覺。內容方面，南洋風土人情的書寫突出了本地色彩的特色。技巧的創新與實驗，內容的本地化，提供了與港臺作家不盡相同的面貌，整體效果改變並提升了一般讀者的文學口味，同時也開拓了作家的視野。[37]

從1960年到1969年，《蕉風》共出版了120期。在這120期的

---

[37] 溫任平曾對當時馬華作家的作品提出批評，認為「張力、金沙的實驗意圖強烈，山芭仔、林方、冷燕秋、陳慧樺似比同期作家較傾向現代主義。詳見溫任平：〈當馬華文學遇上陌生詩學〉，發表於國立新加坡大學中文系、新加坡作家協會聯合主辦2003年「東南亞華文學研討會」，之後發表於《星洲日報》〈文藝春秋〉。

《蕉風》裡，共有269位詩人發表過現代詩，而詩發表的總數則是609首，平均每期發表現代詩的數量是5首。馬華現代文學1959年3月才開始，進入60年代發展到60年代末，也只有10年的歷史而已。在這個開始階段，大量發表臺灣和香港的現代詩，對本地作者有參考的作用，而60年代開始，《蕉風》也大量發表本地作家詩人的作品，609首裡面就有不少是本地詩人的作品，證明現代文學，尤其是現代詩，已經被本地年輕詩人所接受。《蕉風》在傳播現代文學上努力，可以從本地現代詩人逐漸增加的人數看得出來。

在《蕉風》發表詩作或者詩作被轉載的眾多詩人當中，臺灣詩人瘂弦和本地詩人周喚的發表數量是最多的，各有17首，次之是林蕙，共13首，再下來是臺灣詩人周夢蝶，發表了12首，第四位是羊城，共發表了11首詩。

我們發覺，當西方現代主義詩人被引進的時候，臺灣現代詩人如覃子豪、余光中、瘂弦、洛夫、葉維廉、羅門、鄭愁予、周夢蝶等的作品也開始出現在《蕉風》。這些詩人的作品風格各異，對馬華詩人各有影響。葉維廉的純粹經驗、覃子豪的法國象徵主義、羅門的第三自然、余光中的新古典主義、洛夫的超現實主義、周夢蝶的禪詩，都各有模仿者。例如，溫瑞安、何啟良就明顯受到余光中的影響，飄貝零、李木香以及70年代的雷似痴的詩中的禪味莫不令人想起周夢蝶。李有成詩語言的試驗性深得現代主義精神的深邃，無論是後設語言的嘗試還是間接表達方法，都可以看出他的詩已經超脫了五四新詩的框框，還有現實主義詩的固定形式和僵化的語言。溫任平對李有成的評價是：「60年代的馬華現代詩，橫看豎看，左右衡度，仍以李有成的作品最有開創性，最能承先啟後，它一方面擺脫了60年代臺灣現代詩的晦澀之風，另一方面又能摔掉國內早期現代詩那種模仿古典詩詞（尤其是詞）的小腳放大形態，以新的語感發出新的聲音。」[38]

以上如此龐大的現代詩發表量，在馬華文壇的確掀起了現代文學的風潮。在60年代，《蕉風》姐妹刊物《學生週報》的「詩之頁」刊登了不少現代詩，我們看下表所列現代詩發表量，就大概可以知道《學生週報》如何與《蕉風》在傳播現代文學方面配合，積極推動馬華現代文學的進程。

表（5）：《學生週報》「詩之頁」1967年~1969年發表的現代詩數量

序號	年份	發表的現代詩年度數量	備註
1	1967	40首	
2	1968	100首	
3	1969	97首	
共		237首	平均每年79首

我們不難發現，《學生週報》每一年都刊登為數可觀的現代詩，在推廣與傳播來說可謂非常用心。現代詩被刊登出來了，篇幅增加，讀者人數也增加，換言之，現代詩被接受的程度也較高，這無疑是一項不小的突破。

七、1967年4月開始大量刊登本地作家作品，促進馬來西亞化

馬華現代主義作家從50年代末到60年代中期，從《蕉風》所刊登的譯介作品和港臺現代主義作品中汲取了諸多養分，學習了

[38] 如註37。

多樣化的表現手法，對現代主義文學有了更深一層的認識。有鑑於此，《蕉風》在1967年4月號開始大量刊登本地作家作品，展示本地現代作家的份量。

這一期的〈讀者、作者、編者〉清楚說明本地化的目標：「這一期我們大量推出本地作家的創作和翻譯，可以說是展示馬華文壇的力量；今後我們將繼續往這個目標努力。」[39]這一期刊登的本地作家的作品包括：黃崖的小說〈煤炭的噩夢〉、憂草的散文〈四月的歌〉、淡瑩的詩〈鵠立於寒意之上〉、王潤華的介紹西洋文學論文〈認識卡繆和黑死病〉以及梅井、錢歌川等人的作品。同期，《蕉風》也推出〈馬華新詩選〉，刊登了林英強的作品。我們可以說，在本地作品馬來西亞化以建立自己的風格方面，做了最有效的步驟。從1967年4月號開始大量刊登本地作家的作品到1968年4月號，《蕉風》再度改革，並從第一百六十八期開始，完全刊登本地作品。是期《蕉風》（編者的話）宣布：「去年今日，本刊決定向馬來西亞化的大道邁進，今年今日，本刊已完全達到馬來西亞化的目標。自本期開始，本刊發表的創作和翻譯，都將是本地作者的心血，此外本刊還將邀請專人編撰馬華文學史和馬來文學史，希望本刊能逐漸成為一本具有代表性的本地文藝期刊。」[40]這一年來，《蕉風》總共刊登了52首詩，扣去周鼎、葉珊、余光中、辛鬱等港臺詩人的作品，本地作家的詩也有44首，可以說是一個突破。如果計算到1969年7月第二百零一期，所刊登的詩歌總數是99首。有一點必須強調的是，從1968年5月號開始，一直到1969年7月號，我們再也看不到港臺著名詩

---

[39] 編者：〈讀者、作者、編者〉，《蕉風》第一百七十四期（1967年4月號），頁2。

[40] 編者：〈編者的話〉，《蕉風》第一百八十六期（1968年4月號）。

人的作品。換言之，《蕉風》在那個時期所刊登的都是本地作家之創作。

在眾多詩人當中，有些繼續寫下去，後來成了重要的現代主義詩人，如淡瑩、王潤華、溫任平、笛宇、周喚、牧羚奴、李蒼、艾文、溫瑞安、紫一思、沙河、左手人、江振軒、賴瑞和、賴敬文、綠浪等。當然也有一些當年活躍的作者80年代以後就不再寫詩了，不無遺憾。《大馬詩選》的27位入選詩人當中，80年代以後熄火停工的所在多有。東馬的李木香、謝永就、謝永成，西馬的喬靜、黑西藏、楊際光、賴敬文、藍啟元、歸雁、飄貝零都是典型的例子。

結語

《蕉風》與60年代馬華現代主義文學的關係非常密切。沒有《蕉風》的繼續推廣和傳播，馬華現代主義文學要繼續發展近乎不可能。前路雖然崎嶇，《蕉風》採取多元化的策略，從提供多方面的資訊，經典參考，到鼓勵本地作者創作、評論和翻譯，一路為馬華現代主義文學護航，才有當時稍見規模的馬華現代主義文學。1969年8月，由於新加坡牧羚奴加入《蕉風》編者行列，進行了再一次的改革，更加全面地傳播現代主義文學，但那是70年代的事情了，留待日後討論。

Ch.3　《蕉風》70年代：後陳瑞獻時期現代文學的傳播策略

前言

《蕉風》在1970年代積極傳播現代文學可以分為兩個階段，第一個階段是從1969年8月陳瑞獻（牧羚奴）加入《蕉風》編輯部開始，到1974年12月離開《蕉風》為止；第二個階段是後陳瑞獻時期，也就是從1975年1月開始到1979年12月為止。陳瑞獻加入編輯時期被稱為六八世代，是《蕉風》積極傳播和推動現代文學的時期，採取了多元化的策略，為現代文學和馬華現代文學打下堅實的基礎，也栽培了不少馬華現代作家。那麼，1975年到1979年之間，《蕉風》的編輯方針是否有很大的改變？它又為馬華現代文學做了什麼？這正是本文要探討的重點。

一、《蕉風》六八世代現代文學的傳播策略

《蕉風》於「六八世代」傳播現代文學主要通過兩個策略，其一為通過翻譯介紹西方現代文學，也包括馬來現代作家的作品如拉笛夫、馬蘇裡S.N的詩等。這時期所翻譯的作品共259篇，內容廣泛，包括散文、詩、詩評、論述、小說、劇本、序文、訪談、書評、書信、演講詞等。這些作品由新馬作家翻譯，根據統計，新加坡作者翻譯了115篇作品，其中105篇由6位新加坡作者所完成，他們是陳瑞獻、蓁蓁、小菲、梁明廣、邁克和孤鳴。其

他則是馬來西亞作者所翻譯。馬來西亞作者方面，梅淑貞翻譯的數量最多，共19篇，其中4篇與陳瑞獻合作，賴瑞和次之，共翻譯了15篇，其他還有麥浪翻譯了13篇以及陳慧樺所翻譯的9篇。

《蕉風》的第二個策略是通過專號、專題、專輯以及《蕉風文叢》來傳播現代文學。從1969年10月號（第二百零五期）到1974年12月號（第二百六十二期），《蕉風》共推出11個專號、13個專題、4個專輯。所謂的「專號」、「專題」和「專輯」，內容並沒有規定。「專號」的內容傾向以文類為主，如詩專號、戲劇專號、小說專號、評論專號、散文專號和電影專號，有些則是某種文學的專號，如《馬來文學作品專號》、《古典文學專號》（一）和（二），也有以作者為主的，如《牧羚奴作品專號》。「專題」則傾向以作者為主，如「卡夫卡專題」、「拉笛夫專題」、「海明威專題」、「東革華蘭專題」等，專輯則有4個：「馬來文學的現況與發展專輯」、「馬來文學參考資料專輯」、「陳瑞獻畫展評介專輯」及「宋子衡短篇小說評介專輯」。《蕉風文叢》則出版了5本，1971年出版陳瑞獻、郝小菲合譯的《尼金斯基日記》，第二本是新加坡作者歹羊的《點線隨筆》，第三本是黃潤岳的《閑思錄》，第四本是完顏藉的《填鴨》，最後一本在1973年出版，是陳瑞獻、郝小菲合譯的拉笛夫詩集《湄公河》。

二、《蕉風》1970年代後陳瑞獻時期現代文學的傳播策略

這裡的後陳瑞獻時期，指的是1975年1月到1979年12月。這個時期，恰好是溫任平說的馬華現代文學的「懷疑時期」。所謂「懷疑」，更貼切地說，應該是現代作家的自我反省，亦即對現

代文學本身缺點的一份覺醒，並且有能力加以改善。有關現代文學的弊病，溫任平在1972年已經開始反省了。在《大馬詩人作品特輯》的前言裡，溫任平曾經如此評論現代文學的瑕疵：

就小說而言，現代小說只能說始具雛型，只是一個剛剛學爬、還常常把流行的砂粒胡亂往嘴塞的稚童。散文的創作尚在摸索階段，不少的所謂現代散文都洋溢著一股感傷的情調：自怨、自憐、自瀆，偽裝天真與喬裝失落成了女裝裙的「迷死」與「迷你」。更由於散文作者的力圖創新，故意扭曲文字，任意擺布句法結構（其實是完全不理會結構），結果身陷於修辭學的迷魂陣中不能自拔。[1]

總的來說，上述段落所批評的是馬華現代文學過於注重文字的經營，而忽略了內容主題的提煉。溫任平的批評於1972年刊出。1975年開始，馬華作家開始質疑或自我反省。從溫任平、葉嘯、何啟良及謝川成的論述來看，他質疑的是現代文學過於注重技巧和文字藝術忽略了主題內容，只關心個人情感的抒發，而忽略了對社會的關懷以及對時代的感受。

從1975年1月到1979年12月，《蕉風》共出版了59期，亦即從第二百六十三期到第三百二十一期，其中1979年6月和7月合為一期。到了1975年，《蕉風》基本上已經定型為現代文學的雜誌。其編輯方針大體上遵循六八世代定下來的模式，偶爾辦一些專號專輯，繼續刊登西洋譯介作品，刊登本地作家的現代詩、小說、散文和評論是《蕉風》的主力。

---

[1] 溫任平：〈寫在《大馬詩人作品特輯》〉，《文學觀察》（安順：天狼星出版社，1980），頁66。

（一）繼續譯介西洋現代文學的作品，凸顯翻譯的重要性

雖然馬華現代文學在1970年代後半期已經進入頗為豐收的階段，《蕉風》依然重視譯介西洋現代文學的作品。西洋現代文學作品，無論是什麼文類，在創意、技巧、格調等，可以學習的地方所在多有，而馬華現代文學許多方面都需提升。《蕉風》因此持續它的西洋文學譯介。

這5年發表的譯介作品，總數是127篇，每年發表的作品數目如下：

表（6）：1975年到1979年《蕉風》發表譯介作品數目

年份	譯介作品數目
1975年	6
1976年	27
1977年	17
1978年	28
1979年	49
總數	127

這幾年的西洋現代文學譯介顯然比不上六八世代，究其原因，一方面是時代背景不同，另一方面是編者不同。六八世代乃以牧羚奴為主，但是到了1970年代後半期，譯介西洋現代文學已另有其人，可以說是本土翻譯或者本地譯介人才的崛起。這些翻譯者包括譯介西洋現代文學作品的王潤華，共10篇；賴瑞和、眉孃次之，各五篇，其他的翻譯者則從一篇到四篇不等。如果說，六八世代譯介西洋文學最大的功臣是牧羚奴，那麼，從1975年到1979年，《蕉風》在譯介西洋文學方面貢獻比較明顯的當推王潤華。

六八世代，除了牧羚奴之外，還有幾位作家也譯介了不少西洋作品，其中包括完顏藉、賴瑞和、梅淑貞等。他們譯介的作品雖然比牧羚奴少，數目都超過10篇。到了1970年代後期，譯介工作比較平均，參與的作家也比較多，而每人譯介的作品相對少了。從某個角度看，認識西洋文學而又有能力譯介的作家增加，是可喜的現象。

這個時期的重點是比較文學之譯介，以及文學與其他學科的結合論述。例如，在比較文學方面，有王潤華翻譯Henry H. H. Remak的文章〈比較文學的定義及其功能〉，J. T. Shaw的〈文學影響與比較文學研究〉，Jan B. Corstus的〈比較文學研究的一些基本觀念〉，A.O. Aldridge的〈比較文學的概念、歷史、研究方法及內容〉，李有成翻譯Henry Giford的〈美國文學：一個比較文學的觀點〉。這些文章提供了比較文學方面的相關知識與資訊，在某個程度上開拓了馬華作家與讀者的視野，也提供文學研究和創作的參考途徑。至於文學與其他學科的結合融會，則有王潤華所譯Leon Edel的文章〈現代文學與心理分析〉，Rene Wellek與Austin Warren的作品〈文學與傳記〉及〈文學與社會〉。當然，譯介作品少不了現代詩，如何啟良所譯羅之馬克歌爾（Roger Mc Cough）的〈許多懷戀〉、小說如淩高所譯卡謬的〈嘲諷〉、義大利作者Tommago Landolfi的小說《新婚之夜》、Stephen Matanle的〈跳舞〉、阿根廷小說家波赫士（Jorge Luis Borges）的〈祕密奇蹟〉，戲劇方面，有賴瑞和翻譯Edward Albee的〈動物園的故事〉等。

以上各類現代文學作品的譯介，對現代文學有進一步推動和傳播作用，對馬華現代文學而言則有借鑑和提升之功，可謂一舉兩得。當時的馬華現代文學已經有了一定的基礎，《蕉風》刊登的譯介作品，對馬華作家在寫作技巧、主體意識的深化、文學作品氛圍的營造多有啟發。

（二）繼續推出專號、專題、專輯和特輯

後陳瑞獻時期的《蕉風》繼續策劃和推出專號、專題、特輯和專輯作為傳播現代文學的重要策略之一。整體而言，在這5年間，《蕉風》總共策劃出版了3個專號、11個專題、4個特輯和一個專輯。

表（7）：1975年到1979年《蕉風》所推出的專號

序號	刊期	專號
1	1977年6月號292期	詩專號
2	1979年3月號313期	科幻文學專號
3	1979年10月號319期	潮變時候新加坡年輕作者專號

明顯的，「專號」離不開文類專號，如《詩專號》、《科幻小說專號》和作者專號如《潮變時候新加坡年輕作者專號》。

1970年代後半期，《蕉風》所策劃的專號就這三個，比較引人矚目的是1977年6月號推出的《詩專號》。這次的專號呈現了《蕉風》十多年來傳播現代主義文學豐碩的成果。這一期的《詩專號》，從論述到創作，絕大部分是馬華現代詩人的作品。

先看編者在〈風訊〉如何看這一期的《詩專號》：「詩專號，就等於一次詩展，反映了詩壇的現象，以及詩人的表現。詩專號本刊以前辦過，現在又辦，將來也要辦。詩人寫詩需要鼓勵，詩壇也需積極推動，詩運才會蓬勃。」[2]

---

[2] 〈風訊〉，《蕉風》第二百九十二期（1977年6月號），頁119。

這兩句話說明了辦《詩專號》的目的，以及《蕉風》對這類專號的立場。雖然以前辦過，現在還在辦，將來也要辦，原因很簡單，「詩人寫詩需要鼓勵」。作為一份純文學月刊，《蕉風》在這方面確實發揮了鼓勵詩人的效果。除了經過策劃的《詩專號》，每月一期的《蕉風》都刊登好幾首現代詩，讓現代詩人有園地發表作品。1970年代的馬華現代詩人，要在華文報章的文藝副刊發表詩作，並非易事。

這一期《詩專號》共發表了39首現代詩，其中大部分是馬華詩人的作品，其中包括梅淑貞、溫任平、溫瑞安、沙魯、張瑞星、何啟良、沙河、紫一思、方娥真、黃昏星、廖雁平、周清嘯、殷乘風、鄭榮香、林秋月、冬竹和江振軒等人的詩作。其他是新加坡詩人的作品，如文愷、西河洲、林山樓、謝清、南子等。值得留意的是，沒有一首是臺灣或者香港詩人的作品。

雖然這個專號並未包含全體馬華現代詩人，原因乃如〈風訊〉所言：「遺憾的是還有一些知名詩人未在這次的專號裡出現。也許他們一時忙碌，也許他們正在靜思冥想，希望在下一次的詩專號裡見到他們。」[3]編者這一番話，足見其用心。

《詩專號》中的論述和評論都由馬華作家執筆。「論述」和「評論」各刊登4篇文章，分別是論述：（1）張瑞星的〈天上人間我自有音樂〉；（2）何啟良的〈馬華現代詩與馬華社會〉；（3）江旗的〈雪花風葉知多少〉和溫臧的〈馬來新詩發展史〉；評論：（1）葉嘯的〈什麼生活寫什麼詩〉；（2）溫瑞安的〈倒影還是側影〉；（3）許書瑜的〈成熟後的空洞〉和（4）楊升橋的〈余光中的〈北望〉和〈九廣鐵路〉〉。論述部

[3] 如註2。

分，3位作者不約而同都提出詩與社會關係的看法。

詩是否反映社會現實雖然不是評價詩的唯一標準，不容否認的是，詩人不關懷社會的確有其不足。馬華現代詩在1977年才進入第十八個年頭，尚有欠缺亦屬正常，馬華現代詩人在創作時將觸鬚伸向社會，對社會做近距離的觀察，以期達到反映社會現實的要求，是一種社會自覺。評論方面主要是針對本地及港臺詩人作品之論述，以批評實踐證明現代詩是可以經得起分析和欣賞的，正如〈風訊〉所言：「評論方面，葉嘯對子凡近期詩風與取材的轉變，有很好的剖析。溫瑞安、許書瑜及楊升橋諸君的分析文字，充分說明現代詩並非不可解的詩。」[4]

這期的《詩專號》帶出的訊息是，有些現代詩人對現代詩的社會性比較看重，反映了他們對社會的關懷，另一部份詩人則傾向於自我抒情而欠缺社會關照。有些作者的看法是社會關懷點到為止即可，過於側重就會犧牲了藝術的經營。對這一期《蕉風》內容以及其意義，溫任平在一篇論文裡做了個頗為全面的分析。他說：

1977年6月號的《蕉風》月刊是《詩專號》，何啟良寫了一篇〈馬華現代詩與馬華社會〉的短論，文中對馬華現代詩是否反映出馬華社會面貌與精神作了初步的探討，結論是「否」。他也對流行的浪漫江湖的詩風、禪味看來很濃實則故弄玄虛的詩，以及表現年輕人的苦悶、焦慮、煩惱的作品大加撻伐。他的論見的確是有的放矢，一針見血，可惜他自己的詩風走的正是浪漫江湖及表現年輕人的苦悶與煩惱的路。自己不能以身作則，嚴於求人，疏於求己，這種作風自然難令人折服。葉嘯、梅淑貞都先後

---

[4] 〈風訊〉，《蕉風》第二百九十二期（1977年6月號），頁119。

反駁過他。那期《詩專號》除了何啟良的論述之外，還有葉嘯評子凡的詩的一篇近萬言的論文：〈什麼生活寫什麼詩〉肯定了子凡的明朗真摯的詩風的美學與社會意義。文中他希望「某些夢囈病態的現代詩人」能夠深思反省，「果敢地跳出現代詩過去獨立絕緣的困境」。他對我主編的一部詩選的評語是：「翻開《大馬詩選》，我們還找不到一位把生活題材當做詩底泉源的詩人。」對於《大馬詩選》的評價，另一位文學批評界的新銳張瑞星的看法比較有保留的餘地，他在論文〈天上人間我自有音樂〉這麼說：

「……寫詩的朋友中有人提倡社會性、時代性，高喊詩要真要善，至少，讀者與群眾不再被忽略了。這算是清醒吧，但要怎樣反映時代深入社會呢？《大馬詩選》中的〈北上〉（王潤華）、〈東埔寨〉（江振軒）算不算？我個人的看法仍是楊牧在《瓶中稿》後記中的那句話：「所謂『社會性』仍然要從個人的良知和感情出發，良知指導感情，探索個人生命和群體生活的意義。」[5]

這些意見的交換，這種高度覺醒的對於詩的本質以及詩的外緣關係的探求與研究，顯然是非常有意義的。尤為難能可貴的是，這種探索是先從年輕人一代的作家及批評家開始的。這顯示年輕的一代不是盲目地跟隨前行者的步伐。他們有自己的意願，有自己的目標，他們不是那種「接受現成的」心智慵懶的一群，也因此馬華現代文學在可以預見的未來，將是一種自覺性，甚至警覺性甚高的藝術創造。[6]

---

5 張瑞星：〈天上人間我自有音樂——對現代詩的一點感想〉，《蕉風》第二百九十二期（1977年6月號），頁46。

6 溫任平：〈馬華現代文學的意義與未來的發展：一個史的回顧與前瞻〉，《文學・教育・文化》（安順：天狼星出版社，1986），頁19。

後陳瑞獻時期《蕉風》推出的專題、專輯和特輯不多，但卻接近六八世代的數目。六八世代《蕉風》所推出的專題、專輯和特輯共有17個，而後陳瑞獻時期則刊登了16個，只比之前少了一個。專題、專輯或特輯的詳細情況如下：

表（8）：《蕉風》1976年到1979年的專題／專輯

序號	刊期	專題
1	1976年2月號276期	余光中專輯
2	1976年12月號286期	沙白羅專題
3	1978年7月號305期	小黑專題
4	1979年1月號311期	印尼現代文學譯介專題
5	1979年3月號313期	庫克・馮尼卡專題
6	1979年3月號313期	以撒・阿西摩夫專題
7	1979年4月號314期	張泛「詩樂」專題
8	1979年8月號317期	陳瑞獻紙刻展專題
9	1979年11月號320期	宋子衡小說專題
10	1979年11月號320期	散文專題
11	1979年12月號321期	D.H. 羅倫斯專題

表（9）：《蕉風》1977年到1979年的專輯／特輯

序號	刊期	專輯／特輯
1	1977年1月號287期	馬洛特輯
2	1977年9月295期及10月號296期	何其芳特輯（一）和（二）
3	1978年10月號308期	羅拔・阿特曼特輯
4	1978年11月號309期	諾貝爾文學獎得主特輯
5	1979年4月號314期	科學小說特輯

上述16個專號、專題、專輯中，與現代主義文學有直接關係的包括《詩專號》、《宋子衡專題》、《散文專題》、《印尼現

代文學譯介專題》以及其他西洋文學作家專輯。《詩專號》刊登大量的現代詩，論述和評論方面則要求馬華現代詩人要正視社會，關心社會，並在詩作裡表現他們對現實社會的關懷。其他專輯等呈現的是《蕉風》多元關懷的編輯理念，是在成功為現代文學護航之後，欲擴展其他領域的努力。

專題當中，有兩個是馬華現代作家的專題：1978年7月第三百零五期的《小黑專題》，1979年11月第三百二十期的《宋子衡小說專題》。1970年代可以說是馬華現代文學發展的高峰時期，三部重要的詩選《大馬詩選》、《大馬新銳詩選》及《天狼星詩選》相繼出版，可見馬華現代詩人的人數已經頗為可觀，詩的表現也有不少獨特之處。吊詭的是，為什麼《蕉風》在1970年代後面的5年中，只為兩位小說家策劃專題，而沒有為現代詩人策劃和出版專題或者專輯呢？

嚴格來說，後陳瑞獻時期的專題、專輯、特輯，對現代文學的傳播所起的作用並不大，這此專題，除了上述幾個與現代文學，馬華現代文學關係比較直接以外，其他的專輯大抵側重在介紹外國文學和作者。

（三）大量刊登馬華作家作品，積極培養馬華現代作家

《蕉風》在60年代中葉開始刊登大量臺灣現代作家的詩和詩論，像是把半個臺灣現代文壇搬到馬來西亞，為馬華作家提供現代文學的資糧。所以，不少論者認為馬華早期的現代文學乃是臺灣現代文學的翻版，因為受到臺灣文學、臺灣詩人的影響太深了。信手拈來就有葉珊對思采的影響，後者更自稱為小葉珊。再來，余光中對溫任平、劉貴德、何啟良、謝川成等的影響，李樹枝在他的博士論文裡論述頗為詳細。客觀言之，《蕉風》刊載大

量臺灣詩人作品，還得支付稿費，可謂用心良苦。倘若欠缺這個時期提供的文學資源，馬華現代文學的發展方向，可能未必有今日的成果。

1969年8月第二百零二期開始，新加坡作家牧羚奴加入《蕉風》編輯陣容，一改編輯方針，除了大量引介西方現代文學，也大量刊登新馬現代作家的作品，積極培養新馬現代作家。第二百零二期的《蕉風》標示著這本雜誌的新方向，可以說是《蕉風》現代化的重要里程碑。

陳瑞獻時期那5年，《蕉風》培養了不少新馬現代作家，許多重要的馬華詩人都是在那個時期發表比較多詩作的，如周喚、溫任平、溫瑞安、梅淑貞、黃昏星、方娥真、艾文、沙河等。這些詩人在70年代創作頗豐，其中一個原因是有了《蕉風》這塊發表園地。在那個年代，馬華現代詩人要在馬華文壇得一席位，首先必須能夠在《蕉風》發表詩作。由此可見，《蕉風》在70年代已經成為跨入文壇的門檻。儘管如此，《蕉風》提攜年輕作者可謂不遺餘力。《蕉風》主編勇於刊登年輕作者的作品是培養馬華作家的起點，他們看重的是作品。有關這一點，第二百一十期的〈編者的話〉表明了《蕉風》的立場：「擁護和攻訐什麼流派都沒有用，最實在的還是這句話：拿出作品來。……這句話使說空話的人膽怯和臉紅，使沉默創作的人得到安慰和鼓勵。」[7]

後陳瑞獻時期的《蕉風》也延續了這個使命，通過大量發表本地作者的作品，達到栽培本地作家的目的。以下是一些作者在70年代的《蕉風》所發表的詩作數目：

---

[7] 〈風訊〉，《蕉風》第二百一十期（1970年5月號），頁95。

表（10）：70年代的《蕉風》所發表的詩作數目

序號	詩人	發表作品的數目
1	溫瑞安	32
2	沙禽	30
3	溫任平	22
4	艾文	16
5	周喚	13
6	沙河	13
7	方娥真	12
8	黃昏星	12
9	梅淑貞	10

以上9位是發表比較多作品的詩人，少過10首詩就沒有列出來了。雖然個別詩人發表的總數差距很大，比較重要的是那些發表少過10首詩的作者大有人在。這才是《蕉風》刊登本地作者作品的終極目標，培養大量的馬華現代作家。

另外，從每年所刊登的現代詩的數目來看，後陳瑞獻時期《蕉風》這方面的目的也是明顯的。從1975年到1979年所發表的詩作總數列表如下：

表（11）：1975年到1979年所發表的詩作總數

年份	詩作數目	累積數目
1975	37	37
1976	71	108
1977	96	204
1978	47	251
1979	34	285
共	285	

5年刊登了285首現代詩，平均每年57首，每一期大概5首，其中1977年所刊登的現代詩數量最多，因為在1977年6月，《蕉風》推出了《詩專號》，該期就刊登了34首現代詩。這幾年出現在《蕉風》的詩作，大部分是馬華現代詩人的作品和新加坡詩人的作品，還有5首是香港詩人的作品，3首是何其芳的詩，少數是臺灣詩人的作品。這與早期的《蕉風》那種以刊登港臺詩人作品為主的情況恰恰相反。這證明到了1970年代後半期，馬華現代詩人輩出，形成陣容不小的現代詩人群，成績斐然，已經足夠與現實主義詩人分庭抗禮。《蕉風》落力培養文壇新秀，此為另一證明。

除了現代詩，《蕉風》也注重文學評論，有些篇幅較長的評論也予以刊登。以下是1975年到1979年《蕉風》所刊登的文學評論數目。

表（12）：1975年到1979年《蕉風》所刊登的文學評論數目

年份	文學評論數目	累積數目
1975	38	38
1976	24	62
1977	35	97
1978	47	144
1979	32	176
總數	176	

5年刊登了176篇評論，平均每年35篇，每月大概3篇。176篇的文學評論當中，其中大部分是馬華作家所寫的，而在這5年裡，發表文學評論數目最多的作家是張瑞星17篇，溫任平次之14篇。

文學評論的對象有的是古典文學，如黃繼豪的〈唐人小說裡的夢境研究〉，有的是臺灣作家，如黃維梁的〈詩：不朽之盛事——析余光中《白玉苦瓜》〉並試論詩人之成就、李有成的〈余光中詩裡的火焰意象〉；有的是本地作家，如葉嘯的〈什麼生活寫什麼詩——論子凡的詩〉；有的是序文或者後記，如溫任平的〈《黃皮膚的月亮》自序〉，紫一思的〈《紫一思詩選》後記〉；有的是綜論，如何啟良的〈馬華現代詩與馬華社會〉；有的是座談會記錄，如天狼星詩社主催的〈現代詩座談會——馬華現代詩、詩評、詩方向〉等。

從所刊登文學評論的數目來看，《蕉風》刊登馬華作家所撰寫的評論，是繼刊登大量現代詩的另一項培養本地作者的傳播策略。當時的作者大部分沒有受過學院派的訓練，所刊登的文學評論雖然難以與臺灣的評論媲美，至少種下了文學評論的種子，無形中加強了本地評論者的信心。

結語

《蕉風》在陳瑞獻時期已經定下編輯方針和傳播現代文學的計劃。當時所採取的各種方式可謂有效。陳瑞獻離開之後，《蕉風》的做法基本上沒有太大的改變，文學的傳播圍繞在譯介、專號、專輯和大量刊登馬華作家的作品，培養本地現代作家。後陳瑞獻時期雖然改變不大，也為馬華文學提供了不少文學資糧，讓馬華現代作家有再學習、再提升的機會。馬華現代文學在70年代發展到高峰時期，證明《蕉風》傳播文學種籽的策略奏效，充分發揮刊物的媒介功能。

（2018年11月28日修訂）

第二輯

天狼星詩社與馬華現代主義文學的傳播

Ch.4　天狼星詩社與70年代馬華現代主義文學的傳播

前言

70年代是個特殊的年代。進入新的年代，60年代末1969年的五一三種族衝突的事件之後，馬來西亞華人的政經文教陷入困境。各領域的領導者想方設法謀求突破，作家亦不例外，但他們的表現手法與做法與其他領域的人士可謂大相徑庭。

在馬華文壇方面，報章文藝版依然為現實主義牢控。現代主義作家除了在《蕉風》與《學報》這兩份雜誌發表文章以外，在報章文藝副刊發表作品幾乎不可能。但是我們卻看到，現代作家紛紛組織詩社或文學團體，似乎要用團體的力量來抗衡「失語的年代」。從1969年9月到1971年，南馬文藝研究會、檳城犀牛出版社、綠洲社、東馬砂朥越星座詩社、北馬的棕櫚出版社相繼成立。可見，社會的低靡，華社的困境，沒有令馬華現代作家洩氣，反而團結一致，希望有所作為。

天狼星詩社成立於1973年，以維護和傳播現代主義文學為職志。當時，整個大環境的不利因素、文壇的不公之處、個人的不足等等，限制不了充滿熱忱的現代作家組織社團來擴大力量。天狼星詩社在那個不利於文學，尤其是現代主義文學的文化生態環境，加上欠缺經濟基礎，社員又以學生為主，在推廣或傳播現代文學方面真是舉步維艱，困難重重。

本文重點在論述天狼星詩社在70年代傳播馬華現代主義文學

的模式。第一節論述天狼星詩社如何通過文字來傳播現代文學，第二節論述天狼星詩社如何通過主辦文學活動來傳播現代文學，第三節和第四節論述其他的傳播模式。最後，對天狼星詩社在70年傳播現代文學的努力做一個總結。

一、天狼星詩社文學傳播的模式：文字傳播

（一）出版手抄本和油印本

天狼星詩社傳播現代主義文學的模式，其中一項是文字傳播的模式。在草創時期，天狼星詩社前身綠洲社以手抄本和油印本來傳播文學。手抄本只有一本，彌足珍貴，刊登都是社員當時比較滿意的作品，可是傳播功能有限，只能一個傳一個，社員之間傳閱過後，與文友見面時再讓他們傳閱。

出版手抄本或者油印期刊是天狼星詩社從草創階段一直延續到鼎盛時期的傳統。為什麼要出版手抄本呢？其中的原因不外以下四個。首先，當時現代主義文學文集的流通還不甚廣。在綠洲社的發源地霹靂州美羅鎮，60年代末到70年代初，能夠看到的文學雜誌大概只有《蕉風》、《學生週報》以及香港出版的《當代文藝》。除此之外，就是一些非文學類的武俠小說、流行小說等。再來，社員們大多還是中學生，經濟能力有限，無法承擔昂貴的印刷費，也沒有多餘的零用錢購買文學書籍。除此之外，手抄本或者油印本具有傳達資訊與新知的功能。總社長溫任平得到的有關現代文學的資料可以通過這種方式傳播。最後，這種出版模式有助於培養社員對文學對詩社的承擔意識。社員輪流當義務編輯，雖然辛苦，卻可從中得到訓練。手抄本只有區區一本，油印本出版的冊數也有限，所以編者在編輯方面特別用心，無論設

計、撰稿、編排、抄寫、都可見編者的用心與苦心。

第二階段的傳播模式是油印出版《綠洲》期刊，每次油印100冊，除了發給社員，也郵寄給各地文友。《綠洲》期刊出版了三十多期，前面的大部分是手抄本，後來的才是油印本。油印本成本不高，又可以郵寄給各地文友，傳播功能顯然比手抄本好，爾後各地成立的分社，很多都用油印的方式出版期刊。例如，安順的綠流分社就曾出版了20期的《綠流》期刊，綠林分社出版了5期的《綠林》期刊，綠野分社出版了11期的《綠野》期刊，綠原分社出版了兩期的《綠原》期刊，綠湖分社和綠風分社也各有3期《綠湖》期刊和《綠風》期刊面世，綠島分社則只出版了兩期的《綠島》期刊，3期的《清流》期刊，最後成立的綠叢分社和綠園分社也成功推出各有兩期的《綠叢》期刊和《綠園》期刊。

出版期數最多的是《綠洲》期刊，總共出版了30期。30期的《綠洲》期刊，只有5期是在60年代的草創期間出版的，其他25期都是在70年代出版。每一期的《綠洲》期刊，在1973年以前，傳播的功能比較局限於當時少數的社員而已，與其說是傳播影響，更貼切的說法可能是內部社員的培訓。然而1973年以後，到1974年，社員人數增加，手抄本就顯得重要了。

首先，它成為社員發表文章的平臺，也是吸收文學新資訊的重要源頭，更是模仿名作家的園地。仔細看各期《綠洲》期刊的主要內容，不難發現近乎每一期都有一個到三個專題。其中包括：遊記專題、為散文定位專題、文學批評專題、詩專號、葉珊專題、葉維廉專題、溫瑞安專題、溫任平專題、余光中專題、詩專號、黃昏星專題、溫瑞安作品專號、溫任平作品專號之一、溫任平作品專號之二、天狼星詩社總社長婚期記念專號。這些專題、專號當中，有些是以文類來定名，有些則以作家來命名。文類方面就包括了詩歌、遊記、散文和文學批評。作家方面有分馬華作家和臺灣作家。臺灣作家有余光中、葉珊、葉維廉；馬華作家方面主要是天狼星詩社要員的專題，包括溫任平、溫瑞安和黃昏星。臺灣名家專號，顯然是為了讓社員接觸臺灣現代文學，從中汲取養分，提升自己的創作技巧和思想內涵。詩社要員或者領導的專號除了對相關社員的肯定以外，更重要的是可以作為模範，鼓勵社員積極創作。

70年代初期，文學資訊匱缺，現代主義文學的書籍更是難得一見。天狼星詩社編輯手抄本，目的非常明顯：就是傳播現代主義文學。儘管有其局限，但是受手抄本影響的社員，後來成為詩社的中堅分子以及馬華現代文壇的重要作家卻是事實。早期的周清嘯、黃昏星、廖雁平、方娥真等都是因為編輯和閱讀手抄本而得到啟發，後來發奮從事現代詩與現代散文的創作。後來的張樹林、孤秋、冬竹、殷乘風、朝浪、王慕靜等也常閱讀和在手抄本上發表作品。第一代社員黃昏星回顧時如此說：「我們編手抄本期刊，藉由傳閱散播文學的種子，3年下來，各方來會，振眉閣成為大夥兒創作與取經的沃壤，……」[1]這樣傳統的傳播模式，在現代主義文學資訊嚴重欠缺的70年代初期的確發揮了傳播的作用。今天，如果繼續使用這種模式，恐怕沒幾個人要閱讀，因為時代不同，年輕人的閱讀習慣已經不一樣。更甚者，時代變遷，文學的傳播模式如果一成不變，走入死胡同大概是唯一的結果。

可惜的是，手抄本目前只剩下一本而已。其他的收藏了近三十年，在一次白蟻災難中[2]，大部分都被付諸一炬，編者的心

---

[1] 黃昏星：〈烏托邦幻滅王國——記十年寫作現場〉，《南洋商報》（2011年3月8日）。

[2] 手抄本都收藏在總社長溫任平怡保家裡的圖書館中。溫任平南遷到吉隆

血，社員的靈思都在剎那間化為灰燼。我們今天無緣再看到手抄本的內容和設計，更無法追踪每一期手抄本大概多少人曾經閱讀過，從中評述其傳播的實效。目前只能從資料中得悉每一期的專題題目而已，這無疑是件憾事。碩果僅存的一本是總社長溫任平結婚時的特別版本，由藍啟元主編。內容有：〈詩與散文：一顆天狼星〉（楊柳）、〈一箇全圓〉（溫任平）、〈祝福〉（溫瑞安）、〈喜事〉（藍啟元）、〈新嫁〉（溫任平）、〈情人的血特別紅〉（引錄）（余光中）、李商隱詩句（李商隱）、〈春臨〉（溫瑞安）；照片及其他；溫瑞安的話、休止符的話、〈雨〉（李金蓮）；文摘：〈情境完整與結構完整〉（蕭蕭）、〈我對於詩的偏見〉（黃進蓮）、〈源於現實歸於現實〉（許玉昆）、〈現代詩的格式問題〉（王友俊）；〈詩：的士車站〉（休止符）、〈白色的路〉（方娥真）、〈幽谷的兩端〉（方娥真）、〈那人〉（陳美芬）、〈變調〉（黃昏星）；〈編後話〉。

後來，為了達到更好的傳播效果，《綠洲》期刊改以油印本的方式出版。油印本期刊一般的出版數目是100冊。社員人手一本之後，還有些餘裕郵寄給各地文友。這種方式比較理想，傳播效果較佳。令人不解的是，《綠洲》期刊只有第十四期和第二十期採用油印的方式出版，後來從第十五期到第三十一期（除了第二十期），又採用手抄本，原因不詳。《綠洲》期刊雖然以那麼原始的形式「出版」，內容卻不馬虎，也不簡單，其中還包括了余光中、葉維廉、葉珊等臺灣作家的特輯，以及某些文學專題。

坡謀生以後，圖書館就少人使用，最後遭到白蟻侵襲。當發覺的時候，為時已晚，大部分的手抄本被白蟻破壞，無法挽回，當時只能以一把火炬把被破壞的手抄本燒毀。

現在看來，這群年輕人頗有點「膽大妄為」。

《綠洲》期刊從創刊號到第三十一期的出版年份、內容及主編，可參考下表。

表（1）：《綠洲》期刊31期內容、主編、出版年份

序號	刊名	內容／性質	主編	出版年份	手抄／油印
01	《綠洲》第一期	創刊號／徵文比賽	溫瑞安	1967	手抄
02	《綠洲》第二期	第二期徵文比賽成績及作品公佈	溫瑞安	1968	手抄
03	《綠洲》第三期	—	溫瑞安	1968	手抄
04	《綠洲》第四期	特大號上下二卷／綠洲歌唱、繪畫比賽成績及作品公佈	溫瑞安	1968	手抄
05	《綠洲》第五期	—	溫瑞安	1969	手抄
06	《綠洲》第六期	第四屆徵文比賽成績及作品公佈	溫瑞安	1970	手抄
07	《綠洲》第七期	革新號	溫瑞安	1971	手抄
08	《綠洲》第八期	改版號	溫瑞安	1971	手抄
09	《綠洲》第九期	遊記專題	溫瑞安	1971	手抄
10	《綠洲》第十期	革新號／為散文定位專題	黃昏星	1971	手抄
11	《綠洲》第十一期	文學批評專題	周清嘯	1971	手抄
12	《綠洲》第十二期	—	余雲天	1971	手抄
13	《綠洲》第十三期	—	葉遍舟	1971	手抄
14	《綠洲》第十四期	詩專號	溫瑞安	1971	油印本
15	《綠洲》第十五期	—	吳超然	1972	手抄

序號	刊名	內容／性質	主編	出版年份	手抄／油印
16	《綠洲》第十六期	特大號／葉珊專題、葉維廉專題、溫瑞安專題[3]	周清嘯	1972	手抄
17	《綠洲》第十七期	溫任平專題	黃昏星	1972	手抄
18	《綠洲》第十八期	余光中專題	黃昏星	1972	手抄
19	《綠洲》第十九期	—	藍啓元	1972	手抄
20	《綠洲》第二十期	詩專號	溫瑞安	1972	油印本
21	《綠洲》第二十一期	黃昏星專題	吳超然	1973	手抄
22	《綠洲》第二十二期	綠洲社月光會專題	周清嘯	1973	手抄
23	《綠洲》第二十三期	溫瑞安作品專號	藍啓元	1973	手抄
24	《綠洲》第二十四期	天狼星詩社金馬崙大聚會專號	周清嘯	1973	手抄
25	《綠洲》第二十五期	革新號／天狼星詩社詩人節大會專題	溫瑞安	1973	手抄
26	《綠洲》第二十六期	—	陳采伊	1974	手抄
27	《綠洲》第二十七期	溫任平作品專號之一	黃昏星	1974	手抄
28	《綠洲》第二十八期	溫任平作品專號之二	黃昏星	1974	手抄
29	《綠洲》第二十九期	溫任平作品專號之三	黃昏星	1974	註：本期因特殊事故，迄今還未編妥

[3] 本期《綠洲》猶如「通書」，厚達五百多頁。除了三位詩人的專輯以外，還設有「罵人專欄」和「讀者信箱」。見神州詩社編：《風起長城

序號	刊名	內容／性質	主編	出版年份	手抄／油印
30	《綠洲》第三十期	天狼星詩社總社長婚期記念專號	藍啓元	1974	手抄
31	《綠洲》第三十一期	溫瑞安、周清嘯自臺歸馬之曲折與風波專輯	廖雁平	1974	手抄

從上表可以明顯看出，編《綠洲》期刊絕對不是馬虎的事，因為幾乎每一期都有一個專題，而為了使專題的內容詳細充實，主編就不得不尋找資料以及找人撰稿。有了稿件之後，還得手抄稿件，而每一頁都要有些設計。其中一期還有三個專題：葉珊專題、葉維廉專題、溫瑞安專題，主編的繁忙編務可以想像。

以上所列的31期《綠洲》期刊，其中一期並未出版，因此出版的總數是30期。其中，除了第十四期和第二十期是油印本，其他28期都是手抄本。出版手抄本可以看出綠洲社成員對文學的執著與熱愛。欠缺這樣的熱誠，手抄本不可能一期一期地出版下去。如前所述，雖然手抄本的傳播功能有限，然而在文學資訊嚴重欠缺的70年代初，手抄本扮演著積極的傳播媒體，對綠洲社成員影響頗深，也為天狼星詩社諸子在日後積極推廣和傳播馬華現代主義文學奠下堅實的基礎。

30期《綠洲》期刊當中，前面20期是在天狼星詩社草創時期出版的（1969~1972），第二十一期以後是鼎盛時期出版的。把這兩個時期的《綠洲》期刊的出版放在一起，主要是為了證明《綠洲》期刊除了在草創時期出版以外，詩社正式成立之後還繼

遠》（臺北：故鄉出版社，1977），頁106。

續著這個傳統，主要乃是為了傳播馬華現代主義文學。

天狼星詩社正式成立以後，發展迅速，到了1976年，全馬共有10個分社。這些分社有些仿效綠洲分社，也出版自己的手抄本或者油印期刊，原因無他，是為了讓社員有機會發表文章以及有機會閱讀詩社其他成員的作品。各個分社的社長和社員大部分是在籍學生，經濟拮据，只能夠出版手抄本或者油印本。在不能出錢的情況下，只好出力。以下僅概述其中幾個分社出版期刊的情形。

較早成立的綠林分社於1972年出版《綠林》期刊創刊號，由陳美芬主編，只可惜只出版了5期而已。這5期的內容及主編如下。

表（2）：《綠林》期刊的出版年份及內容

序號	刊名	內容	主編	出版年份
01	《綠林》第一期	創刊號	陳美芬	1972
02	《綠林》第二期	散文專號	陳美芬	1973
03	《綠林》第三期	邦咯島大聚會專號（二冊）	陳美芬	1973
04	《綠林》第四期	評論專號	方娥真	1973
05	《綠林》第五期	溫瑞安小說專號（油印本）	方娥真	1974

5期當中，只有1期是油印出版，另外4期還是手抄本。另外，大部分都是在鼎盛時期出版的，只有創刊號是在1972年草創時期出版的。

較綠林稍後成立的綠野分社，在溫任平的鼓勵之下也出版了11期的期刊，詳情如下。

最後兩期的期刊，不知道為了什麼原因，都已經計劃好了，出版卻遙遙無期，最後無法與讀者見面。因此，嚴格來說，《綠野期刊》只出版了9期而已。

表（3）：《綠野》期刊內容及出版年份

序號	刊名	內容	主編	出版年份
01	《綠野》第一期	創刊號	詹永福	1973
02	《綠野》第二期	—	殷建波	1973
03	《綠野》第三期	—	黃海明	1973
04	《綠野》第四期	—	謝安興	1973
05	《綠野》第五期	—	彭秋鳳	1973
06	《綠野》第六期	—	紀秀珠	1973
07	《綠野》第七期	詩專號	殷乘風	1974
08	《綠野》第八期	溫瑞安純散文專號（現已重編）	殷乘風	1974
09	《綠野》第九期	溫瑞安詩專號（現已重編）	殷乘風	1974
10	《綠野》第十期	溫瑞安評論雜文（尚未出版）	殷乘風	—
11	《綠野》第十一期	溫瑞安小說專號（正擬出版）	殷乘風	1975

延續這個傳統和出版比較定期的是後來的安順綠流分社所出版的《綠流期刊》。綠流分社由張樹林領導，並在他的領導與策劃下，出版了20期的《綠流期刊》，成績不俗。詳情如下：

表（4）：《綠流》期刊內容及出版年份

序號	刊名	內容	主編	出版年份
01	《綠流》第一期	創刊號	張樹林	1974
02	《綠流》第二期	—	藍薇	1974
03	《綠流》第三期	評論專號	冬竹	1974
04	《綠流》第四期	訪問專號	鄭榮香	1974
05	《綠流》第五期	油印本	沈穿心	1974
06	《綠流》第六期	油印本	沈穿心	1974
07	《綠流》第七期	詩專號（革新號）油印本	張樹林	1974

序號	刊名	內容	主編	出版年份
08	《綠流》第八期	油印本	沈穿心	1974
09	《綠流》第九期	油印本	冬竹	1974
10	《綠流》第十期	油印本	朝浪	1975
11	《綠流》第十一期	龍年特刊（油印本）	冬竹	1975
12	《綠流》第十二期	特大號（油印本）	沈穿心、冬竹、藍薇、朝浪	1975
13	《綠流》第十三期	油印本	綠沙	1975
14	《綠流》第十四期	油印本	思逸文	1975
15	《綠流》第十五期	油印本	鄭榮香	1975
16	《綠流》第十六期	油印本	沈穿心	1975
17	《綠流》第十七期	新年特刊	暮靜	1975
18	《綠流》第十八期	油印本	朝浪	1976
19	《綠流》第十九期	油印本	冬竹	1976
20	《綠流》第二十期	油印本	綠沙	1976[4]

《綠流》1974年開始出版，前面四期是手抄本，從第五期開始，都以油印本的方式出版。在出版方式方面，《綠流》比較先進。從傳播的功能來看，《綠流》由於每期油印本可以印100本，流傳比較廣泛，不限於詩社成員閱讀而已，其他對文學有興趣的年輕人亦有機會分享。

綠流分社在傳播現代主義文學方面的努力與實效僅次於早期的綠洲分社，後來的效果甚至有過之而無不及。其他幾個分社也出版手抄本或油印本，不過都是出版兩三期就停刊，其中包括《綠原》、《綠湖》、《綠風》、《綠島》、《清流》及《綠叢》出版的期刊，詳情如下：

---

[4] 本表資料源自張樹林編：《天狼星詩社成立十週年紀念特刊》（1973~1983）（安順：天狼星出版社，1983），頁9。

表（5）：《綠原》、《綠湖》、《綠風》、《綠島》、《清流》、《綠叢》期刊內容及出版年份

序號	刊名	內容	主編	出版年份
01	《綠原》第一期	創刊號	陳采伊	1974
02	《綠原》第二期	—	徐若雲	1974
03	《綠湖》第一期	創刊號	余雲天	1974
04	《綠湖》第二期	—	葉遍舟	1974
05	《綠湖》第三期	溫任平訪問記	何啓良	1974
06	《綠風》第一期	—	綠風社員	1974
07	《綠風》第二期	—	綠風社員	1974
08	《綠風》第三期	—	綠風社員	1975
09	《綠島》第一期	創刊號（詩專號）、油印本	陳中華	1975
10	《綠島》第二期	詩專號（油印本）	陳俊鎭	1974
11	《清流》第一期	油印本	陳中華	1974
12	《清流》第二期	油印本	陳俊鎭	1974
13	《清流》第三期	油印本	陳俊鎭	1975
14	《綠叢》第一期	創刊號	李美玲	1974
15	《綠叢》第二期	油印本	許友彬、李美玲	1975[5]

分社制廢除以後，手抄本及油印本仍繼續出版，成為天狼星詩社的一個傳統。這個傳統卻是天狼星詩社傳播現代文學的主要媒介，而油印本或手抄本所產生的影響也是明顯的。年輕的文友閱讀手抄本，都感覺到編者以及期刊作者的文學熱忱，感受良深。尤其是手抄本，每一個人閱讀的時間都有限，因此，輪到自己閱讀時，都會很用心去閱讀。在這過程當中，現代主義文學的理念、技巧等就很自然地傳播出去。這是很古老的傳播方法，然

[5] 如註4，頁9~19。

而，在沒有經濟支援的情況之下，社員們能夠付出的也只有那麼多。儘管如此，他們還是非常高興地閱讀，非常用心地編排與設計。

就傳播活動的整個過程來看，從傳播者（信源）到接受者有個編碼和解碼的過程。手抄本的編者是信源，內容是訊息，媒介則是文字，接受者就是讀者。接受者在閱讀手抄本的作品時，會讀到自己比較感興趣的內容，這就是解碼過程的開始。在閱讀作品完畢之後，接受者會作出各方面的評價和考量，這些感受、評論、建議如果能夠回傳到作者那裡，那就是一個訊息反饋的過程，完成了一次相對完整的文學傳播活動的反向運動。手抄本雖有外國名家的作品，也有不少社員的作品，因此，如果閱讀手抄本的人能夠在閱讀社員的作品之後，告訴他們自己的感受和意見，那麼手抄本就完成了它的傳播的功效。

如前所述，無論是手抄本還是油印本，在流通和功效方面都有其先天的局限。前天狼星詩社總社長溫任平後來評論這種滿足感來自精神上的居多，實際的行銷流傳則談不上，可以說是一種高度理想主義的表現。這是客觀的評論，一針見血地指出了手抄本在傳播方面的不足。如果硬要說手抄本的傳播功能，我們認為它的主要功能是傳播文學資訊和知識給詩社社員，對詩社以外的人士，影響力或者說傳播的功效則大打折扣。雖然社員南下北上拜訪文友時都不忘記攜帶手抄本，並讓文友閱讀。文友閱讀時雖然有人驚嘆天狼星為何能夠做到這樣，短時間內閱讀或者只是隨便翻翻，傳播的效果欠佳。

油印本期刊，內容比不上手抄本，因為油印本的篇幅有限，一般上是20到40頁，不像手抄本那樣可以厚達一百多至兩百頁。然而，油印本印刷量每期100本，除了詩社成員一人一本，其他的就拿去外面銷售或者贈送給各地文友。在傳播功效來說，油印本比手抄本較為有效，但在訊息量方面則較手抄本遜色。

（二）出版現代主義詩選

第三個階段就是通過出版詩選廣泛傳播現代主義文學。在70年代，通過印刷出版的詩集就有溫瑞安的《將軍令》、溫任平的《流放是一種傷》、《眾生的神》、張樹林的《易水蕭蕭》；詩選有溫任平主編的《大馬詩選》、張樹林主編的《大馬新銳詩選》以及沈穿心主編的《天狼星詩選》；散文集就有溫任平的《黃皮膚的月亮》、張樹林的《千里雲和月》；評論集有溫任平的《人間煙火》以及詩論集《精緻的鼎》。

從以上出版的文類來看，天狼星詩社傳播現代文學採取的是多元化策略。暫不談其他的傳播策略和方法，就出版的類型就可看出他們的意圖，首先是現代詩個人詩集的出版，這裡有溫任平、溫瑞安和張樹林的詩集，前者兩本，後二者各一本。當時溫任平是社長，張樹林是署理社長。貴為詩社領導人，帶頭出版個人詩集帶有示範和鼓勵的作用。這是對內而言。對外來說，詩集的出版證明詩社領導人乃是正在積極創作現代詩的人，不是那種只是鼓吹而本身不從事創作的文人。

再來，出版詩集必須兼具勇氣，因為詩集的市場太小，幾乎沒有銷路可言，出版詩集等於虧本。這樣也就間接告訴社員們，出版書籍是作家重要的一個步驟，有了詩集，他在詩壇才有一席位。溫任平的詩集《流放是一種傷》甚至還在臺灣印刷，因為本地的印刷技術在70年代初比較粗糙，不像臺灣的印刷那麼精美。另外，詩集印刷採用當時臺灣流行的道林紙。這種紙張略帶黃色，讀起來沒那麼吃力。本地印刷都採用白紙，沒什麼特色，閱讀時也比較吃力。更重要的是，在臺灣印刷和出版書籍，是天狼星詩社企圖融入臺灣文壇的一種試探性策略。

詩選方面就有溫任平主編的《大馬詩選》、張樹林主編的《大馬新銳詩選》以及沈穿心主編的《天狼星詩選》。這三本詩選都有代表性，前兩本收入了全馬主要的現代詩人的作品，前者是前行代的，後者是新生代的。前者的出版是要向現實主義示威，企圖讓現代詩成為馬華文壇的正宗，所以命名為《大馬詩選》而不叫《馬華現代詩選》。可以說，一本《大馬詩選》透視馬華現代詩壇。《大馬詩選》收錄了27位現代詩人的134首詩。

就文學史的意義來看，《大馬詩選》的出版有幾個重要的意義。首先，它是馬華文壇第一本現代主義詩選，其歷史的意義與地位十分明顯，也為馬華現代主義文學立下一個重要的里程碑。第二，它突破了現實主義集團壟斷的局面，讓外界知道在馬華文壇，除了報章刊登的現實主義詩歌以外，還有一群被壓迫的詩人在默默撰寫風格不一樣的詩。第三，它揭示了馬華現代主義詩的全貌，因為所收入的現代主義詩人來自西馬各州，也有來自東馬的現代主義詩人，分佈頗為平均，代表性無可置疑。第四，收入的詩作較少反映當代馬華現實的社會現象，也正反證了當時華文教育所處的困境，以及華文書寫的作者那種不能說的鬱悶，只好把情緒排遣在對中華文化的想像方面。換言之，《大馬詩選》也是反映馬來西亞70年代華人社會的一面鏡子。第五，它具體化了馬華現代主義文學的傳播，有了一本擲地有聲的詩選，可以流傳，可以進入歷史。

第二本是《大馬新銳詩選》，收入的詩人都沒有出現在《大馬詩選》。它也有幾個文學史的意義。第一，它是現代文學傳播與接受的具體呈現。這些年輕的詩人接受了現代主義詩，也撰寫現代主義詩，同時有了一定的成果。第二，它顯示馬華現代主義詩壇有了接班人，在《大馬詩選》1974年出版之後的4年裡，出現了一批新秀，說明馬華現代主義詩可以繼續發展，也可以創造歷史新的扉頁。這一批新銳詩人共有23位，加上《大馬詩選》的27位，由此觀之，到1978年，比較有代表性的馬華現代詩人已經有50位了，是個頗為可觀的數目。第三，它與《大馬詩選》構成一幅馬華現代詩的完整版圖，成為馬華現代主義文學的兩部重要典律。

第三部詩選是《天狼星詩選》，與前兩部不同，是以一個社團／詩社的成員作品為主的詩選，雖無全馬的代表性，卻具有個別社團的集體表現。天狼星詩社是西馬推動馬華現代文學最用力的詩社，在傳播現代主義文學方面做得最全面，《天狼星詩選》的出版具體化了他們的主張。在馬華現代文壇，這是西馬第一部以詩社或者文學團體名義出版的詩選，這也是這本詩選的文學史意義。除此以外，詩選裡面出現不少年輕的面孔，都是前兩部詩選缺席的人，其中包括川草、戈荒、心茹、文倩、江敖天、杜君敖、風客、哈哥、思逸文、陳強華、桑靈子、凌如浪、張麗瓊、淡靈、楊柳、楊劍寒、雷似痴、鄭人惠、歐志仁、歐志才、劉吉源、燕知、謝川成、藍雨亭和蘇遲。本詩選共收入37位天狼星詩社社員的作品。由此觀之，馬華現代主義文學的傳播又再進一步，顯示更多年輕人接受現代文學和現代詩。

這本詩選在1979年出版也有其特殊的意義。溫任平認為有兩個意義。首先，1979年是「馬華現代詩踏上二十週年的一個極富意義與紀念性的年份。根據艾略特的說法，二十年可以蔚為文學史上的一個時期，在這期間內，往往可以窺出文學史上的某種潮流或風尚。因此，《天狼星詩選》選在這個年份出版，意義應該是雙重的：其一它是為這個文學時期的結束添一個註腳，為馬華現代詩的二十誕辰獻上一束心香；其二它也為另一個二十年，另一個文學時期的啟幕吹起了號角，替年輕一代的詩人打打氣，因為新生代需要抖擻精神，去承接前行代遞過來的棒子，踏上另一段歷史的征程。」[6]。

另外，就現代詩典律的建構來看，《天狼星詩選》增添了馬華現代詩典律的一些光環。1974年，溫任平主編的《大馬詩選》出版了，那是一個「血嬰」（溫任平語），1978年接著出版張樹林編的《大馬新銳詩選》，乃現代詩另一個力的展示。這兩部詩選面向大馬，以國土為本位，格局較大。《天狼星詩選》則是以詩社為本位，格局雖小，卻另有乾坤，富有特殊意義。在70年，以詩社為本位出版的詩選沒有幾部，臺灣出版《60年代詩選》，繼之以《70年代詩選》，重點似乎不在個別詩社成員的選集彙編。如此觀之，《天狼星詩選》有展示詩社生命力的意圖，也可藉此激勵社員努力創作，把自己最好的作品呈現給這個時期的歷史。

（三）出版個人文集

個人文集方面有溫任平的《流放是一種傷》、《黃皮膚的月亮》、《人間煙火》和《精緻的鼎》以及張樹林的《易水蕭蕭》和《千里雲和月》。溫任平在70年代現代覺醒之後大力推廣現代主義文學。在創作上他身體力行，寫現代詩和現代散文，而為了更好地傳播現代主義文學，它也撰寫文學評論，加強馬華現代主義文學傳播的理論基礎。《流放是一種傷》是溫任平繼第一本詩集《無弦琴》之後風格轉型的力作。張錦忠稱《流放是一種傷》

---

6 參照溫任平：〈藝術操守與文化理想——序《天狼星詩選》〉，沈穿心編：《天狼星詩選》（安順：天狼星出版社，1979），頁1。

可視為馬華現代詩的經典之一。溫任平在詩集中使用多種現代詩的技巧，如電影技巧、借用小說結構寫詩，應用樂章篇目寫詩等，反映了他的現代主義精神在詩中的實踐。這在文學傳播的歷程中是重要的。在散文方面，《黃皮膚的月亮》也反映了溫任平在散文創作方面的野心。他坦言要在余光中、楊牧、張愛玲的影子走出來，撰寫屬於自己風格的散文。本散文集揭示了作者的心靈世界，也讓讀者體會到寫散文也可以那麼創新。附錄的《對話錄》，更實現溫在散文創作方面的野心。

評論集方面，《人間煙火》收入的不僅是論述文學的文章，還有一些是論述教育以及筆戰的文章。馬華文壇在70年代發生過幾次論戰。從這些關於論戰的文章看，作者當時是如何捍衛現代文學的。論戰一產生，它從不置身事外，必定挺身而出，為現代文學說話。他是兩派論爭時的核心人物，他代表現代派，所以受到的批評最多。

溫任平的《精緻的鼎》是一本重要的現代詩論。為了解開一般讀者對現代詩的戒心，溫任平以新批評的方法詮釋幾首現代詩，讓讀者有機會了解現代詩，也進一步引導讀者進入現代詩的堂奧。另外，本書也收入了溫任平的幾篇主要的現代詩理論。

以上所論乃天狼星詩社在70年代傳播現代文學的集中文字模式。從早期的手抄本，到油印本再到後來的印刷，可以看出該詩社在推廣和傳播現代文學方面的用心。天狼星詩社的努力在某個程度上進一步推動馬華先主義文學的進程，而在過程中，天狼星詩社一直扮演舉足輕重的角色。也許是這樣，葉嘯才說「70年代馬華現代詩的發展進入了天狼星時期。」

二、行動傳播

這裡的行動傳播主要為：（一）策劃／主辦座談會、筆談、辯論會和文學研討會；（二）主辦文學聚會。

（一）策劃／主辦座談會、筆談、辯論會和文學研討會

天狼星詩社在70年代傳播文學的另外一個方式是策劃筆談和座談會，並設法在報章或雜誌發表。成功策劃是一回事，把座談的內容發表才能達到傳播的效果。例如在1973年2月，溫瑞安策劃並主催筆談會「宋子衡小說的特色」，參與筆談的有方娥真、黃昏星、休止符（周清嘯）、何啟良、苓落、陳采伊、藍啟元、吳超然、余雲天、陳美芬、湯錦堂十一人，都是天狼星詩社社員。筆談記錄後來刊登在《蕉風》月刊推出的「評論專號」裡的「宋子衡短篇小說評介專輯」。同年5月，溫瑞安主催一項座談會，題目是「馬華青年文學作者的心聲」，參與的詩社成員共十人，包括新人殷建波，由溫任平負責總結。座談會全文後來在7月份刊登在黃崖主編的《星報》。6月，溫任平策劃召開「散文座談會」，7月與溫瑞安針對現代散文進行一項《對話錄》。座談會內容以及對話錄全文皆刊登在1973年8月份的《蕉風》月刊（第二百四十六期）。是期《蕉風》月刊推出「散文專號」。其他文學座談會召開的日期、題目與出席者如下表：

表（6）：天狼星詩社召開的系列座談會、研討會

序號	年月	題目	出席者
01	1974年1月	小說研究及小說的敘述觀點	黃昏星、休止符、藍啓元、殷乘風、張樹林、徐若云、李燕君、林秋月、方娥真、黃海明
02	1974年5月	戲劇論	藍啓元、黃昏星、休止符、張樹林、殷乘風、李燕君、徐若云、藍薇、陳美芬、方娥真、黃海明
03	1974年6月	馬華現代詩、詩評、詩方向	溫任平、張樹林、沈穿心、謝川成、凌如浪、陳月葉、黃海明、林秋月
04	1977年12月	馬華現代文學的檢討	溫任平、張樹林、黃海明、林秋月、沈穿心、綠紗、朝浪、落雨思、謝川成、張麗瓊、風客、林秋英、雷似痴、凌如浪、思逸文、雁明、幽雯、鄭榮香
05	1978年1月	馬華現代詩壇的情況與發展	張樹林、藍啓元、黃海明、沈穿心、謝川成
06	1979年2月	談馬華現代散文	川草、風客、舒靈、葉錦來、謝川成、陳俊鎮、凌如浪
07	1979年2月	談余光中之文學創作與文學觀	藍啓元、張樹林、謝川成、沈穿心、孤秋
08	1979年4月	談溫任平的《暗香》	張樹林、謝川成、川草、舒靈、風客、陳俊鎮、綠紗、葉河、藍雨亭
09	1979年6月	詩與人生	張樹林、謝川成、川草、春心、淡雷、心茹、孤秋、陳月葉、沈穿心、鄭榮香、冬竹、張麗瓊、葉錦來
10	1979年12月	文學與人生	張樹林、藍啓元、謝川成、沈穿心、楊柳、朝旭、川草、冬竹、心茹、程可欣、林若隱、葉河、亞瓦、風客、張啓帆、雷似痴、史常喚、葉錦來[7]

[7] 詳見張樹林編：《天狼星詩社成立十週年紀念特刊》（安順：天狼星出版社，1983），頁14~15。

從1974年到1979年，除了1975年到1976年這兩年沒有召開以外，天狼星詩社幾乎每一年都召開一到兩次的座談會。座談會是天狼星詩社傳播現代文學的另一個模式。這個模式的好處在於，對於參與者來說，他們必須加強自己對文學和現代文學的認識，擴展現代文學各領域的認知，才能更有效地準備座談會。這對自己來說是一種承擔，也是一種提升的機會。對外而言，座談會內容的發表讓外面人士了解天狼星詩社，同時也讓現代文學得以傳播，可謂一舉兩得。

（二）主辦詩人節聚會和文學大聚會

天狼星詩社另一個行動傳播現代文學的模式是文學聚會。天狼星詩社有兩個常年文學聚會，一個是在6月6日國際詩人節主辦的詩人節聚會，地點不是金馬崙就是邦咯島，第二個是年底12月的文學大聚會。前者兩天一夜，後者三天兩夜。這兩個文學聚會是傳播現代文學的重要場地。1972年成立以來到1979年，天狼星詩社總共主辦了多次的詩人節聚會和年底的文學大聚會。

天狼星詩社的常年活動，如上所述，主要是6月份的詩人節聚會和12月的文學大聚會。詩社以詩歌創作為主，因此，於國際詩人節，亦即每年的6月6日主辦文學活動極具意義。聚會的只有兩天一夜，時間緊迫，抵達目的地已是中午時分。午餐過後即刻展開活動，直到深夜。有些社員由於平時難得見面，第一晚活動結束之後繼續交流創作與讀書心得，有些甚至徹夜不眠，隔天還是精神奕奕，繼續參與第二天的文學活動。每次活動，社員都會帶一些新朋友參加，而在活動開始前，這些新朋友都會介紹給詩社成員認識，很快地，由於熱愛文學的關係，大家就打成一片。新朋友參加了活動之後一般的反應都很不錯，有些當場要求加入詩社，有些則回去考慮過後才決定加入。詩社招收新血，這是其中一個方式。他們沒有通過報章大肆宣傳，或電臺廣播來廣招社員，他們認為有緣的人，熱愛文學的人總有機會聚集在一起的。

年底文學大聚會為期三天兩夜，時間比較充裕，能夠展開的活動就更為多元。一般而言，第一天抵達之後，先有一個座談會，讓大家針對某個文學課題發表意見，來個熱身操。接下來是一兩場的文學專題講座，由社長以及資深社員提呈論文，再公開予大家提問和交流。有時也邀請文壇前輩前來助陣，如曾受邀的作家就有潛默、沈均庭、祝家華等。專題過後就分組準備文學辯論比賽。參加者被分為兩組，一正一反，分別準備。晚餐則由幾位較有烹飪經驗的女社員負責。有時候時間太緊迫的話，就請別墅主人準備。文學辯論會烽火瀰漫，氣氛緊張，評審由總社長擔任，並在會後給予評語並宣布成績。辯論會的目的不在鹿死誰手，在辯論的過程中，如何把文學知識融進辯題，以適當的論證結構提出觀點，知識與思維並重，目的在提升對文學的認識。其中一個辯論會的題目是「三毛的作品有崇高的文學價值嗎？」由於論題本身挺有爭議，辯論起來不會一面倒，必須有紮實的文學知識以及緊密的邏輯思考能力始可勝出。

文學聚會所主辦的座談會、辯論會和研討會如下表：

表（7）：1973年到1976年的各項座談會和辯論會

序號	題目	出席者	年月	地點
1	馬華青年文學工作者的心聲	黃昏星、休止符、陳美芬、方娥真、陳采伊、藍啓元、余雲天、葉遍舟、殷建波	1973年5月	金馬崙高原

序號	題目	出席者	年月	地點
2	小說研究及小說中的敘述觀點	黃昏星、休止符、方娥真、藍啓元、殷建波、張樹林、李燕君、徐若云、黃海明、林秋月	1974年1月	霹靂金寶
3	戲劇論	藍啓元、黃昏星、休止符、張樹林、殷乘風、李燕君、徐若云、藍薇、陳美芬、方娥真、黃海明。	1974年5月	邦咯島
4	武俠與文學	辯論會： 正方：黃昏星、藍啓元、休止符 反方：十聯會[8]會員	1974年1月	金馬崙高原
5	心理分析與文學	辯論會： 正方：十聯會會員 反方：黃昏星、藍啓元、休止符	1974年9月	金馬崙高原

表（8）：文學研討會

序號	題目	主講	年月
1	現代文學批評的精神分析學派與新批評學派	溫瑞安	1973年8月
2	意象與意象的語言在散文小說裡的效用	黃昏星	1973年8月
3	談美學距離	藍啓元	1973年8月
4	論詩的定向疊景	周清嘯	1973年8月
5	從一個角度來詮釋司空圖的詩觀	葉遍舟	1973年8月
6	淺釋亞里斯多德的「淨化說」	方娥真	1973年8月

[8] 溫瑞安赴臺前，積極培訓一批年輕的社員接替他即將留下的工作。十聯會的成立，是要把新秀栽培起來，希望他們能夠為詩社付出，能夠主動辦事，主動從事文學研究，更重要的是必須做到互相激盪，互相鼓勵。十聯會的成員從十大分社的精英選拔而成。參照殷乘風：〈天盟〉，神州詩社編：《風起長城遠》（臺北：故鄉出版社，1977），頁144~145。

文學聚會的目的明顯是在傳播文學的種子，希望參與的社員對文學更有熱忱，對創作更有信心；對「新朋友」呢，希望他們知道文學之路並不寂寞，了解文學的積極意義，也能承擔起傳播文學的責任。

就傳播的意義而言，這兩個聚會有幾層意義。第一，它凝聚了詩社社員的力量，增添彼此的信心，鞏固現代主義文學的理念。第二，聚會通常會有新人參加，而參加聚會過後的文學愛好者一般都會加入天狼星詩社。這是通過文學聚會傳播現代文學並達到效果的例證。

三、人際傳播：溫任平和楊柳

傳播理論中的人際傳播乃是個人與個人之間文學訊息相互交流的活動。從使用的媒介來看，人際傳播有兩種，一是個人與個人之間直接面對的交流，互動性強，能夠及時進行信息反饋；第二種是通過媒介如信件、電話、傳真、簡訊、電郵等等。這裡所討論的是第一種人際傳播活動。

（一）溫任平的耳提面授法

1. 早期的耳提面授法

早期的耳提面授法發生在美羅。當時天狼星詩社尚未成立，活躍的溫瑞安與幾位同學組成的綠洲社。溫任平師範學院畢業之後在彭亨州執教幾年。後來在1972年被調派到彭亨州直涼埠華僑中學擔任副校長。這樣一來，溫任平的經濟能力就有所改善。為了多了解現代主義文學，他向香港文藝書屋郵購了臺灣文星叢刊、純文學叢書、向日葵文叢、皇冠叢書，因此接觸大量臺灣作家的作品。

週末返回家鄉，他都把所有書籍帶回家讓溫瑞安等人閱讀。由於他年紀較大，又先閱讀了帶回家的書籍，他負起向溫瑞安等人介紹臺灣名家作品的特色等等，發揮了導讀的作用。這些名家包括余光中、楊牧、方旗、洛夫、周夢蝶、敻虹、梅新、夏濟安、夏濟清、白先勇、張愛玲、七等生等。這是早期的耳提面授，對象是綠洲社成員，對傳播現代主義文學起了一定的作用。這些綠洲社成員後來成為天狼星詩社的大將不是沒有原因的。他們本身的閱讀，努力固然重要，溫任平每個週末的耳提面授所發揮的作用也不容否定。

2. 70年代中後期的耳提面授法

天狼星詩社創社的第二個宗旨是「栽培文學的新生代，盡可能獎掖提攜後進，為文學界提供新的血輪。」既然是栽培，就必須有一定的培訓計劃。溫任平有個很特別的培訓計劃，那就是耳提面授法。溫任平藏書不少，他在不同時期讓有潛能的社員住進他的「圖書館」，一方面讓社員「飽讀詩書」，並鼓勵積極創作，一有作品就交給他批閱，不足之處馬上修改，並隨時討論和探討相關的創作手法或文學知識。

第一位住進溫氏圖書館的是亞羅士打的洪而亮。他一方面幫忙總社長處理社務，一方面進修文學，準備赴臺深造。洪而亮於1975年住進圖書館，1976年9月赴臺深造。他住在圖書館期間，詩的創作量增加，表現也比較好。這時期的密集訓練在某個程度上幫助他成長，提升創作水平，最後他的詩被收入張樹林主編的《大馬新銳詩選》。

1976年12月，謝川成在考完馬來西亞教育文憑之後住進該圖書館。當時，謝川成還是新社員。他在圖書館內拼命閱讀各種書籍，尤其是文學理論，他更感興趣。從12月到隔年5月，寫了多篇評論，發表不少詩歌，在文學創作以及理論方面可謂突飛猛進。第一篇短論《馬華現代詩的處境》發表於《大眾晚報》，引起一場文學論戰。對謝川成來說，論戰也是很好的訓練。這個為期半年左右的耳提面授訓練，奠定了他在大學先修班選讀英國文學的勇氣，以及日後在馬大主修中英美文學的基礎。

謝川成之後由沈穿心補上。他本來在安順，上來金寶之後，先後擔任《星檳日報》和《南洋商報》的通訊員。他在溫氏圖書館逗留的時間最長。每天下班回來，與書籍為伍，晚上與書籍共眠，如同坐擁書城。他的一些重要詩作如《金寶・一九七八・贈陳川興》、《鳥與森林——獻給我所愛的》，風格獨特，靈感似乎與來自圖書館裡面的中國童歌民謠有些關係，都是在這個時期寫成的。

耳提面授法的優點是當面傳播文學知識，缺點是只局限於某位社員。這種傳播模式從傳播功效來看，其實是非常有限的，若論其意義，大概只能說是對特定社員的密集培訓，以便「藝成下山」後能夠承擔推廣和傳播現代主義文學的任務。就這一點看，洪而亮到臺灣升學之後，成功地招進三位臺灣大學生成為詩社社員就是個成功的例子。謝川成經過6個月的密集培訓後，積極撰寫文學評論與現代詩，在不到5年內，成為當時馬華文壇文學批評新銳，也可以說是這種傳播模式的成果。沈穿心在圖書館幾年，閱讀的詩集多種多樣，汲取不同詩人的養分，加上他對中國傳統藝術興趣甚濃。這些閱讀經驗後來被注入他的詩裡面，形成某種特殊的風格。

（二）在學校培養新血

在傳播現代文學方面，總社長溫任平非常用心。1973年，他從彭亨州調返霹靂冷甲任教，住在美羅老家。他在學校教導華文，在課堂中不忘談及現代主義文學。由於其熱忱以及講述之深入，許多對文學不管有無興趣的學生都會被吸引而受到感染，並向溫請教，那些有興趣的學生自然成為天狼星詩社的新力軍。林秋月、黃海明、陳月葉、殷建波、淩如浪、歐志仁、歐志才等都是溫任平的學生。

另外一位在學校傳播文學的是楊柳，亦即溫任平夫人。她在1975年調任霹靂金寶培元國中，教導初中華文，也負責學校的聖約翰救傷隊。她接任顧問之後，在與文學毫無關係的救傷隊裡面成立馬華文學研究小組，公開讓救傷隊隊員以及校內的學生參加。當時的隊長是謝川成，對顧問老師的提議不敢反對，為了鼓勵會員參加，他只好率先加入，也邀請班上華文比較好的同學如張麗瓊、葉彩娟等參加。有了基本的人數之後，楊柳老師在救傷隊的活動過後主講文學課題。開始時大家對文學一知半解，聽了幾堂課才逐漸對文學產生興趣，對老師所講述的現代主義文學更有意願進一步了解和認識。當年年底，老師決定進一步提升他們的文學知識，在假期中主辦「馬華文學」系列講座，邀請當時已富盛名的溫任平主講。謝川成、張麗瓊、文倩等就是在這樣的情況之下受到影響和感召，並於1976年加入天狼星詩社。培元國中的假期集訓可以說是溫任平積極傳播現代文學的另一個平臺。

1982年，溫任平從冷甲調職到金寶培元國民型中學，負責高中的華文及中國文學。在國民型中學，他的影響力就更為明顯。在他的教導和影響之下，培元國中的許多學生後來都加入天狼星詩社，其中就包括程可欣、林若隱、徐一翔、張嫦好、吳緩慕、吳結心、鄭月蕾、張允秀、張啟帆、丘雲箋、游俊豪、陳似樓等。這些社員當中，林若隱與游俊豪後來榮獲花踪現代詩獎。當然這是80年代以及以後的事情。

四、通過郵購傳播現代主義文學

天狼星詩社傳播文學的另外一個方式是成立世紀文化公司。這家公司是一家通過郵寄販賣文學書籍的公司，由張樹林倡議和擔任經理，安順綠流分社社員朝浪、孤秋等從旁協助，負責讀者郵購的事務。世紀文化公司從臺灣進口現代文學書籍，整理書單，發給文友。文友則先把書費寄給世紀文化公司，公司收到款項之後就把相關書本郵寄給文友。

這家公司設在安順，於1976年成立，當時的馬華文壇還是現實主義者的天下，天狼星詩社希望通過世紀文化公司推廣現代主義文學，讓本地文友有機會閱讀臺灣現代主義文學的作品。公司的成立，首先受惠的就是天狼星詩社的社員。那些社員很難在當時的書局買到現代文學的書籍，無論是現代詩、現代散文或者是現代小說。有了世紀文化公司，住在安順的社員，亦即綠流分社的社員，就如魚得水。因為新書從臺灣運到，他們幫忙整理新書書單，對某本書有興趣，他們率先購買，先「讀」為快。那些已經工作的社員就有能力買自己喜歡的文學書籍，在籍的學生也可慢慢儲蓄，資金一旦充足就可購買。

世紀文化公司租下一個商業單位作為藏書的地方，也是公司的行政處，也成為綠流分社的活動地點。他們每個晚上都聚集在公司，一起處理郵購的事宜，整理從臺灣訂購的書籍，整理新的書單。

這本來是一個很好的理念，但是由於欠缺銷售技巧和經營經驗，世紀文化公司成立不到一年之後就宣告結束。儘管如此，那些透過世紀文化公司郵購現代文學書籍的文友，以及在世紀文化公司門市購買到現代文學書籍的社員，一定不會忘記那種難得的機會。換言之，它在傳播現代主義文學方面扮演了一定的角色，至少讓本地年輕的讀者和作者購買到臺灣現代主義文學的作品。

五、通過紮實的文學磨煉，鞏固傳播人員的素質，提高傳播的效果

（一）在聚會研討會發表論文

為了更有效地傳播現代文學，天狼星詩社積極培養優秀的傳播人才。在早期就有振眉詩牆及唐宋八大家，後來則通過規定社員在文學聚會中提呈論文作為訓練的模式。尤其是詩社領導人，不僅要有創作上的表現，在理論上也能夠獨當一面。

每一個文學聚會都有文學研討會。被圈定的社員有必要根據所分配的題目寫一篇研討會論文，並在聚會上的研討會中提呈報告。

其他的培訓計劃是要求社員在文學聚會上（上述所言之詩人節聚會、文學大聚會）發表專題演講。被選中的社員針對某個課題作深入探討，寫成論文，並在研討會上發表。發表之後還得面對其他社員的提問和不同的意見。社員對有關課題的掌握是否深入，可從論文內容以及回答問題時看出。以下是1973年以及1979年被點名提呈論文的社員以及所提呈的論題。

表（9）：提呈論文的社員名單及其論題

序號	年月	社員	論題
01	1973年8月	溫瑞安	現代文學批評的精神分析學派與新批評學派
02		黃昏星	意象與意象語言在散文小說裡的效用
03		藍啓元	談美學距離
04		周清嘯	論詩的定向疊景
05		葉遍舟	從一個角度來詮釋司空圖的詩觀
06		方娥真	淺釋亞里士多德的「淨化說」
07	1979年2月	藍啓元	文學創作的動機
08	1979年12月	孤秋	一種相思，兩處閒愁——談中國古典詩
09		藍啓元	現階段年輕作者的處境
10		謝川成	談溫任平詩中的「屈原情意結」
11		沈穿心	神話與現代詩
12		楊柳	武俠小說之我見
13		心茹	詩與感情
14		張樹林	從心理學談文學

論題範圍相當廣泛，個別論題則需要深入探討。這對提呈論文的社員來說，壓力不可謂不大。壓力的積極意義是推動力，社員對被分配到的題目做了廣泛的閱讀和思考，並寫成論文，成果顯著，對日後的傳播工作較有幫助。這種訓練在1980年以後更多。

（二）主辦座談會，整理並發表座談會記錄

除了文學研討會以外，天狼星詩社也常主辦座談會，讓社員針對某個文學課題提出意見。座談會乃是眾人針對一個題目發表意見，比起研討會，被點名的社員要撰寫論文，又得面對社員的提問，座談會相比之下比較輕鬆自在。雖然如此，社員們在準備時並不馬虎，都做好充分的準備，以期在座談會上有所表現。

從1973年5月到1979年12月，天狼星詩社總共主辦11場座談會，詳細情況如下表。

表（10）：11場座談會的論題、時間、地點及參與的社員

序號	年月／地點	論題	參與的社員
01	1973年5月／金馬崙高原	〈馬華青年文學工作者的心聲〉	黃昏星、休止符、陳美芬、方娥真、陳采伊、藍啓元、余雲天、葉遍舟、殷建波
02	1973年6月／霹靂金寶	〈散文座談會〉	黃昏星、藍啓元、休止符、殷建波、陳美芬、方娥真、吳超然
03	1974年1月／霹靂金寶	小說研究及小說中的敘述觀點 （1）〈張愛玲的《傾城之戀》〉 （2）〈溫任平的〈超級市場〉〉 （3）〈古龍的《多情劍客無情劍》〉 （4）〈宋子衡的《熔岩》〉	黃昏星、休止符、方娥真、藍啓元、殷建波、張樹林、李燕君、徐若云、黃海明、林秋月
04	1974年5月／邦咯島	〈戲劇論〉	藍啓元、黃昏星、休止符、張樹林、殷乘風、李燕君、徐若云、藍薇、陳美芬、方娥真、黃海明
05	1977年6月／金寶	〈馬華現代詩、詩評、詩的方向〉	藍啓元、黃昏星、休止符、張樹林、殷乘風、李燕君、徐若云、藍薇、陳美芬、方娥真、黃海明
06	1977年12月／邦咯島	〈馬華現代文學的檢討〉	溫任平、張樹林、黃海明、林秋月、綠紗、朝浪、洛雨思、謝川成、張麗瓊、風客、林秋英、雷似痴、淩如浪、思逸文、雁明、鄭榮香

序號	年月／地點	論題	參與的社員
07	1978年1月／安順	〈馬華現代詩談的情況與發展〉	張樹林、藍啓元、黃海明、沈穿心、謝川成
08	1979年2月／吉隆坡	〈談馬華現代散文〉	川草、風客、舒靈、葉錦來、謝川成、陳俊鎮、凌如浪
09	1979年2月／金寶	〈談余光中之文學創作與文學觀〉	藍啓元、張樹林、謝川成、沈穿心、孤秋
10	1979年4月／芙蓉	〈談溫任平的散文《暗香》〉	張樹林、謝川成、川草、舒靈、風客、陳俊鎮、綠沙、葉河、藍雨亭
11	1979年6月／安順	〈詩與人生〉	溫任平、張樹林、藍啓元、謝川成、川草、春心、淡雷、心茹、孤秋、陳月葉、沈穿心、鄭榮香、冬竹、張麗瓊、葉錦來
12	1979年12月／金馬崙高原	〈文學與人生〉	張樹林、藍啓元、謝川成、沈穿心、楊柳、朝旭、川草、冬竹、心茹、程可欣、林若隱、葉河、亞瓦、風客、張啓帆、雷似痴、史常喚、葉錦來

從12個論題當中，我們只看到3題直接與詩相關。由此可知，天狼星詩社，雖然名為詩社，他們所關心的現代文學的方方面面。座談會如果只是社員內部的意見交流，對現代文學的傳播起的作用，充其量莫過於詩社內部而已。不過有些座談會有記錄，而且整理之後在雜誌發表。那麼，這樣的座談會就有其一定的傳播效果。例如，1973年6月6日召開的座談會〈散文座談會〉，由溫任平主持，楊柳記錄，座談會內容後來發表在《蕉風》。[9]

[9] 天狼星詩社主催：《散文座談會》，《蕉風》第二百四十六期（1973年8月號），頁84~89。

結語

　　從以上弘揚以及傳播現代文學的努力來看，天狼星詩社明顯成功繼承了《海天》、《荒原》、《銀星》等刊物的使命，而且在過程中嘗試多種管道。這種努力對馬華現代文學的發展有一定的影響，馬華現代文學史應該記上一筆。總的來說，70年代的天狼星詩社在傳播馬華現代主義文學方面的努力是有目共睹的。他們採用的模式主要有出版、聯繫、內部訓練、往外推廣、國內外建立關係等。無論是對內還是對外，天狼星詩社在這個時期總算盡了力，其實這些努力也換來了文壇的認可，也使到天狼星詩社在馬華文學史上佔有一席之地。

（2018年11月28日修改）

Ch.5 天狼星詩社與80年代馬華現代主義文學的傳播

前言

天狼星詩社在70年代崛起於馬華文壇，並以「神話」般[1]迅速發展，人才輩出，成績斐然，馬華文學評論家葉嘯認為，馬華現代詩的發展到了70年代就進入了「天狼星時期」[2]。有關天狼星詩社的種種神祕面紗，拙文〈從天狼星詩社到天狼星詩選——文學傳播的個案研究〉[3]論述頗詳，在此不贅。

1979年11月，馬來西亞華人文化協會[4]把第二屆文學獎的團體獎（馬幣2,000元）頒給天狼星詩社，肯定其對馬華現代文學的貢獻。當然，得獎並非揭示天狼星詩社從發軔到絢爛，已經完成其周期。這個獎項只是針對詩社在70年代對馬華文學，尤其馬華現代文學

---

[1] 賴瑞和認為天狼星詩社向外面的世界擺了一種「神話的姿態」，他也曾經評論天狼星詩社的動力源頭：「這種幹勁，得有一種自以為是，牢不可破的信念來支持，這種信念，多少有點youthful, romanticism, idealism，不理會現實考慮的意味。」詳見賴瑞和：〈一個神話王國：天狼星詩社〉，《學報》第八百六十九期（1973年6月號）。

[2] 葉嘯：〈論馬華現代詩的發展〉，江洺輝編：《馬華文學的新解讀》（吉隆坡：馬來西亞留臺校友會聯合總會，1999），頁290。

[3] 詳見潘碧華、王兆鵬編：《跨越時空——中國現代文學的傳播與接受（現代卷）》（吉隆坡：馬來亞大學中文系、馬來亞大學中文系畢業生協會，2009），頁144~158。

[4] 馬來西亞華人文化協會是全國性的一個文化團體，各州都有分會。這個團體在70年代成立，並在1978年主辦馬來西亞第一屆馬華文化研討會暨主辦文學獎。文學獎的項目包括詩歌、散文、小說、文學評論及團體獎。

所作出的貢獻。70年代的馬華文壇，現實主義老根盤踞，現代文學發展艱巨，發表園地有限，慘澹經營。天狼星詩社在那樣的時代，堅持推動與發展馬華現代文學，其所做的努力與成果也有目共睹。也因為如此，其得獎乃實至名歸。然而，得獎並非結束。事實上，天狼星詩社的企圖與雄心在80年代未減，她要在70年代的堅實基礎上更上一層樓，為繼續推廣馬華現代文學再盡力。

70年的天狼星詩社予人的印象是神祕的。進入80年代，它逐步揭開神祕的面紗，面對現實。70年代早期，由於剛成立，加上當時社會文化環境的局限，只能夠以手抄本和油印的方式來傳播文學。70年代後面的5年，天狼星詩社開始以柯式印刷，出版了幾本重要的詩集、詩選和文集。從80年代開始，天狼星詩社在繼續重視出版文集的基礎上，採取多元策略傳播現代文學。本文僅就天狼星詩社在80年代傳播現代文學所採用的其中幾個策略做一番論述。

一、出版《憤怒的回顧》（馬華現代文學21周年紀念專冊）

如實地說，馬華現代文學自1959年發軔以來，從未受到公平的對待。盤踞馬華文壇數十年的現實派作家對現代文學進行多重打壓。當時兩大報章，即《南洋商報》及《星洲日報》的文藝版編輯是鐘夏田和甄供。前者編的是「讀者文藝」，後者則主編「文藝春秋」。他們都是現實主義作家，不僅封殺現代作家在他們主編的副刊發表作品的機會，更時常發表攻擊現代文學的文章。在現代作家群中，大概只有溫任平等少數現代派作家偶爾在《南洋商報》的「讀者文藝」發表詩歌，作為點綴。現代作家的發表園地因而只限於《蕉風》月刊。可惜的是，《蕉風》月刊印刷量不多，銷售量更少，對推廣現代文學雖然盡力，效果並不彰顯。馬華文學傳播的主力向來有賴於報章的文藝副刊，少了這個傳統的傳播中介，現代文學只能掙扎求存。

天狼星詩社成立以來，積極推廣現代主義文學，成為現實派攻擊的對象。天狼星詩社創設的宗旨和工作共有6項：（1）繼承《海天》、《荒原》、《銀星》等刊物的未完成使命，繼續推廣宏揚現代文學。（2）栽培文學的新生代，盡可能獎掖提攜後進，為文學界提供新的血輪。（3）建立一種以文學藝術為事業與職志的生命信仰。（4）在文學界矗立一座不顧現實的考慮，孜孜於文學藝術的追尋之典範。（5）在我們能力做得到的範圍內，盡可能普及文學教育，使文學在文化格局中發揮更大的潛移默化的功能。（6）維護文學作為一門藝術的尊嚴。文學並非政治的附庸，作家的任務不是充當某種政治教條的傳聲筒，而是客觀的、忠實的、全面而深入的去探究現實與人生。[5]第一個宗旨已經擺明了立場和使命。在這一點上，對於來自敵對陣營的批評與攻擊，天狼星詩社總是盡力抗爭，文學論戰因此而起。70年代《建國日報》的論戰、《大眾晚報》的論戰，以及《南洋商報》「是詩非詩」的論戰，在在顯示現實派對現代派的誤解以及所作出的無情之攻擊。

到了80年，天狼星詩社回顧馬華現代文學自1959年發軔至1980年，20年的艱辛發展過程，推出《憤怒的回顧》（馬華現代文學21周年紀念專冊）[6]，對這馬華現代文學運動20年做個總體

---

[5] 溫任平：〈藝術操守與文化理想——序《天狼星詩選》〉，沈穿心編：《天狼星詩選》（安順：天狼星出版社，1979），頁11~12。

[6] 溫任平主編：《憤怒的回顧》（馬華現代文學21周年紀念專冊）（安順：天狼星出版社，1980）。

回顧，並撰文肯定現代文學的成就，同時訪問學者專家客觀評論現代文學的表現。本書共有三個部分，第一部分是論述，內收5篇論文，依序為〈馬華現代散文三重鎮〉（張樹林）、〈馬華現代文學新生代作者的困擾〉（藍啟元）、〈馬華現代詩的中心主題試探〉（沈穿心）、〈以宋子衡、菊凡為例——略論馬華現代短篇小說的題材與表現〉（謝川成）及〈馬華現代文學的意義與未來發展——一個史的回顧與前瞻〉（溫任平），以21歲為成年人的視角審視現代文學在詩、散文、小說三方面的成績；第二部分為訪談，以面談與筆談的方式訪問姚拓、鐘夏田、王潤華、鄭良樹、吳天才、李錦宗、楊升橋、陳徽崇、葉嘯、宋子衡等10位文教界人士，由他們發表對現代文學的意見或看法；第三部分是資料，詳細列出天狼星詩社70年代大事記。

溫任平在序文中以〈馬華現代文學發展的幾個重要階段〉為題，把21年的馬華現代文學之發展分為四個階段來論述。第一個階段是探索時期（1959年至1964年），第二階段是奠基時期（1965年至1969年），第三個階段是塑形時期（1970年至1974年），第四個階段是懷疑時期（1975年至1979年）。[7]21年雖然很短，但也算是艾略特所謂的文學周期，文學風格在20年內都有重大變化，英美文學亦如是。溫任平這篇簡短序文，釐清了馬華現代文學的發展，通過觀察與歸納，定出四個發展階段。這有助於推動馬華現代文學，也為馬華現代文學史奠下基礎，同時對外國學者或研究者而言，這篇短序更是一個重要的指引。

從書籍內容來看，我們不難了解天狼星詩社的用心。首先，

---

7 詳見溫任平：〈馬華現代文學的幾個重要階段〉，溫任平主編：《憤怒的回顧》（馬華現代文學21周年紀念專冊）（安順：天狼星出版社，1979），頁5~14。

她為馬華現代文學的發展定出四個發展階段，並寫出每個階段的年限、現象以及比較有代表性的作家及事件；論述方面，現代詩、現代散文、現代小說以及新生代的困境都觸及，內容廣泛。散文及短篇小說以作家為論述對象，從較具代表性作家的表現帶出馬華現代散文和馬華現代短篇小說的表現。現代詩方面則從主題出發，歸納了馬華現代詩的幾個主要主題，以及各作者表達主題的不同方法。新生代困境之論述寫出文壇的銜接現象以及新生代作家在創作及發表方面所面臨的難題。最後一篇乃對馬華現代文學的回顧與展望。在文章中，溫任平剖析馬華現代文學的一些弊病，建議一些應該改善的途徑，同時也展望馬華現代文學日後的發展。這幾篇論文雖然不能全面論述馬華現代文學21年來詳細情況，然而，整體論述以及各文體的個別探討，頗能加強讀者對馬華現代文學概括性了解。

第二部分的訪談則讓各界人士評估馬華現代文學，比較客觀。這部冊子訪問了馬華文學的10位知名人士，包括作家、詩人、教授學者、文學史家、報章文藝副刊編輯。他們是姚拓、鐘夏田、王潤華、吳天才、鄭良樹、楊升橋、陳徽崇、葉瀟、李錦宗、宋子衡。訪問的方式包括面談和筆談，提出的問題包括：

1. 1979年是馬華現代文學萌芽以來的第二十個周年，您是否贊同20年來馬華現代文學的發展已取得一定的成就？
2. 您認為20年來的馬華現代文學，以哪一種文類的創作最豐收？原因何在？
3. 對於馬華現代文學的創作與取材方面，您有何意見？
4. 在您所接觸到的馬華現代文學作品當中，您認為馬華現代文學的優點和缺點在哪裡？

5. 無可否認的，在馬華現代文學的發展過程中，曾有過不少的阻礙與抗力，您認為這些阻礙與抗力的癥結何在？
6. 在可預見的將來，從事現代文學創作之作者，應該採取什麼方法去克服上述癥結或難題？
7. 我們時常可以聽到「文學大眾化」的呼聲，就當前現代文學的趨向來看，您對這問題持何見解？
8. 依您看，馬華現代文學的前景如何？

上述10位文教人士的意見並不一致，但大體上都認為現代文學在當時處於劣勢，前景不甚樂觀。[8]

最後的資料部分〈天狼星詩社：70年代大事記〉，以逐年逐月的方式詳細記載天狼星詩社從1970年1月到1979年12月的活動，有助於讓人了解天狼星詩社這個曾被稱為神話王國的文學團體。

這本專冊收集了許多重要的文獻，乃馬華現代文學難得的資料，是研究馬華現代文學，研究天狼星詩社不可不參考的書籍。本書對馬華現代文學的傳播意義重大。首先，溫任平的兩篇文章，即〈馬華現代文學的意義與未來發展——一個史的回顧與前瞻〉和〈馬華現代文學發展的幾個重要階段〉具有撰寫馬華文學史的意圖。雖然馬華現代文學只發展了21年，其中的挫折、挑戰、現代作家的努力、成就以及作品呈現的某些問題，都在這兩篇文章中詳加評述。溫任平並不諱言現代文學作品的弊端，也提出許多改善的方法，做了很好的回顧和展望。其他幾篇論文都各有特色，不足的是作者都是天狼星詩社的成員，論述方面雖力求客觀，也難免予人有欠周延之感。倘若其中兩篇文章由非社員撰

---

[8] 溫任平主編：《憤怒的回顧》（馬華現代文學21周年紀念專冊）（安順：天狼星出版社，1980），頁89~128。

寫，呈現在讀者面前的歷史性的評述可能更具意義和說服力。這點不足在第二部分獲得補充，因為受訪的人士都不是天狼星詩社的社員，有些還是現實主義作家如鐘夏田。第三個部分的天狼星詩社大事記，是天狼星詩社第一次的揭祕，詳細向外呈現詩社成立以來，在推廣現代文學方面所做的事情以及所進行的活動。大事記在某個程度上記錄了馬華現代文學在70年代的傳播過程，以及天狼星詩社在這當中所扮演的角色，頗有參考的價值。

二、普及現代詩，製作現代詩曲唱片與卡帶

截至1979年，天狼星詩社通過天狼星出版社已經出版了三本重要的現代詩選，即1974年出版的《大馬詩選》[9]、1978年出版的《大馬新銳詩選》[10]以及1979年的《天狼星詩選》[11]。儘管如此，這三本詩選的流通並不廣泛。《大馬詩選》根據作者入選詩作的篇幅交付出版費，過後又根據所付出版費分配若干書籍。也就是說，《大馬詩選》並未在市場上售賣，有的也只是個別作者把一小部分詩選放在相熟的書局裡擺賣。其他都是作者自己收著存書，充其量送一些給文友而已。有些未付出版費的作者沒有分配到書本，其書額由編者溫任平保管，儲存在書房。簡言之，《大馬詩選》的流通量十分有限。同樣的情形發生在《大馬新銳

9　《大馬詩選》，溫任平主編，1974年由天狼星出版社出版，收錄馬來西亞27位現代詩人的作品。

10　《大馬新銳詩選》，張樹林主編，1978年由天狼星出版社出版，收錄《大馬詩選》以外23位年輕現代詩人的作品。

11　《天狼星詩選》，馬來西亞第一本以詩社名稱命名的詩選，沈穿心主編，1979年由天狼星出版社出版，收錄該社37位社員的詩作，分精裝本和平裝本。

詩選》。《天狼星詩選》則由於在臺北印刷，能夠帶回來的書本不多，過後由在臺北留學的詩社社員洪而亮負責郵寄給個別社員的數量更少。在這裡必須補充的是，為什麼《天狼星詩選》要在臺北印刷？原因有三。首先，臺灣的印刷比較精美，所用的紙張是道林紙，略帶黃色，黑字印上去，讀起來很舒服，不像白紙那麼反光刺眼。第二個原因是藉此融入臺灣文學界。當時天狼星詩社還特別邀請臺灣著名設計師許章真設計詩選封面。許章真同時也替國立臺灣大學外文系出版，在當時頗為權威的《中外文學》月刊設計封面。配合《天狼星詩選》的出版，張樹林同時出版他的散文集《千里雲和月》[12]，也是在臺灣印刷。在此之前，溫任平曾於1977年在臺灣出版散文集《黃皮膚的月亮》[13]，並在1978年在臺灣出版詩論集《精致的鼎》[14]和在臺灣印刷他的第二本現代詩集《流放是一種傷》[15]。第三，《天狼星詩選》裡面的作者如哈哥、燕知和鄭人惠三人是臺灣社員。當時天狼星剛出版14本書（1976~1979），衝力十足，以為可在臺開疆闢土，北進可以成功。可是他們卻沒想到，《天狼星詩選》印刷費驚人，他們完全沒預算運輸和郵寄的費用。也因為如此，雖然《天狼星詩選》印刷精美，還有精裝平裝本，在馬來西亞流通的書本極為有限，在傳播上沒有達到預期的效果。進言之，《天狼星詩選》雖有其

[12] 張樹林：《千里雲和月》（安順：天狼星出版社，1979）。

[13] 這是溫任平第二本散文集，風格與第一本散文集《風雨飄搖的路》不同，裡面多篇散文實驗性強，風格多樣，由臺北幼獅文化事業股份公司期刊部1977年出版。

[14] 《精緻的鼎》，溫任平詩論集，1978年由臺南長河出版社出版。

[15] 《流放是一種傷》是溫任平的第二本詩集，收錄作者現代覺醒之後的詩作，風格與第一本詩集《無弦琴》那種浪漫書寫方式差異頗大。詩集由天狼星出版社於1978年出版，在臺灣印刷，是溫氏意圖打進臺灣文壇的其中一個嘗試。

代表性，然而在嚴重欠缺流通的情況下，詩選的出版鮮為人知，有意研究天狼星詩社的學者，也苦於欠缺文本，無從下手。

由此觀之，上述三本詩選的典律意義明確而肯定，只可惜出版後銷售和流通的工作做得不好，有緣讀到這三本詩選的讀者和研究者並不多，無法構成研究的熱潮或者學術研究的焦點。有鑑於此，天狼星詩社在80年代改變策略，著重在現代文學的廣泛傳播，通過出版個人結集以及積極推銷，以期達到傳播的功效，而煞費心力的莫過於現代詩曲唱片與卡帶的製作。

現代詩向來予人深奧難懂，甚至被現實派人士認為是「毒草」。其實，詩歌從古至今都是小眾的玩意，懂得欣賞的人並不多。因此，說現代詩難懂而否定其存在乃偏見之使然。為了使到馬華現代詩更加普遍化，1981年年初，天狼星詩社與馬來西亞已故著名音樂家陳徽崇領導的「百囀合唱團」把現代詩譜成曲並製成唱片和卡帶。溫任平撰寫的〈驚喜的星光〉成了天狼星詩社的社歌。天狼星詩社總社長溫任平覺得，「一個文學團體有自己的社歌，這是組織強化，藝術探索多元化的明顯趨勢。」[16]（溫任平，2004）社歌即成為該唱片及卡帶的標題和主打詩曲。全詩如下：

〈驚喜的星光〉（天狼星詩社社歌）

詩：溫任平；曲：陳徽崇

一顆燦爛的星

在人們的驚喜中升起

---

[16] 詳見溫任平：〈天狼星詩社與馬華現代文學運動〉，江洺輝編：《馬華文學的新解讀》（馬華文學國際學術研討會論文集）（吉隆坡：馬來西亞留臺校友會聯合總會出版，1999），頁172。後又收錄於陳大為、鐘怡雯、胡金倫主編：《赤道迴聲》（臺北：萬卷樓圖書股份有限公司，2004），頁589~604。

讓我們仰望
這開始有了亮光的穹蒼

一朵灼亮的火
在人們的心胸間燃開
讓我們守候
這開始有了溫暖的瓊樓

把方向帶給尋找水源的旅客
把憧憬寫成筆下的彩霞
用光彩輝耀文學，輝耀文化
用熱力振奮民族，振奮國家

《驚喜的星光》共收入8位天狼星詩社成員的13首作品，唱片有些滯銷（那時黑膠唱片已不甚流行），卡帶卻迅速售罄。現代詩譜成曲，還製成卡帶廣為流傳，稱得上是馬華文壇大膽的創舉。收入該張卡帶的其他詩曲包括：溫任平的〈眾生的神〉、〈雲與飛檐〉、〈霜華〉、張樹林的〈記憶的樹〉、〈易水蕭蕭〉、孤秋的〈陋石之歌〉、楊柳的〈風鈴〉、沈穿心的〈根的歲月〉、謝川成的〈雨簾〉、冬竹的〈艷陽〉及藍啟元的〈趕路〉。溫任平在序文中表示，唱片和卡帶的製作出版是希望現代詩流傳更廣，最終達到「有井水處即有人吟唱現代詩。」無可否認，詩曲比起現代詩而言比較容易接受，不過要流行卻也面對困難，其原因在於陳徽崇及其弟子所譜的曲子比較藝術化，大眾化則不足。無論如何，《驚喜的星光》之製作出版乃馬華文壇的創舉。

製作出版現代詩詩曲的靈感源自1975年楊弦為余光中的詩歌譜成曲並公開演唱。楊弦，曾被稱為「中國現代民歌之父」。他把余光中的詩作譜成曲子，首先在一些民歌餐廳演唱。出乎意料的是，那些民歌甚受歡迎。於是在1975年6月6日，國際詩人節當天，他在臺北中山堂舉行了「現代民謠創作演唱會」，一起參加演出的還有胡德夫、李雙澤等人。他們一起演唱了由楊弦為詩人余光中作品譜寫的歌曲。當時一共發表了8首歌曲，後來都收錄在這一張唱片中，並於出版唱片時多加了一首。[17]這9首詩歌都選自余光中詩集《白玉苦瓜》。這張唱片出版時定名為《鄉愁四韻——中國現代民歌集》，一共出版了十多版。余光中教授頗欣賞楊弦的努力。楊弦的曲風傾向古典婉約，甚為動聽。

70年代末期，南洋大學華文學會舉辦《詩樂》發表會。演唱會所唱的歌曲都是南大學生自己的創作。這種演唱會後來孕育而成的是校園歌曲。1978年8月5日至6日，「南大詩社」在中華總商會展覽廳舉辦「詩展」。「詩展」展現的是詩與其他藝術形式的結合，從書畫到雕塑等，拓展了詩多樣化的表現。在詩展的首晚，「南大詩社」特別在會場呈現由張泛和「南園小組」合唱的詩樂演唱，表達了南大學子的情懷，如：〈故事〉、〈揮手〉、〈湖畔〉、〈屋外〉、〈上山〉、〈儒林道上〉、〈生命〉、〈告訴陽光〉等等。

臺灣、新加坡和馬來西亞三國的現代詩曲不盡相同。在名稱

---

[17] 這8首歌曲，歌詞都是余光中的詩歌，在製成唱片時多加了一首。這些歌曲如下：01-民歌手（楊弦&徐可欣），02-白霏霏（合唱），03-江湖上（楊弦），04-鄉愁四韻（合唱），05-迴旋曲（楊弦），06-小小天問（楊弦&徐可欣），07-搖搖民謠（章紀龍），08-鄉愁（楊弦&章紀龍），09-民歌（大合唱）。詳見余光中作詩，楊弦作曲《中國現代民歌集》（臺北：洪建全教育文化基金會，1977）。

上，臺灣稱為「現代民歌」，新加坡稱為「詩樂」，而在馬來西亞，天狼星詩社謂之「現代詩曲」。名稱特別強調現代詩，主要是為了達到傳播的作用。臺灣的現代民歌之父楊弦的貢獻在於結合了名家的詞和清新的曲調。就歌詞而言，「現代民歌集」的歌詞都是現代詩，而且是享譽全球的現代詩人余光中的詩作。這和新加坡與天狼星詩社的詩曲歌詞不太一樣。新加坡的「詩曲」，歌詞是新加坡詩人的作品，如周望樺、杜南發、潘正鐳、陳來水、林山樓等。這是一群年輕的現代詩人。《驚喜的星光》的歌詞是現代詩，作者清一色是天狼星詩社的社員，而且是老中青三代社員的作品都包含在內。就這一點看，「現代民歌集」的歌詞含金量最高，因為都是余光中的作品，而新加坡的詩樂與天狼星詩社的詩曲，在歌詞作者的背景上顯然不及現代民歌集，但也各有特色。新加坡詩樂的歌詞是新加坡年輕現代詩人的作品，有其一定的代表性，同時也有促進和傳播現代詩的作用。《驚喜的星光》的歌詞來自天狼星詩社的成員，其特別處在於出自同個單位，而這個單位一直都積極和努力地在推廣和傳播現代文學，製作詩曲唱片和卡帶只是其中一個策略和途徑而已。

就譜曲者而言，現代民歌集和詩樂的作曲者只有一人，前者是楊弦，後者是張泛。張泛乃馬來西亞精神歌曲〈傳燈〉作曲人，新加坡文學士，英國倫敦音樂學院院士及商業管理碩士，美國音樂藝術博士及榮譽商業管理博士。除此之外，他還是英國倫敦音樂學院華族音樂考級首席評鑒師／國際音樂事業中心考級主任／新加坡萊佛士音樂學院教授及多所海外大專院校客座教授。不過，為詩樂譜曲的時候還是位在籍大學生，只是在音樂方面有基礎。

楊弦在為現代詩譜曲時並未受過很嚴格的音樂訓練，他只是喜歡唱歌，後來又唱自己的歌，並在大一參加合唱團時學習看過樂譜，受過一些訓練，開啟了對音樂的興趣。後來自己買樂譜吉他，自學自唱。他在大三曾經學習作曲理論和爵士搖滾理論，到了大四、研究所，才開始寫一點自己的東西。

他閒暇時經常到臺北的哥倫比亞咖啡餐廳觀賞胡德夫等人的演唱，有時也會登臺獻唱一些英文歌曲。他的第一首現代民歌是余光中的〈鄉愁四韻〉，當時是與一位鋼琴手合作寫成，完成的時間是在1974年，並於1974年6月5日於國際學社舉辦的胡德夫的演唱會上第一次與觀眾結緣。

《驚喜的星光》的作曲者是柔佛新山百囀合唱團的團員。這個合唱團由陳徽崇成立，團員都是他的學生。13首詩曲中，陳徽崇自己譜了5首，其他由他的團員譜曲，詳細的情況如下：

表（1）：《驚喜的星光》曲目

詩曲	作曲	原文	備註
驚喜的星光	陳徽崇	溫任平	天狼星社歌
衆生的神	柯俊生	溫任平	
陋石之歌	陳徽崇	孤秋	
根的歲月	陳徽崇	沈穿心	
雨簾	柯俊生	謝川成	
對聯	陳強喜	楊柳	
趕路	陳質彩	藍啓元	
雲與飛檐	陳徽崇	溫任平	
霜華	陳質彩	溫任平	
風鈴	陳強喜	楊柳	
記憶的樹	陳徽崇	張樹林	
艷陽	劉友成	冬竹	
易水蕭蕭	柯俊生	張樹林	

主要譜曲者陳徽崇是馬來西亞國寶級的音樂家，1947年生於中國海南島，6歲時來馬來亞與父親團聚。中學畢業以後負笈臺灣師範大學，跟隨史惟亮教授學習作曲。1973年畢業回國進入柔佛寬柔中學執教，開始了他的音樂工作。在他的主催下，寬柔中學逐漸出現了合唱團、管樂團、弦樂團、軍統樂團等音樂社團。

陳徽崇學院派的作曲訓練，導致他的詩曲風格趨向藝術歌曲。在他訓練出來的作曲者，雖有不同的風格，基本的呈現方式是比較藝術性的，而不是一般流行歌曲那樣的曲風。如主題曲〈驚喜的星光〉，由溫任平寫詞，陳徽崇作曲，乃天狼星詩社的社歌。這首詩曲節奏輕快，六弦琴伴奏，配之以爵士鼓，加上朗誦，有點進行曲的味道，帶出了一群文人積極追尋理想的意境。現代民歌集由楊弦一人作曲，曲風稍嫌一致，趨向民歌加上一點古典韻味。張泛的詩樂，比較接近校園民謠，多以吉他和鋼琴伴奏，藝術趣味相對淡薄。

臺灣的民歌、新加坡的詩樂都有演唱會，支持的觀眾不少，造成的影響力也比較大。反觀大馬的《天狼星現代詩曲——驚喜的星光》，做法猶如臺灣與新加坡，可惜的是欠缺一個正式的詩歌發表會。發表會是一種公開演唱會，對於詩曲的傳播有一定的作用。如果演唱會之後再製作出版唱片與卡帶，那麼，卡帶與唱片的銷路可能大有改善。儘管如此，《驚喜的星光》的卡帶極為暢銷，購買者大部分是在籍的學生。這是始料未及的。

詩曲卡帶暢銷，購買的人是中學生和大專生，傳播的效果明顯。在天狼星詩社內部而言，自從製作出版《驚喜的星光》之後，天狼星詩社的許多有音樂基礎的女社員如程可欣、林若隱、廖牽心、胡麗莊、吳緩慕等紛紛為社員的詩作譜曲。他們走的是校園歌曲的路線，與陳徽崇的藝術歌曲迥然不同，然而詩曲可通可唱，有助於傳播與感染。1982年，馬來西亞華人文化協會邀請余光中來馬演講〈現代詩的新動向〉。在演講結束之後，大會特別安排了男高音陳強喜唱張樹林的詩曲〈記憶的樹〉，程可欣、程慧賢姐妹以木吉他伴奏吟唱余光中的名作〈風鈴〉。當時在場的馬來西亞華人文化協會聽覺藝術組主任聲樂家邱淑明，親口向講座會工委會主席溫任平表示，她相當喜歡這種別開生面的詩歌發表方式。

對外而言，程可欣、徐一翔等進了馬大進修之後，與何國忠、許育華、陳全興、潘碧華等人成立馬大文友會。在文友會裡面，程可欣、林若隱等人的現代詩曲影響了馬大的同學，並與其他友人周金亮、張映坤等組成「激蕩工作坊」，在各小鎮舉辦本地歌曲創作演唱會。程可欣曾言：「現代詩這一股風潮，後來也隨著我們進入了馬大校園，更引發了第一場本地創作歌曲發表會……這些都是我們當年在小鎮彈彈唱唱始料未及的。」[18]

謝川成1983年大學畢業完成教育學院的教學專業課程之後，到霹靂州安順的蘇丹亞都亞茲中學執教。他在該校吸收了一些文學新血，他們受到現代詩曲的影響，有音樂基礎的如李家興就為溫任平的詩作〈一九八四注腳〉、張允秀的〈招手的日子〉及謝川成為安順亞都亞茲中學華文學會所寫的會歌〈綠園之歌〉譜曲。[19]（黃家傑、廖允詩，1986）其他在那個時候進入天狼星詩社的還有陳輝漢、馬振福、陳浩益等人。

向年輕人推介現代詩。詩曲是個有效的方法。尤其是在學

---

[18] 引自程可欣：〈天狼星詩社〉，《蕉風》第四百八十四期（1998年5、6月號），頁70。

[19] 黃家傑、廖允詩編：《綠苑》（安順：亞都亞茲中學華文學會，1986），頁31（封底內頁、封底）。

校，如果教師在教學現代詩的時候，配上詩曲吟唱，效果倍增。如此，學生不只接觸到現代詩，也更加了解詩與歌結合的效果。《驚喜的星光》之製作，對於現代詩在馬華文壇的傳播具有積極的推動作用。

三、繼續出版，流通傳播

天狼星詩社1972年成立以來，開始以手抄本來促進文學傳播。過後又以油印本的方式出版各分社的刊物，進一步促進現代文學之流傳，而且效果更佳。1976年開始，出版方式從油印本進步到正式的印刷，出版了溫任平詩集《流放是一種傷》和《眾生的神》，張樹林散文集《千里雲和月》、詩集《易水蕭蕭》、《大馬新銳詩選》，朝浪的詩集《漁火吟》和《天狼星詩選》。溫任平個人也獲臺北幼獅文化出版公司散文集《黃皮膚的月亮》、長河出版社出版詩論《精致的鼎》、馬來西亞華人文化協會出版評論集《人間煙火》。其他還包括川草風客等著《走不完的路》。

天狼星詩社領導人意識到文壇是個非常現實的世界，出版文集才能在文壇立足。他們鼓勵那些創作比較多，作品程度不差的社員籌資出版個人詩集或散文集或合集。在這個計劃下，天狼星詩社在80年代出版的文集包括《橡膠樹的話》（詩集，藍啟元著）、《傳統的延伸》（論述，沈穿心著）、《憤怒的回顧》（馬華現代文學21周年紀念專冊）（論述，溫任平、藍啟元、謝川成編）、《文學觀察》（序文集，溫任平著）、《青苔路》（合集，千帆等著）、《風的旅程》（合集，程可欣等著）、《晨之誕生》（詩集，川草著）、《多變的繆斯——天狼星中英巫詩選》（謝川成編）、《現代詩詮釋》（評論，謝川成著）、《文學教育文化研討會工作論文集》（評論，溫任平著）、《夜觀星象》（詩集，謝川成著），《江山改》（詩集，謝雙發著）共12種，均由天狼星出版社出版。

這些文集出版的共同特色都是沒有資金援助。個人詩集或散文集的印刷費都由作者自己承擔，合集的印刷費則由書內作者分擔。有經濟能力的直接支付印刷費，那些儲蓄不足或完全沒有儲蓄的只好向合作社貸款來交付印刷費，過後才按月償還。詩社和出版社不但沒有能力給予版稅，連協助販賣也無法做到，作者本身還需想辦法去售賣。由此觀之，以上12本書籍的出版實在不容易。作者的承擔為馬華現代文學留下豐富的文學資源與資料，可謂難能可貴。這種事情之所以可以成功，主要是因為天狼星精神。這股對文學的執著，肯為文學犧牲的精神是天狼星詩社向來重視和鼓吹的。

四、出版中英巫三語詩選，促進文學交流

馬華文學一直以來都被排除在馬來西亞國家文學的門外。國家文學乃以馬來文學為主，或者更明確地說，國家文學亦即馬來文學。80年代馬來作家協會主席曾批評馬華文學的程度只有中學程度，無法納入國家文學。我們所了解的是，馬來作家所讀到的馬華文學作品，尤其是詩歌方面的，都是現實派的作品翻譯過去的。這些作品，無論是意境、文字、技巧都有待提升。有鑑於此，天狼星詩社毅然出版三語詩選，以向友族推介馬華現代詩。

這件事由雙主修中巫文學的現代詩人潛默（陳富興）負責翻譯成馬來文，並聯繫另一位同學張錦良幫忙。他們兩位的馬來文

造詣很高，加上陳富興本身有寫詩的經驗，翻譯起來得心應手。英文翻譯方面則由陳富興當時的學校同事，對中文詩歌有濃厚興趣的英文老師陳石川負責。陳石川英文底子好，加上有中文程度，所以理解方面無有大礙，在翻譯詩歌的時候，誤解誤譯的地方不多。有了這幾個語文專才的鼎力相助，現代詩的翻譯，即巫譯和英譯才水到渠成。這本三語詩選首先在1984年的天狼星詩社詩人節聚會推出，並於1985年6月6日詩人節正式出版，書名定為《多變的繆斯——天狼星中英巫詩選》。這部三語詩選的出版可以說是馬華文壇的創舉。天狼星詩社出版這樣的三語詩選，主要的目的是讓友族看看馬華現代詩，讓他們了解馬華詩歌不是他們所說的只有中學程度。他們把詩選送到國家圖書館，希望有心人和有緣人有機會閱讀。從文學交流與傳播的角度看，這本詩集富有交流的使命，同時也肩負向友族傳播馬華現代詩的神聖任務。

《多變的繆斯——天狼星中英巫詩選》這本詩選共收錄11首現代詩，依序為溫任平的〈雨景一帖〉、張樹林的〈迷失在山霧裡〉、謝川成的〈窗〉、藍啟元的〈橡膠樹的話〉、已故孤秋的〈街燈〉、風客的〈有這樣的一個家〉、葉錦來的〈舊地〉、程可欣的〈晴空的話〉、雷似癡的〈水〉、林秋月的〈心事〉、徐一翔的〈風和日子〉以及林若隱的〈這兒沒有雪〉。

三語詩選著重在優質的現代詩翻譯，以促進文學交流，尤其是要讓馬來文學界了解馬華現代詩並不是他們心目中的那麼沒有水準。當然文學交流是雙方面的，但天狼星詩社顯然在馬來作家的交流方面做得不夠。一直以來，華巫文學交流主要由現實主義作主催，翻譯成馬來文的馬華作品也自然都是現實主義的作品，因此才招惹上述的批評。天狼星詩社為了打破這種刻板的印象，毅然出版三語詩選。

事隔多年，有感於三語詩選在傳播方面的局限，溫任平在2000年出版他的中巫雙語詩選《傘形地帶》，收集了他的詩作共40首，由潛默和張錦良負責譯成馬來文。由於2000年天狼星詩社已經解散，他把雙語詩選交由千秋事業社出版，大將事業社負責發行。

五、資源互補，易地而戰

截至1980年為止，天狼星詩社總共出版個人與集體選集多達19種。進入80年代，溫任平發覺天狼星詩社具有結構性缺憾，因為該社成員大多是學生，經濟能力薄弱。不轉型的話，詩社難以突破當前困境。溫任平回顧時有此感慨：「作為一個文學團體，它可以發展拓寬的空間已臻極限，天狼星要能突破，非把力量注入另一個規模龐大、人力物力充沛的社團不可。但我無意解散詩社，反而借助文協、天狼星兩方面的資源互補把一些活動辦得更加有聲有色。」[20]

於是，在1980年代初期，溫任平進入馬來西亞華人文化協會擔任語言與文學組主任。1982年文化協會霹靂州分會成立，溫任平擔任主席，並由謝玉麟校長擔任副主席，張樹林兼任祕書和語文與文學組主任，謝川成擔任語文與文學組副主任，沈穿心和葉錦來分別擔任出版及文獻保存組正副主任，陳順盛則負責聯絡組。由此觀之，天狼星詩社的多名要員同時進入文化協會，看似偶然其實是刻意安排的，霹靂州分會成立之後非常活躍。1983年年底在霹靂州邦略島舉行了第一屆文學工作營。1984年主辦全國

[20] 溫任平：〈文學紮根工程〉，《靜中聽雷》（吉隆坡：大將事業社，2004），頁224~228。

馬華現代文學會議。這是霹靂州分會最大型的活動。這個會議邀請了60位馬華現代作家出席。節目方面，除了有專題演講以外，尚有座談會，分詩、散文、小說三組，為四分之一個世紀以來的現代文學的成績與未來發展作出估衡，勾劃版圖。然而，座談會內容並沒有整理刊登，溫任平的看法是，那兩天的會議各組整理出來的報告不夠完整，類似急就章，無法像《憤怒的回顧》（馬華現代文學21周年紀念專冊）那樣可以纂編成書作為文獻。專題演講方面，主辦當局邀請了大會主席溫任平主講〈石為山欺，水求石放——論張曉風、方娥真的散文〉、溫瑞安主講〈文學山河錄〉、陳徽崇主講〈現代詩曲〉。總的來說，舉辦會議是現代文學的紮根工程，成果顯然不夠理想。會議由副教育部長陳忠鴻醫生主持開幕，表面風光無限，實際成果比預期的落差不少。

舉辦現代文學會議有兩個目的，其一是為二十五周年的馬華現代文學做個評估，列出成果讓人過目，尤其是讓現實派陣營看看。這個目的只達到一半。那是因為會議成功主辦乃馬華現代文學的一個明顯的力的展示。遺憾的是，25年的詩、散文、小說的成果卻整理不出來，令人扼腕。會議的另一個目的乃是傳播馬華現代文學，借助活動聲勢，以及媒體的報導，把25年的馬華現代文學推介給民眾。除此之外，主辦當局還安排了詩曲發表會，讓詩人上臺朗誦，合唱團演唱現代詩曲。當天參與朗誦的詩人包括溫瑞安、謝川成等。當晚演唱的詩曲就有溫任平作詩，陳徽崇作曲的〈流放是一種傷〉，以及其他幾首百囀合唱團演唱的詩曲。這是天狼星詩社繼《驚喜的星光》之後推出的另一波的詩曲演唱與表演，效果不錯。現代詩發表會結束後，端木虹要求上臺發表感言，說了些讚美的話。

文協霹靂州分會主辦了全國現代文學會議之後，在1985年趁著現代作家會議的餘勢，在安順安蘇卡酒店主辦「第二屆文學營」，邀請永樂多斯、方娥真、謝川成、傅承得等發表專題演講。是屆文學營的參加者共達60人。

天狼星詩社向文化協會尋求資源補助的另外一個例子是溫任平擔任文物語言與文學組主任期間，策劃出版一套四冊的《馬華現代文學選》，後來出版的卻是《馬華當代文學選》。為什麼會如此呢？溫任平說：「雖然竭盡所能希望能編出一套四冊的《馬華現代文學選》，唯是項計劃先受阻於文協理事會，我被指示把書名《馬華現代文學選》改為《馬華當代文學選》。一字之別，編撰選稿的方針卻不得不修正。1984年、1985年文協先後出版了文選的小說與散文部分，卻因經費短缺無法出齊選集的詩及文學評論部分，成了張錦忠所指陳「未竟之功」的佐證。《馬華當代文學選》共分四本，散文選由張樹林主編，小說選由馬崙主編，而未出版的詩歌選和評論選分別由沈穿心和謝川成主編。80年代中葉，四部選集的編纂工作已經完成，打字排版的工作也已就緒，可惜的是，文協理事會最後以經濟問題以及詩選和評論選銷路的問題，而只是出版散文選和小說選。

無可否認的是，詩畢竟是小眾化的消費品。詩集和詩選之滯銷在80年代的馬華文壇無疑是個事實。文學評論比較理性，學術意味較為濃厚，為一般讀者所不喜。換言之，文學評論選的讀者也不多，銷路不佳也是預料中的事。這是文學口味的問題。文化協會過於現實的考慮雖然無可厚非，然而四部本來預算出版的選集，最後只出版其中兩本，難免遺憾。

這個「未竟之功」無疑成為溫任平文學生涯的遺憾，也是馬華現代文學典律建構的缺憾。如果這套文學選順利出版，那麼，它將是繼《大馬詩選》、《大馬新銳詩選》、《天狼星詩選》之後的重要文獻，為馬華現代文學立下另一個里程碑，馬華現代文學的版圖也更清晰可辨。

在這之前，即1982年，溫任平籌辦余光中講座會，為馬華現代文學打氣，也讓國內現代作家有機會親獲臺灣名詩人的風采，借外援鼓舞士氣。這個講座在馬華大廈三春禮堂舉行。

這種資源互助的模式，在80年代初的確帶來不錯的成績。隨著溫任平於1986年被迫離開文化協會之後，加上他被調職到怡保育才國民型中學任教，1989年初被調職到吉隆坡尊孔國民型中學執教，他也無心繼續領導馬來西亞華人文化協會霹靂州分會。該分會也因為主席的離開而逐漸沉寂，活動少，最後似乎無聲無息地處於冬眠狀態。天狼星詩社也因為總社長離開基地到外地發展，核心人物缺席，向心力遊離，接任的社長無論在文學修養以及個人魅力方面都明顯遜色許多，詩社的活動也開始減少，並在1989年宣告停止運作。

結語

以上所論乃天狼星詩社在80年代所採取的其中幾種文學傳播之模式。其他模式還包括「廣結善緣，散播文學種子」等。由於年代不同，推廣文學的方式自然得因環境的改變而有所調整。重要的是，積極推廣現代文學，為現代文學培訓新血，開拓前路是天狼星詩社從未改變的一貫使命。這樣的努力也繼續得到認可。天狼星出版社於1982年第二度獲得馬來西亞華人文化協會頒發文學團體獎就是證明。

天狼星詩社的活力從80年中期開始逐漸萎化。1986年總社長溫任平從金寶搬去怡保，離開了金寶培元國中這個重要的「基地」，局面就出現明顯的變化。第一個較具預示意味的「凶兆」是詩人節紀念特刊停止出版。1987年，詩社年輕一代的中堅份子包括程可欣、林若隱、徐一翔、張嫦好相繼到吉隆坡的馬來亞大學深造，課業與社務，加上地理距離，首尾不能兼顧。溫任平、張樹林諸人都有點意興闌珊，無心戀棧。從發展的角度看，1987年以迄1989年可以說是天狼星詩社趨於沒落的衰微期。

1986年，社長溫任平，移居怡保，在育才國中任教，地理距離導致他無法照顧詩社的活動。1989年11月溫任平離開怡保遠赴吉隆坡尊孔國民型中學教書，鮮少過問詩社事務。署理社長張樹林比較積極參與青年活動，較少參與文學活動，也停止創作。其他理事如程可欣、林若隱、張嫦好等進入馬大深造，能夠回饋詩社的時間不多（程可欣，1998）。還有其他社員，工作的工作，結婚的結婚，大多在創作上熄火停工。天狼星詩社看來無法再繼續發展下去，因為其歷史的責任在70年代和80年代中已經完成，加上客觀環境對重新凝聚詩社資源並不有利。日後的發展乃看社員個人的意願。用溫任平的話：「天狼星詩社從綠洲的萌芽，到1973年的正式成立，在『風雨飄搖的路』（這恰好是我的第一本書的書名）上顛簸行走了17個年頭，終於宣告完成了它的歷史任務，停止活動，結束所有營運。」[21]天狼星詩社80年代對馬華現代文學的傳播，歸納起來有以下幾個成果：

第一，製作現代詩曲《驚喜的星光》，用歌曲旋律和音響效果作為現代詩的載體，強化了現代詩在馬來西亞的傳播效果。

第二，出版《憤怒的回顧》（馬華現代文學21周年紀念專

[21] 溫任平：《文學紮根工程》，《靜中聽雷》（吉隆坡：大將事業社，2004），頁224~228。

冊），總結了馬華現代文學21年來的發展，其優點和缺點，各文體的特色與表現，以及為馬華現代文學的發展做了歷史性的梳理。

第三，為馬華現代文壇留下了十多本現代詩集和散文集，為未來的馬華現代主義文學研究提供了重要的作家文本文獻。

第四，借助馬來西亞文化協會的力量，首開臺灣現代詩人余光中在馬主講現代詩的先河，以及出版《馬華當代文學選》的小說和散文部分，留下兩冊重要的創作文獻，而且也為馬華文壇現代派和寫實派於80年代放棄對抗趨向融合提供了註腳。

第五，借助馬來西亞華人文化協會霹靂州分會主辦「全國現代文學會議」，整合現代派作家的力量，同時為馬華現代文學25年的發展作一整體性的回顧與展望，同時主辦兩屆的文學工作營，對傳播現代文學有一定的作用。

第六，天狼星詩社社員到馬大進修，促進了馬大文友會的成立，對80年代馬華文壇的校園文學具有啟發之功。

第三輯

文人與馬華現代主義文學的傳播

Ch.6 白垚：馬華現代主義文學傳播的推手

前言

文人是文學傳播的一個重要媒介。其他媒介包括報章、雜誌、文學團體和書店。「文人」包括編輯、作家和評論家。談到馬華現代主義文學的傳播，在編輯方面，我們不得不提白垚和牧羚奴（陳瑞獻）；在作家方面不得不提早期的白垚、牧羚奴和後期的溫任平。前二者在早期的馬華現代主義文學的傳播中扮演積極的角色；後者則在70年代至80年代中葉，以多種方式積極傳播馬華現代主義文學。白垚、牧羚奴的貢獻得到張錦忠、方桂香的肯定，溫任平的努力也獲得多方認可，馬來西亞華人文化協會2010年10月30日頒發第六屆華人文化獎（文學部分）給他，肯定他在推廣和傳播現代文學方面的成就。

白垚在傳播現代文學方面的貢獻，主要來自其敏銳的歷史觸覺而衍生的連續性寫作行動。他首先發表幾首現代詩，接下來寫〈新詩的再革命〉和〈新詩的道路〉，並於1964年撰寫〈現代詩閒話〉。這一連串的寫作活動一波一波地促進馬華現代主義文學的形成與衍變。

牧羚奴本身是現代主義作家又是《蕉風》編輯，他的文學影響巨大。他那些具有濃厚現代主義色彩的詩歌和小說在60年代的新馬文壇可視為現代主義的先鋒作品。他進入《蕉風》編委會之後，通過《蕉風》把現代主義的思想及作品介紹給馬華作家。

他採取三大策略來傳播現代主義文學：（1）大量翻譯各國現代主義作品；（2）推出各文體及其他專號，集中展示現代文學風貌；（3）策劃出版《蕉風文叢》，集體展現外國現代詩人和本地現代詩人的作品。

溫任平不是編輯，他是現代詩人、現代散文家和文學評論家，所以傳播方式與白垚和牧羚奴不盡相同。他對馬華現代主義文學的傳播所採取的策略共有七項：（1）撰寫文學評論，宣傳現代文學的理念：理論建設與實用批評並重；（2）通過創作，印證理論；（3）馬華現代文學史的論述；（4）編輯選集，建構馬華現代文學的典律；（5）通過演講及策劃現代詩曲卡帶與唱片，促進現代詩的傳播；（6）成立天狼星詩社，集體傳播馬華現代主義文學；（7）撰寫文集和選集序文傳播現代主義文學。

本文僅就白垚在傳播馬華現代主義文學方面的努力做一番詳細的論述。

一、白垚與50年代馬華現代主義文學的傳播：創作與評論

〈麻河靜立〉是溫任平等人認為的馬華文壇第一首現代主義詩。有關這首詩是否第一首馬華現代主義詩的論爭，本文將詳細論析。白垚留學臺灣，專業是歷史，應該清楚知道現代主義文學遲早將登陸馬華文壇。他率先發表現代主義詩，的確具有歷史的眼光。我們或可先看看這首具有歷史意義的現代主義詩之廬山真面目：

〈麻河靜立〉

白垚

撿蚌的老婦人在石灘上走去
不理會岸上的人
如我　她笑
卻不屬於這世界

我愛此一日遊
風在樹梢　風在水流
我的手巾飄落了
再乘浪花歸去
一個迴旋
沒有誰在岸上　我也不再
這個世界不屬於我
那老婦人　那笑　那浪花
第八次在外過年了
而時間不屬於我
日落了呢　就算是元宵又如何[1]

---

[1] 刊於《學生週報》第一百三十七期（1959年3月6日「詩之頁」）。這首詩的創作背景是這樣的。當年白垚到麻坡探望《學報》幾位通訊員。他於黃昏抵達麻坡，對石灘上撿蚌人漸行漸遠的孤獨身形，以及只有渡船而沒有橋的麻河印象頗為深刻。第二天初夜，他再去麻河，「堤邊人不見，波心蕩，冷月無聲。大江流日夜，永恆的宇宙語瞬間的景象，激越迴盪，那種人生逆旅，天地悠悠的感觸，久久不去，幾許低迴，寫成一首無韻的小詩：〈麻河靜立〉」此乃本詩的寫作背景。見白垚：〈路漫漫其修養兮：現代詩的起步〉，《縷雲起於綠草》（吉隆坡：大夢書坊，2007），頁86。

這首詩為什麼被認為是馬華第一首現代詩呢？溫任平主要的觀點是，作為第一首現代主義詩，在它發表之後，作者還有後續推廣和傳播馬華現代主義文學的動作，不是他一個人在做，而是自那首詩發表以後，越來越多人從事現代主義詩的創作以及在理論方面力挺現代主義詩或者現代主義文學。由此觀之，白垚發表〈麻河靜立〉，接下來在《蕉風》發表〈新詩的再革命〉，為現代主義詩護航，再接下去的一期又發表〈新詩的道路〉以及多首現代主義詩，過後還在1964年發表一連四篇的〈現代詩閒話〉。

溫任平不認同陳應德所提威北華於1952年發表的詩作〈石獅子〉為最早的馬華現代主義詩，原因是威北華之後，沒什麼人繼續發表類似的詩，也沒有人提出新詩改革的意見，故成不了一個運動。溫任平的看法是：「一個人搞活動不能視之為運動，它只是一個孤立的文學現象。一個主義能夠形成一個運動，要靠一群人在創作上實踐，在理論上鼓吹，引起文壇的討論風潮，造成文類的某種風格的變化才能稱之為運動。……因此威北華寫的〈石獅子〉即使它具備了現代主義詩的某種雛型，卻因缺乏現代的自覺，又是孤軍作戰，沒能蔚然形成一種運動的氣候。」[2]

就這一點來看，陳應德和溫任平的觀點並沒有衝突。陳應德也認為：「現代主義的興起不是靠一首詩或是一個人的力量而帶來的，而是靠出版社及一群有創新精神的作家共同努力而建立起來的。」[3]

在馬華文壇，白垚的〈麻河靜立〉以後，進入60年代，活躍

---

[2] 溫任平：〈與陳應德談「第一首現代詩」〉，《星洲日報》，〈星洲廣場〉「自由論壇」（1997年12月28日）。

[3] 陳應德：〈從馬華文壇第一首現代詩談起〉，江洺輝編：《馬華文學的新解讀》（吉隆坡：馬來西亞留臺校友會聯合總會，1999），頁347。

於馬華現代詩壇的有笛宇、喬靜、周喚、冷燕秋、王潤華、淡瑩、陳慧樺、林綠、艾文、蕭艾、憂草、黃懷雲、秋吟、葉曼沙、金沙、張力等人。除此之外，當時還有一些人從事譯介外國現代主義作品的作者，他們是錢歌川、王潤華、葉逢生、于蓬等人。作者的實踐，譯者的鼓吹，馬華現代主義文學在60年代才能蘊蓄了足夠的力量，形成一種潮流。

證諸馬華文壇的發展情況，溫、陳二人的說法在現代主義形成方面可謂一致，只是在起點上不同。經過陳應德的質疑，溫任平在研討會過後寫了一封公開信給陳應德，提出個人意見以外，也稍微修改了之前的論述。他的糾正如下：「馬華現代文學大約崛起於1959年，雖然周喚、艾文與我本人都覺得白垚在1959年3月6日發表的〈麻河靜立〉可能是馬華詩壇第一首現代詩，但它的歷史地位仍待驗證。不過馬華現代文學主義的興起是由一群包括白垚、周喚在內的詩人，通過《學生週報》、《蕉風》的鼓吹、實踐，在1959、1960年間掀起了現代主義風潮，這點推斷，應該是正確的。」調整後的說法比較健全一些。白垚幾十年後回顧〈麻河靜立〉時有這樣的一句話：「1959年3月在〈詩之頁〉發表，詩寫得不好，但詩心突變，引起冷燕秋和周喚的注意，蘭言氣類三人行，我們就這樣寫起現代詩來了。」

這句話也強調了〈麻河靜立〉發表以後，冷燕秋、周喚開始寫現代詩，當然不只是他們兩個，還有其他人。這也間接驗證了溫任平的觀點。〈新詩的再革命〉是一篇重要的文獻，張錦忠認為：「星馬華文文學第一波現代主義浪潮的興起，始於1959年白垚（淩冷）所揭櫫的〈新詩的再革命〉運動。」[4]這是白垚發表

---

[4] 張錦忠：《南洋論述：馬華文學與文化屬性》（臺北：麥田出版社，2003），頁52。

了〈麻河靜立〉之後，以文字來傳播現代文學的後續動作。前者是創作示現，後者則通過論述文字來傳播現代主義文學的理念。這篇文章發表於1959年4月號的《蕉風》。他的文章猶如宣言，篇幅不長，簡單扼要地提出了新詩再革命的五大主張：

（一）新詩是舊詩橫的移植，不是縱的繼承；
（二）格律與韻腳的廢除；
（三）由內容決定形式；
（四）主知與主情；
（五）新與舊、好與壞的選擇，亦即詩質的革命。[5]

這幾個主張與臺灣紀弦的現代派主張頗為類似。臺灣文學現代化的主張可以說始於1953年紀弦主編的《現代詩》問世。紀弦在刊中還宣稱要使新詩達到現代化，同時有責任使其成為有特色的現代詩。紀弦於是發起籌備「現代派詩人第一屆會議」，並於1956年初宣布正式成立現代派。該次會議共有102人出席，頗具代表性。會議過後，紀弦還在《現代詩》第十三期（1956年2月出版）封面刊出「現代派信條」：

1. 我們是有所揚棄並發揚光大地包容了自波特萊爾以降一切新興詩派之精神與要素的現代派之一群。
2. 我們認為新詩乃是橫的移植，而非縱的繼承。這是一個總的看法，一個基本的出發點，無論是理論的建立或創作的實踐。

[5] 白垚：〈新詩的再革命〉，《蕉風》第七十八期（1959年4月號），頁19。

3. 詩的新大陸之探險，詩的處女地之開拓。新的內容之表現；新的形式之創造；新的工具之發見；新的手法之發明。
4. 知性之強調。
5. 追求詩的純粹性。
6. 愛國。反共。擁護自由民主。

對照相隔三年臺灣、馬來西亞兩位文壇前輩的主張，不難看出白垚受到紀弦的影響，尤其是第一條明顯是紀弦的挪借，只是多了「舊詩」兩個字而已。第四點亦與紀弦的第四點「前呼後應」。所以張錦忠才說：「白垚留學臺灣，不可能不知道『現代派』，或不受其影響。……星馬第一波現代主義與臺灣現代主義文學之間的系統國際關係，值得重探。」[6]

是期《蕉風》主編如何看待白垚的觀點呢？前《蕉風》編輯張錦忠如此解讀：「《蕉風》月刊第78期編者姚拓雖然沒有明顯響應白垚的再革命運動，但在革新號刊出此文，並在編後話覆述五點意見，同時刊出白垚兩首詩，也算是具體支持了。」[7]

張錦忠在論述白垚與馬華文學第一波現代主義風潮時，還引述了白垚在文中的預言。白垚在1959年鼓吹〈新詩的再革命〉，並預言「中國新詩運動的歷史，完結於馬來亞華人的手裡；而現代詩的基礎，也從那裡開始」，如此話語固然屬於文學運動宣言的雄渾修辭，卻也表示馬華文學跨越邊界之後，要在南洋新世界

---

6 張錦忠：《南洋論述：馬華文學與文化屬性》（臺北：麥田出版社，2003），頁53。

7 張錦忠：〈白垚與馬華文學的第一波現代主義風潮〉，《南洋商報》（2008年11月18日）。

當家作主，不只是成為「馬來亞華人與華文的主體性」的載體與表徵，而且有志成為華語語系文學。[8]

預言揭示了白垚的歷史眼光和野心。他發表現代主義詩以及後來陸續撰寫的有關文章均具推廣與傳播的策略甚至戰略意味。沒有計劃地引進、展示和推廣，馬華現代主義文學在50年代和60年代那樣的環境與文學生態，萌芽、生存、茁壯，談何容易。以《蕉風》為基地，加上連續性有策略的行動，才能促成第一波現代主義風潮的誕生。

白垚的後續動作加強了〈麻河靜立〉作為馬華文壇第一首現代主義詩的地位。根據溫任平的看法，他之所以把〈麻河靜立〉視為第一首現代主義詩，其中一個重要的原因是，它的出現之後，還有一批人積極地發表現代主義詩，也有人發表推廣或支持現代主義文學的文獻，幾股力量合成，形成馬華文學第一波的現代主義風潮。換言之，如果沒有接下來的支援，〈麻河靜立〉縱有現代性質，過一段時間就會消失。〈麻河靜立〉的情況卻剛好相反，因為詩人本身寫文章宣傳現代主義文學，影響他人，進一步引導他人撰寫相關文章。白垚寫了〈新詩的再革命〉之後，在接下去的一期《蕉風》（1959年5月號）繼續發表〈新詩的道路〉，從胡適之寫到徐志摩，後又從力匡的香港作品和在馬來西亞發表的作品及其影響，最後提示瘂弦的〈棄婦〉、夐虹的〈虔心人〉和〈憐〉，吳望堯的〈盤古〉是「很精彩的自由詩。」[9]後面所提示的三位詩人在當時已經是相當著名的現代詩人。

白垚在〈麻河靜立〉之後所發表的不只是現代主義詩，還有現代主義詩評論。詳細情況如下表。

---

[8] 如註1

[9] 淩冷：〈新詩的道路〉，《蕉風》第七十九期（1959年5月號），頁4~7。

表（1）：白垚〈麻河靜立〉以後所發表文章和詩歌

序號	《蕉風》刊期	文章題目與頁數	文體
1	1959年4月號	〈新詩的再革命〉（頁19）	論述
2	1959年5月號	〈新詩的道路〉（頁4～7）	論述
3	1959年6月號	無	《美的V形》出版
4	1959年7月號	〈四月已逝〉（頁22）	現代詩
5	1959年8月號	〈新詩的轉變：評蕉風文叢新詩選《美的V形》〉（頁6～7）	論述
6	1959年11月號	〈新詩？新詩！新詩。〉（頁4～5）（評九月份蕉風詩集：《郊遊》）	論述
7	1960年4月號	〈曲終〉（頁9）	現代詩
8	1960年8月號	〈當你走後〉（頁6）	現代詩
9	1961年7月號	〈火盜〉（頁20）	現代詩
10	1962年1月號	詩二章：〈色相〉；〈靈感〉（頁18）	現代詩
11	1964年3月號	〈不能變鳳凰的鴕鳥〉（現代詩閒話之一）（頁12）	論述
12	1964年4月號	〈當車的螂臂〉（〈現代詩閒話之二〉）（頁12）	論述
13	1964年6月號	〈藏拙不如出醜〉（〈現代詩閒話之三〉）（頁12）	論述
14	1964年7月號	〈多角的鑽石〉（〈現代詩閒話之四〉）（頁13）	論述（同期刊登余光中的〈升起現代文藝的大旗〉，頁12）

從上表，我們可以看到，白垚發表〈麻河靜立〉以後到1964年12月這5年多，在《蕉風》總共發表了5首現代詩和10篇現代詩論。詩論包括他的〈新詩再革命〉、〈新詩的道路〉、詩評等。〈新詩再革命〉承接〈麻河靜立〉開啟了馬華現代主義文學運動，〈現代詩閒話〉在5年後發表，有強化新詩革命的作用。開

始時用的名詞是「新詩」，後來用的是「現代詩」。名稱上之改變揭示了作者的文學觀或更具體地說現代詩的認同與肯定。

〈新詩再革命〉、〈新詩的道路〉於1959年4月和5月發表之後，我們看到新詩選《美的V形》的出版。接下來，白垚寫了〈新詩的轉變：評蕉風文叢新詩選《美的V形》〉和在1959年11月發表〈新詩？新詩！新詩〉（評九月份蕉風詩集：《郊遊》），過後就不再發表新詩評論，直到1964年才發表〈不能變鳳凰的鴕鳥〉（現代詩閒話之一）。這段相隔大概5年的時間裡，白垚雖然缺席，但是《蕉風》卻發表了不少現代詩以及有關現代文學的論述文章。

1959年6月號，白垚沒有發表文章，但是《蕉風》卻出版了新詩選《美的V形》，隨刊附送，同期亦發表鐘期榮的長文〈超現實主義的詩〉[10]，兩者可視為〈新詩的再革命〉的後續支援。

1959年7月號，刊登5首現代詩。這是《蕉風》第一次使用「現代詩」這個詞，後來不知道什麼原因，放棄「現代詩」，繼續使用「新詩」。本期刊登的現代詩有：（1）向明：〈視之野〉（頁9）；（2）平盾：〈陰陽界〉（頁22）；（3）白垚：〈四月已逝〉（頁22）；（4）羅曼：〈你走了〉（頁22）；（5）李迎：〈眸之呢喃〉（頁22）。同期還刊登了王敬羲散文：〈新傘〉和聶華玲小說：〈新傘〉（頁10~13）。

1959年8月號（總82期），白垚以淩冷為筆名，發表〈新詩的轉變：評蕉風文叢新詩選《美的V形》〉（頁6~7）。同期《蕉風》還發表了6首新詩，和朱西寧（頁15~16）和王敬羲的散文（頁17~19）。

---

[10] 鐘期榮：〈超現實主義的詩〉，《蕉風》第八十期（1959年6月號），頁5~9。

白垚認為《美的V形》「雖然不是一本很成功的詩集，但卻是一本很重要的詩集。因為星馬的不少年輕詩人，在這本詩集內，揚棄了舊有的形式，轉而從事舒展自如的自由詩。」[11]除此之外，他也針對詩集中比較成功的例子稍作分析，也對不成功的詩作予以批評。行文中，作者頗強調形式的自由，詞語的準確使用，象徵主義和技巧的挪用，修辭中的人格化。這些都是現代詩常用的技巧。

接下來的兩個月，白垚沒有發表文章，但《蕉風》卻刊登了臺灣現代詩人覃子豪的論文〈象徵與比喻〉和季薇的〈真純的〈美與朴素的美〉〉以及多首新詩。1959年11月號第八十五期，白垚發表文章，題目是〈新詩？新詩！新詩。〉（評詩集《郊遊》）[12]，也刊登了7首現代詩，其中一首是臺灣詩人羅門的〈美的攝影場〉。

以上是白垚在50年代傳播現代主義文學所作的點點滴滴。雖然只是短短的11個月左右，他在某個程度上已經成功地把馬華現代主義文學的發展活化起來，並在將來可以更加順利地發展。

二、白垚與60年代馬華現代主義文學的傳播：現代詩閒話

白垚傳播現代文學的第二波主力是發表4篇〈現代詩閒話〉，從1964年3月號到7月號的《蕉風》，連續發表了這幾篇主要的文章。這4篇〈現代詩閒話〉的題目如下：

---

[11] 詳見白垚：〈新詩的轉變：評蕉風文叢新詩選《美的V形》〉，《蕉風》第八十二期（1959年8月號），頁6。

[12] 詳見白垚：〈新詩？新詩！新詩。〉（評詩集《郊遊》），《蕉風》第八十五期（1959年11月號），頁4~5。

表（2）：4篇〈現代詩閒話〉的題目與發表園地

序號	篇名	刊期	頁碼
1	〈不能變鳳凰的鴕鳥：現代詩閒話之一〉	《蕉風》1964年3月號，總137期	12~13
2	〈當車的螂臂：現代詩閒話之二〉	《蕉風》1964年4月號，總138期	12~13
3	〈藏拙不如出醜：現代詩閒話之三〉	《蕉風》1964年6月號，總140期	12~13
4	〈多角的鑽石：現代詩閒話之四〉	《蕉風》1964年7月號，總141期	13

從〈新詩再革命〉到〈現代詩閒話〉，標示白垚在推廣和傳播現代文學態度上的改變。他開始也擔心直接採用現代詩會引起諸多不滿，尤其是來自現實主義陣營的人。事隔5年，文壇已經有了改變，《蕉風》在這5年來也陸續刊登了不少現代主義的作品。因此在5年後，白垚再一次推動馬華現代文學的進程，明確地毫不猶疑地使用了「現代詩」這個詞語。

〈不能變鳳凰的鴕鳥：現代詩閒話之一〉[13]有三大重點。首先，白垚認為，現代詩的出現是不可抗拒的，不管你喜歡不喜歡，它仍是一股力量。……第二點，他說：「現代詩應該不是一件新的東西，在西方，甚至比我們的白話詩還有歷史，它對我們的讀者和作者之所以有陌生感覺，主要的原因是介紹的工作做得不夠，其次是我們的欣賞範圍。[14]第一點強調現代詩出現的必然因素；第二點則探討現代詩對馬來亞讀者而言比較陌生的原因。在他看來，問題出現在介紹的工作做得不夠，以及本邦讀者的欣

[13] 白垚：〈不能變鳳凰的鴕鳥：現代詩閒話之一〉，《蕉風》第一百三十七期（1964年3月號），頁12~13。
[14] 如上。

賞範圍過於狹隘。這兩點在今天來看，頗為中肯。

第三點比較激進一些，他把現代詩的反對者比喻為鴕鳥。他說：第一，現代詩本來沒有反對的必要，假如「他」連T.S. Eliot的〈傳統和個人才具〉都沒有耐心讀下去，那麼，他的反對是毫無力量的。

第二，保守者皆鈍化了自己的趣味和感覺，他不願意接受不同的東西，……這完全是一種不上進的心理，這種心理演變為排除異己，……[15]

第一點比較尖銳，第二點一針見血，反對現代詩的人應該多加反省，是現代詩的問題還是本身的問題。「鈍化」和「不上進」這兩個形容詞用得極為恰當，也反映了當時敵對陣營對現代詩的癥結所在。分析了反對者的問題，白垚的結論是：「不少現代詩的反對者已經慢慢地接受現代詩的洗禮。……而且，我深信，今天許多現代詩的作者，都是由新詩（非現代詩）的作者蛻變而來。」[16]

是期《蕉風》的編者對白垚的觀點頗為支持。「編者的話」中有一段特別談到白垚文中所提到的現象：「現代詩在星馬很受人輕視和攻擊，其實，這情形在其他地區也是如此。『新』的東西，往往是不易為人接受的；有些人甚至連『接受』的問題也不考慮，便將『新』的東西拒於千里之外。這是一個可怕和可悲的現象！白垚的〈不能變鳳凰的鴕鳥〉即針對這個現象作了十分誠懇的評論，希望有更多的讀者據這個問題發表意見。」[17]

雖然現代文學在60年代已經開始發展，但是文壇內的阻力並

---

[15] 如註13，頁13。

[16] 如註13，頁12。

[17] 編輯部：〈編者的話〉，《蕉風》第一百三十七期（1964年3月號），頁2。

不少，尤其是敵對陣營根本不屑一顧，不把現代詩放在眼裡。白垚非常清楚，現代文學如果還要繼續發展下去，不下重藥或不積極一些是不夠的，於是推出〈現代詩閒話〉系列。

為了使現代文學更加順暢地傳播，白垚接下來發表〈當車的螂臂：現代詩閒話之二〉。本文有兩大重點：第一點提到現代詩的發展有三大阻礙；第二點論述現代詩人面對批評與阻礙時應該具備的態度。白垚認為，馬華現代詩的三大阻礙是：（1）頭腦滯化了的詩作者；（2）缺乏創造的批評者；（3）政治教條。[18]這三大阻礙涵蓋了詩作者、批評者以及詩歌表達的內容問題。白垚很清楚，要求對方改變是十分困難的事情，因此，與其要求他人不如面對現實而努力強化理念和創作。於是他在分析了三大阻礙之後，提出馬華現代詩人應該具備的態度。他提出四點與現代詩人共勉：

1. 作為一個崇高理智的現代詩人，我們有責任將這些廟堂侏儒帶到陽光下，讓他們恢復成一個堂堂正正的人。
2. 作為一個現代詩作者，在一個適當的時候，應該以一種偉大解放者的心靈，打開鳥籠以勇敢的態度接受他們惰性的反啄。
3. 作為一個現代詩人，我們不怕被門閥內的侏儒，罵我們是不識榮華富貴的臭丫頭。
4. 作為一個現代詩人，我們也不怕被登徒子罵我們黃色，因為現代詩根本就不是黃色，只是登徒子有一雙黃色的

---

[18] 白垚：〈當車的螂臂：現代詩閒話之二〉，《蕉風》第一百三十八期（1964年4月號），頁12。

眼珠，將一切純淨潔白的東西都看成黃色。[19]

文學傳播必須有人，也必須有作品，沒有作品，文學傳播就缺乏文本，沒有影響力，到頭來無法傳播。在〈當車的螂臂：現代詩閒話之二〉，白垚強調的是人，接下來的一篇則不僅強調人，也凸顯作品的重要性。他先為「現代」這個詞下定義，指出本邦現代詩人的弱點，最後指出現代詩人最重要的任務是創作。他認為現代詩是當代的詩，同時認為「現代詩中的『現代』一詞是無數個過去，形成了一個現代，這個現代，就是我們所重視的……」，而且「應該是不斷的隨時光充實，每一個將來都會在一瞬間成為現代。」[20]白垚這個關於「現代」的定義就不局限在時間的觀念而已，還包括了過去留下來的東西。換言之，「現代」是傳統的新形式，沒有豐富的過去就不會出現精彩的現代。

他接下來批評本邦的現代詩人的修養仍是薄弱得很。他沒有詳細論述什麼叫做「修養」，我們認為這無關品德的提升，而是對現代文學認識上的程度未臻理想。儘管如此，他還勉勵現代詩人不要怕被攻訐，要怕就怕自己沒有好作品。現代詩人在創作上應該努力創作一種富有現代生命的現代詩。最後，他認為現代詩人目前最重要的工作是多創作，多作理論的探討和發表。[21]白垚的批評中肯，建議也合理。在開始階段，現代詩人如果不夠努力，整個馬華文學的現代主義運動就難以繼續下去，因此他語重

---

19 如註18。

20 如註18，頁13。

21 詳見白垚：〈藏拙不如獻醜：現代詩閒話之三〉，《蕉風》第一百四十期（1964年6月號）。

心長地希望現代詩人能夠正視自己的作品，對自己要求高一些。

最後一篇現代詩閒話乃是第三篇的延續。這一篇的重點只有兩個：（1）現代詩與民族風格；（2）現代詩人應有的抱負。這是在創作上進一步要求，寫作不只是個人的事情，要看到民族，也要看到民族以外的更加廣闊的世界。他強調：「現代詩人，在創作上，對民族風格應該更有一個了解，就是一個時代的詩風格的形成，在於使人的不斷創造，而不是固執於某一種民族風格的模仿表揚。」[22]

白垚發表的四篇現代詩閒話，不僅帶出他本身的現代主義的色彩，更重要的是證實了《蕉風》自1962年黃崖接編以後「向現代派傾斜，進一步落實新詩再革命。」[23]在1969年，白垚進入《蕉風》編輯部，與牧羚奴、李蒼等配合，進一步推動和傳播馬華現代主義文學。

結語

白垚在馬華現代主義文壇是個拓荒者，他逐步引進現代主義文學，創作評論雙管齊下，對馬華現代主義文學的傳播貢獻甚大。

他有歷史專業的訓練，在臺留學時間接觸不少現代主義文學作品。回國後，他開始從事現代詩創作，並寫文章推動革命文學來傳播現代主義。白垚的引進和傳播現代主義文學帶領馬華文學進入一個新的里程碑。

---

[22] 白垚：〈多角的鑽石：現代詩閒話之四〉，《蕉風》第一百四十一期（1964年7月號），頁12。

[23] 張錦忠：〈白垚與馬華文學第一波現代主義風潮〉，《南洋商報》（2008年11月18日）。

總的來說，白垚在馬華現代主義文學的貢獻有目共睹，在馬華文學史上必然有公允的評價。

Ch.7 陳瑞獻與馬華現代主義文學的傳播

前言：陳瑞獻的生平簡介

牧羚奴，原名陳瑞獻，祖籍中國福建南安，1943年生於印尼蘇門答臘北部哈浪島（Pulau Halang），後來移居新加坡，1973年成為新加坡公民。陳瑞獻17歲才開始學習繪畫和寫詩歌。學業方面，他於1964年至1968年間在南洋大學現代語言文學系，主修英文和英國文學。1968年畢業之後，進入法國駐新加坡大使館，擔任新聞祕書。

一、陳瑞獻的藝術創作

在文學創作方面，他在1964年，亦即剛入大學那一年，開始以「牧羚奴、黃裕、蘇濱郎、吳雨眠、姜緬、雙禾、羅德、叔海美、李昌蒲、李明村、西阿漢、芝芥」等筆名在《南洋商報》的文藝副刊及《蕉風》月刊發表以中文撰寫的創作與譯文。1968年，他倡立五月出版社，並出版詩集《巨人》。1968年8月義務擔任馬來西亞《蕉風》月刊改革版的編輯之一。3年後，即1971年，與梁明廣合編《南洋商報》的《南洋周刊》文叢版。

在繪畫方面，他於1973年展出第一個個人繪畫展。「陳瑞獻絕不僅僅是一位詩人，他是一位全方位的藝術家。牧羚奴是他用於文學領域中的名字。在詩歌之外，小說、雜文、評論、翻譯、印篆、書法、繪畫、雕塑、紙刻、佛學研究等諸多領域，他都是可以登堂入室的。」牧羚奴的才華與貢獻有目共睹，不容置疑。

縱觀牧羚奴的現代文學活動，我們可以把他對新加坡和馬來西亞現代主義文學運動的貢獻從兩個角度來分析。第一個方面是現代作家牧羚奴，他作為一個現代作家如何以他的創作實踐帶動現代文學的風潮。第二點，我們可以看他作為報章副刊主編以及擔任《蕉風》主編時，如何積極推動新馬現代文學。前者的關鍵詞是「帶動」，後者則為「推動」。以下將從這兩個角度論述他的的貢獻。

二、現代作家牧羚奴

牧羚奴被認為是「新馬現代文學史上一位重要的作家。」他在1958年寫第一首詩歌，並於1962年首次在《南洋商報・學生》發表詩作。1967年開始在梁明廣主編的《南洋商報・文藝》版發表大量作品，其中包括詩、小說和翻譯作品，成為改版發表量最多的作者。

牧羚奴一開始就拒絕現實主義的創作理念。他受到多位現代主義作家的影響，其中包括里爾克、艾略特、喬伊斯、卡夫卡、米梭、紀德、齊克果等。在現實主義主控的60年代的文壇，拒絕「同流」就變成了逆流，逆流必定遭遇許多挫折和排擠。他積極創作，不妥協，以比較新穎的手法來寫作。他早在1962年（19歲）便開始在新馬兩地的多份報章雜誌發表詩、散文、小說和翻譯文學。這些刊物包括《南洋商報》、《教與學月刊》、《民報》、《學生週報》。

60年代初，新加坡《南洋商報》的文藝副刊由楊守默（杏影）主編，風格明顯傾向現實主義。雖然如此，牧羚奴在1964年4月到1966年9月16日這兩年多的時間裡，成功地在《南洋商報·青年文藝》發表了25篇作品，數目頗為可觀，詳見下表：

表（1）：牧羚奴在《南洋商報·青年文藝》發表的作品

序號	日期	文章題目	累積數目
1	20/4/1964	英雄（詩歌）	1
2	29/5/1964	臨行的話（詩歌）	2
3	24/7/1964	禁地（詩歌）	3
4	23/10/1964	母親的畫（詩歌）	4
5	14/12/1964	巨人（編者改為『你的時代』）（詩歌） 銹鋤（散文）	5
6	25/12/1964	巨人（編者改為『你的時代』）（詩歌） 銹鋤（散文）	6
7	17/2/1965	仙人掌（詩歌）	7
8	24/2/1965	詩三首：黑風洞、古城、烏鴉巷口	10
9	08/3/1965	老鴇婆（詩歌）	11
10	16/7/1964	同類（詩歌）	12
11	23/7/1965	巨人（編者改為〈詩〉）	13
12	27/8/1965	家書（詩歌）	14
13	15/10/1965	侍者（詩歌）	15
14	22/10/1965	逃亡曲（詩歌）	16
15	12/11/1965	野孩子（詩歌）	17
16	29/12/1965	河上（翻譯，筆名藍槽）	18
17	01/3/1966	花鐘（詩歌）	19
18	09/2/1966	啞子（詩歌）	20
19	18/2/1966	拈花者（詩歌）	21
20	25/3/1966	催眠歌（詩歌）	22
21	23/5/1966	緣分（1）（小說，連刊四期）	23
22	25/5/1966	緣分（2）	

序號	日期	文章題目	累積數目
23	27/5/1966	緣分（3）	23
24	30/5/1966	緣分（4）	
25	3/6/1966	月臺送別（詩歌）	24
26	16/9/1966	棄嬰（詩歌）[1]	25

從上表，我們可以明顯地看出，牧羚奴發表的主要是現代詩。他能夠在杏影主編的報刊文藝版刊登這麼多現代詩，誠屬難能可貴。當時的《南洋商報》副刊《青年文藝》，在杏影嚴格的監控下，早已成為現實主義派系的大本營。就算是現實主義派系的作家也不容易刊登作品，主要的原因是杏影選稿標準嚴格。然而，年輕的牧羚奴，所寫的風格傾向現代的詩歌卻不斷出現在《青年文藝》，引起現實主義派別作家的不滿。楊群曾經直接批評：「同時，我們自己文藝園地上也蔓生不少害草，他們不但草率食著原有的芽苗，而且取代正派文藝之勢。現代派的出現就是其中之一。」[2]這種不滿雖然情有可原，卻沒有必要。文章能否刊登主要是看作品而不是靠關係，雖然靠關係發表的作品不是沒有。我們覺得，牧羚奴「入侵」《青年文藝》更重要的訊息是，杏影雖然是現實主義派的編者，但他作為編者，氣度與心胸顯然比一般現實主義派別的作者來得寬大，並沒有完全封鎖風格不同的作品，尤其是現代主義傾向的作品。不然的話，牧羚奴怎麼可能在《青年文藝》發表25篇作品？杏影的做法對當時還年輕的牧羚奴肯定有很大的鼓勵作用。

---

[1] 《南洋商報》〈青年文藝〉（1964年4月20日~1966年9月16日）。

[2] 楊群：〈格律詩及其他〉，《南洋商報》〈青年文藝〉（1965年1月18日）。

除此之外，牧羚奴也在《學生週報》發表了好幾篇作品，如下表。

表（2）：牧羚奴在《學生週報》《詩之頁》發表的作品：

序號	日期	刊期	文章題目	累積數目
1	27/11/1965	488期	漁火的繫念	1
2	28/12/1965	493期	蜘蛛	2
3	1/3/1966	502期	巨人	3
4	3/5/1966	510期	考場內	4
5	29/6/1966	519期	健身室	5
6	2/11/1966	537期	葉笛	6
7	5/7/1967	572期	椰花酒	7
8	3/5/1967	563期	海的性格	8
9	6/9/1967	581期	祭旗（封面版「文藝專題」）	9

當時《學生週報》的主編是詩人周喚。周喚有個習慣，常在每一首詩的末端寫一小注，表達他對作品的感受，或者評價或者對作者的期待或者希望讀者要注意的地方。對年輕而在一年內發表6首詩歌的牧羚奴，似乎特別看重，這可從他給牧羚奴的評語中看出，其中幾則如下：「牧羚奴，記住，這是一個詩人的名字。」、「最佳人選」、「牧羚奴，一顆突然升起的彗星，將在星馬文壇放出四射的光芒。」

牧羚奴大量發表現代詩，漸漸崛起成為星馬主要的現代詩人。他的作品也逐漸受到重視。如果說到了60年代末，牧羚奴乃是星馬現代文壇的領導人，相信沒有人會否認。早年的賀蘭寧發表過一首題為〈掌鈴人——給牧羚奴〉，描繪的就是牧羚奴作為星馬現代主義作家領導人的形象。全詩如下：

緊貼在手腕上的光陰不再吟哦
悄悄盜去我的三個綠色年歲
當你搖響詩的銀鈴
我乃自古典美的的昔夢中醒來
聞到時間的腐味
從群群閃耀著迷惑的
變色龍的呼吸裡

別讓今天的風追蹤昨天的風
別讓明天的雲疊緊今朝的雲
且讓我們以跳高者的英姿
躍過舊的深淵去揪起新鮮的風
去揭出夾在黑夜和早晨中的彩雲
尋出失落在風雲裡的詩句

放牧字的羊群於稿紙的原野
別遺失任何機靈的一隻
它們將以四蹄在你心中輕輕跳躍

在以後無數的七曜日里
我願為一個數羊者
當你願做掌牧羚的

放牧字的羊群於稿紙的原野
別遺失任何機靈的一隻
它們將以四蹄在你心中輕輕跳躍

在以後無數的七曜日里
我願為一個數羊者
當你願做掌牧羚的人[3]

陳暮在詩中坦誠揭露牧羚奴的現代詩，敲醒他追尋古典的美夢。過去那種所謂的「美夢」已經腐朽，他醒了，並且要「躍過舊的深淵」，「尋出失落在風雲裡的詩句」。最後一節更明言他要做牧羚奴的追隨者。陳暮因牧羚奴現代詩的影響，從此改變詩歌的風格，筆名也從這首詩歌以後改用筆名「賀蘭寧」，告別過去的寫詩風格，並以全新的語言與構思再度闖蕩詩壇。

牧羚奴發表在《學生週報》「文藝專題」的詩歌〈祭旗〉，其實是向現實主義發出的戰書，也是他維護現代主義文學的決心。有些讀者讀了，感動不已，並開始了其現代詩創作的旅程。全詩如下：

當他走來，星已腐爛
夜穿起了喪服，黑色的襟裙
垂到地上，而天上塞滿蝙蝠的翅膀
多少人知道，他的動脈靜脈
縱橫著多少咆哮的鐵蒺藜
他的血，走過
怎樣荊棘的長途
不見繆思這丫頭
或人已請假，他獨立

3 陳暮（賀蘭寧）：〈掌鈴人——給牧羚奴〉，《南洋商報》〈文藝〉（1967年7月21日）。

在第一線上，偶然憶起
恐慌的男女，剪著沒有腸胃的
紙蜥蜴，辟邪在門楣上
他就不信，不信夜黑邪教
總是苦思，一種傳燈的方法
可以永續一種太陽的壽命

在流彈的射程內
切身的是捨身的問題
他展示鐵質的背肌，持械
唱一首前衛的歌
他摸索，何處是明天的門閂
開門即可迎進日出的美光
何處是理想的溫床
而希望不再孵育絕望的胚胎

值此天色已青青
值此戰鬥的號角轉著重誓
他焚詩以祭旗，他升起他的旗幟
光的旗幟，新紀元的旗幟
他早已認清百花的歸向
回到詩的廢園
繆思被綁架的地方

「祭旗」其實是古代一種迷信的做法。古代軍隊的將領在出征之前，殺死某種動物，用動物的生命祭祀他們所相信的神靈，以期得到神靈的庇佑，作戰勝利。祭旗的流程有四：一、將領宣誓；二、獻上祭品；三、響禮炮三聲；四、斬殺祭品。祭旗除了向神靈祈求庇佑之外，更重要的是藉此鼓舞士氣，以期在作戰中士氣高昂，戰無不利。把這首詩放在60年代末的文壇，當時還是現實主義派別的天下，可以視為，如方桂香所言，向現實主義文學發出的挑戰和決心維護現代主義詩歌創作的宣言。這個看法是可以接受的。他的做法猶如馬華文壇白垚的〈現代詩閒話〉等一系列的文章一樣，不同點是，牧羚奴以創作來戰鬥，白垚則理論和創作雙管齊下。

由於是一種宣戰的詩作，發表之後，本詩在星馬文壇引起的反響可能超出作者的預料。馬來西亞方面，李蒼（本名李有成）寫了一封信給《學生週報》的編者，其中有一句是這樣的：「在書攤上讀了牧羚奴的〈祭旗〉，心中很感動，一路上激動，腦中想著許多事情，回來，我一見秋吟即開口說：我要寫詩了。」[4]

除了在《學生週報》發表詩作，牧羚奴也同時在馬來西亞出版的《教與學月刊》發表了14篇作品。

表（3）：牧羚奴在《教與學月刊》發表的作品

序號	刊期	文章題目	累積數目
1	第37期	洗衣婦	1
2	第39期	觀望	2
3	第40期	愛	3
4	第41期	血泊	4
5	第42期	流浪女	5

[4] 李蒼：〈那一片雲彩〉，《學生週報》（1968年2月7日）

序號	刊期	文章題目	累積數目
6	第48期	素馨花束	6
7		漁之島	7
8	第51期	沖積土之什（散文詩）	8
9	第59期	紅毛丹	9
10	第61期	夸父	10
11	第62期	思鄉病	11
12	第71期	金鯉	12
13	第108期	蟬聲過程	13
14	第108期	組屋	14

當時沒有所謂現代派，但是較具現代主義風格的作品卻能在該刊文藝版刊登，意義實在非凡。就這個牧羚奴「入侵」現實主義大本營的情況，林也如此評論：「牧羚奴在《南洋商報》的《青年文藝》版連續不斷的詩創作，是寫實與現代轉折期中非常重要的一段過程，因為他單騎闖進寫實主義者所自稱『我們的園地』上耕耘現代文學，在另一方面，他在創作中所運用的晶瑩意象、隱喻，也引起許多讀者的詫異及欣賞。他單以創作來說明其文學觀及態度；他少有寫作理論文字，也不寫作長篇累牘的罵戰文字。」[5]

作為一個現代主義作者，牧羚奴奉行的是實踐創作，通過發表大量風格新穎的作品，來帶動新馬華文文壇的現代主義風潮。他是60年代《南洋商報・文藝》版發表量比較高的8位作者之一，同時也是這8位當中，見報率或者說發表的數量又是最多的。根據統計，牧羚奴從1967年3月1日到1969年10月31日期間，

[5] 林也：〈解讀的新世界：新馬現代文學的發展〉，《蕉風》第二百三十二期（1972年6月號），頁31。

總共發表了35篇作品。其中詩歌15首、小說6篇、散文兩篇、評論兩篇、序文一篇、作家介紹1篇等。15首詩歌的題目和發表的日期如下：

表（4）：牧羚奴在《南洋商報．文藝》發表的現代詩

序號	詩題	發表日期	版位
01	星在疾行	1967年3月1日	12
02	柔道場上	1967年4月26日	10
03	烤月火	1967年6月7日	08
04	詩人的冥想	1967年10月6日	12
05	庵羅樹園	1967年12月15日	23
06	金鯉	1968年5月3日	07
07	空洞的人	1968年7月19日	10
08	蜂雀	1968年8月9日	27
09	出院——想起泡蒂	1968年12月20日	09
10	詩人之死	1969年3月7日	07
11	拉笛夫的詩：（1）瑪牙	1969年3月28日	07
12	拉笛夫的詩：（2）希望	1969年3月28日	07
13	和景色平行	1969年6月13日	15
14	黑地	1969年7月11日	08
15	蟬聲過程	1969 年8月11日	10

牧羚奴在《南洋商報・文藝》發表的第一首詩是一首譯詩，是他在1967年譯自俄國詩人巴斯特納克（Boris Pastenak, 1890~1960）的〈變奏二號〉。這首詩有其歷史的地位，編者梁明廣把它視為「《文藝》花園中的第一首現代詩種籽」，同時也「可以說是為《文藝》宣揚現代文學創作開了山。」[6]換言之，這首譯詩的

[6] 梁明廣：〈序《陳瑞獻詩集》〉，《陳瑞獻詩集》（新加坡：五月出版社，1983）。

地位猶如白垚的《麻河靜立》的地位一樣，是一個文學運動的開端。

全詩如下：

星在疾行，浪濤冲洗著海岬
鹽盲了眼，淚滴慢慢乾涸
寢室是黑暗的，思想在疾行
而獅身人首像正傾聽沙漠

燭們遊動。巨人哥魯色的血
似已變冷；在他的唇上
展露著撒哈拉沙漠憂鬱的笑影
隨著轉換的潮，也正衰老

摩洛哥吹來的海風觸到海水
熱風吹。大天使在飄飛的雪花中打鼾
燭們遊動，《先知》的初稿漸漸乾了
在恒河之上，晨光破曉[7]

作為新華文壇的第一首現代詩，〈星在疾行〉的現代主義風格頗為明顯。其中包括象徵手法、電影技巧中的蒙太奇跳接，多處生動的擬人化，時空意象。詩人通過多種手法表達了生命與存在的神祕主題。深刻的主題思想以及多樣化的表達技巧在在挑戰讀者的鑑賞能力。這就是現代詩的特色。

---

[7] 巴斯特納克詩，牧羚奴譯，《南洋商報・文藝》（1967年3月10日）。

梁明廣選擇譯詩作為一種全新文學風潮的肇端，我們想大概有兩個原因。首先當然是原作者本身，是諾貝爾文學獎的得主，接下來是詩歌本身的現代化傾向明顯。

在其他文類方面，牧羚奴發表的數量次於詩歌的是小說，見下表：

表（5）：牧羚奴在《南洋商報·文藝》發表的現代小說

<table>
<tr><th>序號</th><th>小說題目</th><th>發表日期</th><th>版位</th></tr>
<tr><td rowspan="7">01</td><td>平安夜（一）</td><td>1967年3月19日</td><td>10</td></tr>
<tr><td>平安夜（二）</td><td>1967年7月21日</td><td>24</td></tr>
<tr><td>平安夜（三）</td><td>1967年7月26日</td><td>10</td></tr>
<tr><td>平安夜（四）</td><td>1967年7月28日</td><td>12</td></tr>
<tr><td>平安夜（五）</td><td>1967年8月2日</td><td>12</td></tr>
<tr><td>平安夜（六）</td><td>1967年8月4日</td><td>12</td></tr>
<tr><td>平安夜（七）</td><td>1967年8月9日</td><td>09</td></tr>
<tr><td>02</td><td>排行第二</td><td>1967年11月10日</td><td>14</td></tr>
<tr><td>03</td><td>海的武器</td><td>1968年1月12日</td><td>09</td></tr>
<tr><td rowspan="2">04</td><td>蝨（一）</td><td>1968年7月26日</td><td>10</td></tr>
<tr><td>蝨（二）</td><td>1968年8月2日</td><td>11</td></tr>
<tr><td>05</td><td>不可觸的</td><td>1969年1月31日</td><td>09</td></tr>
<tr><td>06</td><td>異教徒</td><td>1969年5月16日</td><td>08</td></tr>
</table>

以上6篇小說，我們可以看出作者從來不介入小說的故事，從不隨意對小說人物下道德判斷。這是現代小說家最基本的要求。另外，這些小說技巧多樣化，舉凡意識流手法、特殊的個人視境或觀點、夢幻抒情、結構獨特、反諷手法都有。方桂芳有一句話頗為客觀地評述了牧羚奴的現代小說：「陳瑞獻的心理小說，讓我看到人的內心世界可以構成一個奇蹟，一個不斷讓我們驚訝的無限世界。他通過個體對存在本身獨特的思考，在關注那

些為社會主體現實所忽略的存在。這是一個無限敞開的領域，許多可能性尚待發掘。」[8]

以上是牧羚奴在創作現代主義作品上的表現。他用作品來說話，用作品來證明現代主義文學存在的價值。他開風氣之先，帶動文壇新風氣，這點是不可否認的事實。除了創作以外，牧羚奴也寫評論，介紹現代文學。發表在《南洋商報・文藝》的評論兩篇，以及一篇現代作家介紹。這兩篇文章是〈卡夫卡及其〈絕食的藝人〉〉和〈論邱瑞河〉以及作家介紹〈沙姆貝・畢可小傳〉。

總的來說，陳瑞獻在早期的星馬現代文壇無疑是個領航者和推動者。他從事多種文類的創作，尤其是他的現代詩和現代小說，都具備現代感和現代主義的技巧，一新當時文壇普遍認可的現實主義風格。現代作家的創新精神，前衛做法，可在陳瑞獻身上窺見。他以作品來改變文壇，以作品來傳播現代文學，而且都明顯獲得成效。

張錦忠在評論陳瑞獻的創作貢獻時，說了一句頗為中肯的話：「其實，陳瑞獻前衛、創新的詩和小說——以及梁明廣、白垚、五月出版社和整個新馬華文文壇現代主義文學運動——的出現，正顯示當時以中國寫實主義文學路線為馬首是瞻的主流華文文學系統的成規，已到了俄國形式主義理論所說的『自動化』或『習慣化』的地步。相對於寫實主義作家以為對現實『千篇一律、落伍淺薄的反映』即再現或描述了現實，現代主義作家則對這樣的認識論持懷疑或批判的態度。這種認識論懷疑，也可以用來解釋何以歐美存在主義、虛無主義、荒誕喜劇、意識流文學的

---

[8] 方桂香：《新加坡現代主義文學運動》，博士論文（廈門：廈門大學，2009），頁233。

譯介，會成為60年代新馬華文現代主義文學的源頭活水。」[9]

三、編者牧羚奴如何傳播現代主義文學

1.《南洋商報・文叢》編者

牧羚奴作為編者的出色表現主要是在編《南洋商報・文叢》和《蕉風》。《南洋商報・文叢》乃《南洋商報・文藝》的延續。牧羚奴的編者任務從1971年7月25日開始。《文叢》與《南洋商報・文藝》不同的是，後者出現在副刊版，而前者則是每週日出現在隨報附送的《南洋周刊》。它以兩個全版的形式出現，由梁明廣和牧羚奴各編一版。這是很特別的安排，也是巧妙的組合。兩者雖然都受過現代主義文學思潮的洗禮，但在選稿及版位設計方面則各有特色。他們的共同點是，大量刊登譯介西方現代文學的作品，引領新馬讀者與作者窺探西方的文學世界。

《文叢》對現代文學的傳播有什麼貢獻呢？張錦忠以下一段話可以看出其大概：

> 《文叢》寄身隨《南洋商報》星期天附送的南洋周刊，每週兩版，刊登不少翻譯或半譯半寫的好文章。《文叢》的歐美作家（龐德、艾略特、卡夫卡、沙特、聶魯達、葛蒂瑪等）都是現代文學大家）介紹文章，是我接觸域外文壇的窗口，而且不見得是「純文學」；《文叢》也刊載談黑豹黨、馬爾貢、拉維・香卡等文章，社會性、文化性

---

[9] 張錦忠：〈文學史方法論——一個複系統的考慮：兼論陳瑞獻與馬華現代主義文學系統的興起〉，《南洋論述：馬華文學與文化屬性》（臺北：麥田出版社，2003），頁174~175。

> 濃，打破了人家說搞歐美現代文學者有如活在象牙塔的偏見（別忘記那是後法國學運，後五一三、文化大革命的年代，吾輩怎麼可能不食人間煙火？）。《文叢》刊登創作不多，但皆為精品（例如梅淑貞、飄貝零的詩），其中譯詩更是瑞獻的拿手好戲（我還記得他譯波巴馬的詩《通常／他有八條腿》）。[10]

這段話有四個重點。第一，《文叢》是張錦忠接觸外國文學的窗口，這也是其他作者和讀者的感觸，更是編者的目的；第二，打破一般人對現代文學的誤解，即與現實脫節；第三，刊登少量但屬於精品的創作，帶有示範的作用。這三點對馬華現代文學的傳播乃是重要的。第四，稱讚牧羚奴乃是譯詩高手。

牧羚奴在《文叢》大量刊登譯介文章並不稀奇，更重要的是大部分的譯文都是他和完顏藉親自翻譯的。所以，這個時期的牧羚奴，他對新馬現代文學傳播的推動是通過譯介西方現代文學的作品，加上自己是編者的方便，大量刊登譯介作品，讓《文叢》成為現代文學的發展時期的重要基地。

從1971年7月25日（接編《文叢》開始）到1972年6月11日（發表最後一篇譯作），牧羚奴總共翻譯和發表了41篇文章，範圍包括經典選譯、作品選譯、書評譯介、寓言、名家訪談、漫畫、小說選譯、幽默小品、譯文小品等。他在發表譯文時所用的筆名很多，其中就包括了牧羚奴、冬明、阿蒙、西亞汗、公孫禹、歐陽雲、乾隆、羅、明、宇青、張德、山風、古人、亦斯、星、吳緬、公孫豹、秋盈、阿骨打、小猴、鐘史佚、紅韃子、上

---

[10] 方桂香電郵訪問張錦忠，見方桂香：《新加坡現代主義文學運動研究》，博士論文（廈門：廈門大學，2009），頁271。

官湖、阿崑、瑪利史福、陸秀敘、實石。

牧羚奴編《文叢》的重點在書評、訪談與文學藝術作品的譯介，而梁明廣編《文叢》的重點則在政治、偵探、幽默與電影的譯介。從重點看，兩位編者的藝術品味以及他們要求在《文叢》帶給讀者的訊息差異甚多。但是，兩版又是同時出現，做到相輔相成，在大同的原則下展現版位的多元面貌以及內容的多樣化。

2.《南洋商報．咖啡座》（1978年~1983年）與《南洋商報．窗》的編者（1979年~1980年）

牧羚奴編《文叢》的工作於1972年結束。同版編者梁明廣繼續在《南洋商報》工作，而牧羚奴的生活則有了很大的變化。

前《蕉風》編輯，現臺灣中山大學教授張錦忠如此評論牧羚奴：

> 牧羚奴的出現，像一顆耀眼的明星，照亮了整個本地的文學現代主義運動。沒有牧羚奴，我們很難想像這個運動會如何建構典律。1969年，牧羚奴加入革新後的《蕉風》編輯群，為新馬長堤兩岸現代主義陣營的整合。1971年他與完顏藉合編《文叢》版，進一步譯介歐美現代文學。那幾年可說是星馬華文文學現代主義運動的高峰，而牧羚奴與他的詩和小說便是那顆高掛峰頂的明星。[11]

張錦忠這段話的其中一個重點「那幾年可說是星馬華文文學現代主義運動的高峰」，我們認為有點誇張。那幾年只是《蕉

[11] 張錦忠：〈1973，陳瑞獻〉，《人文雜誌》（吉隆坡：馬來西亞華人文化協會）。

風》編輯為馬華現代主義文學打基礎的重要年份，似乎全面出擊，而重點尚在歐美等現代文學的譯介。一個文學運動的高峰條件應該是（1）在地作家在創作方面有豐收，（2）在地作家在評論和理論方面已經有相當的進展。然而，直到1971年為止，馬華現代主義作家群還不是很大，具體的出版成果也不多，要到1974年才出現《大馬詩選》。如果只是因為譯介作品的眾多和《文叢》的編輯就說是「現代文學的高峰」，未免過於誇張。如此評論並未抹殺牧羚奴的貢獻，正如張永修所言：

> 1969年8月號的第二百零二期《蕉風》改革號是個分水嶺，當時的編輯團，除了白垚與姚拓，還有李蒼和牧羚奴（陳瑞獻）。白垚在《蕉風舊事．學報當年（2）》提到「牧羚奴在新加坡，作者的聯繫和約稿、選稿、校稿，事極繁瑣，那時沒有傳真，每次郵寄的事，也夠他受……。後來，策劃六個專號，出版蕉風文叢，舉辦文學座談會，完顏藉、歹羊寫到蕉風來，無一不和牧羚奴有關。[12]

這裡主要說明了牧羚奴當年為《蕉風》，為傳播現代文學的努力，更重要的是他是義務編輯《蕉風》的，這股精神實在難能可貴。也因為有這樣的一號人物，不計較金錢，不計較得失，只憑興趣和使命積極推廣現代文學，今天的馬華現代文學才有長足的發展。

陳瑞獻在《蕉風》的貢獻，其實也可以視為他對馬華現代主義文學傳播的貢獻。李有成（李蒼）在2007年8月14日通過電郵

---

[12] 張永修：〈鼓樓見瑞獻〉，方桂香：《巨匠陳瑞獻》（新加坡：創意圈出版社，2002），頁254。

接受方桂香的訪問，對陳瑞獻在《蕉風》的貢獻，做了以下的論述：

> 《蕉風》在短短的一段時間內推出詩、小說、戲劇等幾個專號，以當時新馬的創作環境而言，很不容易。這幾個專號都頗受好評。在整個過程中瑞獻扮演了相當關鍵性的角色。他要寫稿、譯稿、邀稿、設計封面，那時我們電話、信函來往很多。有不少西方的作家與詩人第一次被介紹到新馬文壇來，相當熱鬧，的確為文壇開了幾扇窗口。我們真的很開放，只問作品好不好，有沒有創意。有不少年輕作者受到鼓舞，都願意試著把作品寄到《蕉風》來，特別是實驗性的作品，所以那幾年也出現了一些年輕作家。我雖然參與編務之短短一、兩年的時間，但因緣際會，也做了一些事，那是我年輕時代很值得紀念的一段日子。[13]

在上段文字中，李有成提到了牧羚奴在《蕉風》所扮演的角色，以及《蕉風》如何影響年輕作家。由於《蕉風》編輯方針開放，對實驗性強的作品也可以接受，年輕作家於是有了一個展示才華的平臺。這些作家閱讀《蕉風》，也漸漸受到《蕉風》文稿的影響，馬華現代主義文學就這樣傳播出去。

牧羚奴入主《蕉風》之後，《蕉風》的風格傾向現代主義，同時帶進不少新加坡現代作家的文章。白垚在回憶中如此說：「1969年，牧羚奴、李蒼高舉現代的火炬，由讀者而編者，並策

[13] 方桂香：《新加坡現代主義文學運動研究》，博士論文（廈門：廈門大學，2009），頁378。

劃202期改版。在牧羚奴的編串下，新加坡作家的作品，超越了地緣疆界，鷹隼高天，在《蕉風》大幅出現。」[14]的確，牧羚奴進入《蕉風》編輯部之後，一改之前以香港文學為主的做法，予以全面革新，並全部刊用新馬兩地作家的譯作和創作。

方桂香分析《蕉風》改革後的特色，其實也可以說是牧羚奴對馬華現代主義文學傳播所進行的策略性工作。其中有三項：（1）突顯翻譯的重要性；（2）首創文學專號；（3）策劃出版《蕉風文叢》。我們覺得，他的三項方式應該修改為：（1）翻譯大量各國現代主義作品；（2）推出各文體及其他專號，集中展示現代文學風貌；（3）策劃出版《蕉風文叢》。

2.1 翻譯大量各國現代主義作品

黃崖時期的《蕉風》，一直以來都是以刊登港臺的作品為主，以馬華作品為副，偶爾還轉載港臺現代詩，譯作極少，只能算是陪襯的作品。

1969年牧羚奴入主《蕉風》之前，雖然《蕉風》也刊登了一些本地詩人如白垚等人的現代詩，但是數量顯然有限。對於才起步10年的馬華現代主義文學，基礎尚未穩健，雖然《蕉風》成為發表創新風格或比較現代的作品，然而，整個馬華文壇的控制權和話語權，還是緊緊掌握在現實主義作家的手中。那時候，積極從事現代詩和現代散文創作的作家並不多見。牧羚奴忝為新加坡現代主義作家的佼佼者，加入《蕉風》編輯陣容之後，努力把《蕉風》轉型，而他最先採取的策略就是大量刊登西方的、日本的、印尼的，甚至本地馬來作家的現代文學的譯作以及本地作家

---

[14] 白垚：〈千詩舉火，十路書聲：馬新現代詩的會合〉，《縷雲起於綠草》（八打靈：大夢書房，2007），頁98。

的現代作品。牧羚奴主導編務之後，從第二百零二期到1972年隱退為止，總共發表了191篇的翻譯作品。

2.2 推出文學專號

牧羚奴接下《蕉風》的編務之後，除了積極翻譯各國現代文學作品和網羅本地人才加入翻譯的陣容，另一項重要的舉動就是推出文學專號。這是之前的《蕉風》所從未做過的事情。在他負責編務的4年（姚拓說3年）內，共推出了11個專號，詳情如下表：

表（6）：牧羚奴編輯《蕉風》所推出的專號

序號	專號	刊號	出版日期
01	詩專號	205期	1969年11月
02	戲劇專號	207期	1970年1、2月
03	小說專號（一）	211期	1970年6、7月
04	小說專號（二）	212期	1970年8月
05	馬來文學專號	220期	1971年4、5月
06	牧羚奴作品專號	224期	1971年9月
07	電影專號	235期	1972年9月
08	評論專號	240期	1973年2月
09	散文專號	246期	1973年8月
10	古典文學專號（一）	261期	1974年11日
11	古典文學專號（二）	262期	1974年12月

文學專號包括了文學的四大文類和評論，以及詩、散文、小說、戲劇和評論。其中小說專號由於篇幅較多，還分兩期才刊登完畢所有的作品。由此可見策劃者的用心。除了文類的專號以外，其中還有馬來文學專號、古典文學專號及電影專號。馬來文學專號之前，《蕉風》已經刊登了不少馬來現代作家的作品，如

牧羚奴接編後的第二個月，就刊登了馬來現代詩人拉笛夫的7首詩歌。這7首馬來現代詩由牧羚奴本身翻譯。推出馬來文學專號有助於促進馬華作家對馬來文學的了解，可以看到馬來文學現代化進展的情況，刺激馬華作家的文學審美品味。

《古典文學專號》雖然與馬華現代主義沒有直接關係，但是文學傳統是文學的根本，馬華文學不能完全脫離中國古典文學，而實際上，古典文學給了馬華現代作家不少創作上的靈感。至於《電影專號》則是另一種藝術的介紹，而前衛的或具有實驗精神的馬華作家也可以從電影專號中汲取第八藝術的養分來充實自己的文學創作。如，溫任平就曾發表過論文〈電影技巧在中國現代詩的運用〉。他本身的詩歌如〈雨景〉、〈水鄉之外〉都用到電影技巧。

另外，牧羚奴本身是新加坡現代作家，接編《蕉風》以前已經是一位出色的現代小說家。他在推介現代文學之餘，也從事各文體的創作，以身作則。因此，《蕉風》推出《牧羚奴專號》也有其特別的用意。更重要的是，正如方桂香所言：「在11個專號中，《蕉風》還在224期為陳瑞獻推出一個『牧羚奴作品專號』，這也是唯一由一個作家的作品所組成的專號。可見，這位把現代主義文學風潮帶進馬來西亞的新加坡編輯兼作家，在馬來西亞舉足輕重的地位。」[15]

方桂香的觀點我們同意。是期《蕉風》的編後話《風訊》由白垚撰寫，從中可看出《蕉風》對這個個人作品的專號的重視。白垚這樣寫：「這一期是牧羚奴一個人的專號，在雜誌的出版史上，敢於用一個作家做整期的專號的，在記憶中是沒有的。現在

---

[15] 方桂香：《新加坡現代主義文學運動研究》，博士論文（廈門：廈門大學，2009），頁376。

我們這樣做了，我們預料會有兩方面的意見，一是贊同，一是異議；要做一件事，就計較不了那麼多了。這一期專號的內容，是一項事實的呈現；牧羚奴是拿得出作品來的，而且是多方面的創作。[16]我們無意自我或互相標榜，也不願意製造偶像，但是，如果一位作家應獲得掌聲和喝采，而群眾卻懼於發出，那麼，失敗的不是作家，而是群眾。」[17]

牧羚奴入主《蕉風》以前已經是一位出色的現代作家，走在時代的前端，他的作品《巨人》可以說是當時的現代文學的代表作之一。他寫現代詩，也寫現代小說，還從事其他藝術工作，因此，以他的作品來作為專題，一方面是《蕉風》編輯委員會的大膽嘗試，另一方面是給予牧羚奴一個肯定，第三方面則給馬華現代主義作家一個學習的榜樣，一個努力的方向。

2.3 策劃出版《蕉風文叢》

牧羚奴在《蕉風》傳播現代文學的第三個策略是策劃出版《蕉風文叢》。文叢包括翻譯的作品以及本地作家以中文撰寫的作品。在牧羚奴擔任《蕉風》5年期間（1969年~1974年），他策劃出版的文叢系列譯作：《尼金斯基日記》（陳瑞獻與郝小菲合譯）、《湄公河》（Sungai Mekong ）（拉笛夫著，陳瑞獻與梅淑貞合譯）；中文文集：《點・線隨筆》（歹羊著）、《填鴨》

---

[16] 所刊登的牧羚奴作品包括小說：〈牆上的嘴〉、〈燈〉和〈蠟翅〉；詩：〈絕處〉、〈訊號〉、〈怪鴨〉和〈粗月〉；劇本：〈線人〉（獨幕劇）和〈日過午〉（啞劇）；寓言：〈石猴〉、〈性狂熱〉、〈兔醫〉、和〈一隻渡渡鳥〉；翻譯：〈歸來〉和〈瑪牙〉；筆記：《牧羚奴筆記》；散文：〈序《梅詩集》〉、〈序流川詩集〈《晨城》〉和〈黃宗明的雕塑〉。

[17] 白垚：〈風訊〉，《蕉風・牧羚奴作品專號》第二百二十二期（1971年9月），頁109。

（完顏藉著）、《閒思錄》（黃潤岳著）、《陶詩新析》（郝毅民著）。

如果從馬華現代文學傳播的角度看這幾本文叢，我們以為與現代文學有直接關係的是《湄公河》和《填鴨》，其他的可以說沒有太大的關係。換言之，雖然牧羚奴策劃與出版《蕉風文叢》，在《蕉風》編輯時有其開創的作用，但是對他積極在推動的馬華現代主義文學運動，作用似乎不大。充其量只可以說，《蕉風文叢》幫助作家出版書籍。問題在於，這些書籍並非全部都是現代作品，因此，在這方面來說，《蕉風文叢》的效果是有限的。

結語

牧羚奴對馬華現代文學傳播方面的貢獻有目共睹。他在引進和翻譯西方現代主義作家的作品，同時也帶進了文學創作的新表現，對當時的馬華現代作家與讀者都有一定的影響。如果說白垚是馬華現代主義的奠基者，牧羚奴可以說是馬華現代文學的積極推動者，在馬華現代文學的發展，地位舉足輕重。

Ch.8 溫任平與馬華現代主義詩的傳播

前言

文人積極參與馬華現代主義文學的傳播而又有明顯貢獻的，除了早期的白垚和陳瑞獻（牧羚奴）之外，第三位就是本文要討論的溫任平。溫任平在70年代初接觸現代文學之後，就從事現代詩和散文的創作，同時也積極傳播現代文學。

本文將從幾個角度詳細而深入的方式論述、分析溫任平從70年代初到80年代末，在傳播馬華現代主義文學方面所採用的三項策略。

一、撰寫文學評論，宣傳現代主義文學的理念：理論建設

溫任平傳播現代主義文學理念主要在兩方面，即現代詩和現代散文。他對現代小說的傳播談不上建樹。現代詩和現代散文的傳播著重在理論建設，以及運用新批評來導讀現代詩和現代散文。

早期的馬華詩歌，在溫任平看來，只能算是劉大白、聞一多、朱湘的仿製品，寫得較為生動活潑多變的，也只能使我們想起徐志摩或何其芳，尤其是徐志摩，由於曾到外國留學，受西洋文學的影響，寫詩時採用了融合了文言、白話及歐化句法的新語言。這種在白話文的句式裡適當融入文言片語及歐化句式的三合一的新語言，早期的馬華詩人在這方面的自覺不足。在技巧的運用上，馬華早期的詩歌呆板單調，流於平鋪直敘，「說出」多過

「演出」，滯留於五四時代那種稀鬆平淡的表現層次上。這些詩歌的文字缺乏變化與伸縮性。總的來說，馬華詩壇50年代的整體表現予人「散文的分行」的印象，詩質淡薄，缺乏咀嚼之餘地。

溫任平在傳播現代文詩方面，一方面撰寫現代詩理論，另一方面則找了一些單篇作品，用新批評的方法深入詮釋，提高讀者的欣賞水平，也為作者提供借鏡的實例。他介紹理論時，一般輔之以例，發揮了傳播的作用。

在70年代，現代文學的批評與理論的成績並不特出，臺灣如此，馬華文壇的情況更為嚴重。然而，理論是非常重要的，沒有理論引導的文學批評就像沒有基礎的建築物，根基不穩。陳慧樺說：「文學批評需要理論為指導原則，而理論之周延有了實際應用後才能知曉；它們依存的是一種辯證關係及過程，而不應是一種主從關係。」新批評學派健將藍森（John Crowe Ransom）在《世界的軀體》（The World's Body）一書曾如此論述批評與理論的關係：「好的批評家不能僅止於研究詩，他必得也研究詩學。如果他認為他必須嚴格地棄絕對理論的偏好，那麼好的批評家可能只是一個好的小批評家（a good little critic）。被人期待的理論，總是決定了批評，而且即便是違背察覺，它也絕對不會少於此；所謂『批評家心中能不存理論』這種情形，是不切實際的。」

詩歌理論方面，溫任平最大的貢獻是開創了電影詩學批評，也就是說，他將電影的理論及拍攝手法，引用到現代詩的批評上。〈電影技巧在中國現代詩的運用〉就是這樣一篇非常重要的現代詩理論。孟樊在評論臺灣新詩是這樣評價溫任平的文章。在電影詩學方面，孟樊說：「……溫任平的〈電影技巧在中國現代詩裡的運用〉一文，可謂首開先河，繼之有羅青的〈錄影詩學的理論基礎〉、林耀德的〈前衛海域的旗艦——有關羅青及其『錄影詩學』

等文〉。」在〈電影技巧在中國現代詩的運用〉中，溫任平先對杜甫和李白作品中的鏡頭轉換技巧析論一番，過後才引錄馬華詩人賴瑞和的〈沙漠六變奏〉、新加坡詩人文凱的〈拾荒者〉、臺灣詩人林煥章的〈貴陽街二段〉、管管的〈三個壘子〉等。他在論析中發現現代主義詩人所用到的電影技巧包括大特寫、淡入、淡出、溶接、疊攝、慢動作、凍結動作轉位等。簡言之，他這篇文章豐富了現代主義詩壇，為現代主義詩理論提供了全新的一頁。

這篇文章對傳播馬華現代主義文學起著積極的作用。70年代初期，現代主義詩在馬華文壇被稱為「毒草」。這篇文章結合了現代藝術，又把現代主義詩的技巧與古典詩人的手法相提並論，從理論與實例相互印證，間接指出「毒草」是欠缺根據的指責。更重要的是，他還以馬華現代主義詩人的作品來印證理論。例如，在論及鏡頭的分攝時，他就以賴瑞和的〈沙漠六變奏〉為例：

有一個面蒙白紗的白衣人
跪在沙地上哭了

無能懷孕的母親
把臉埋在他的胸臆

拜月野狼高舉前蹄
向悲寒的月悲嗥

駱駝馱負一具死屍
伴星光趕路

軍隊是兩排移動的植物
一株株枯萎

迷路的旅者
向太陽高舉六弦琴

這首詩一共有6節，每節兩行，而每一節所呈現的是一個獨立的鏡頭。跪在沙地上哭泣的白衣人、把臉伏在胸臆裡無能懷孕的母親、向月悲嗥的野狼、星光下馱負著死屍趕路的駱駝、移動的軍隊、迷路的旅者——這些畫面本身固然是一個個自身俱足的意象，它們被安排在一起，便造成了蒙太奇的呈現效果。

溫任平在文中舉出多位現代詩人的作品，來闡釋電影的各種技巧在現代詩的運用。文章最後幾段，溫氏強調電影技巧知識只是現代主義詩的諸多技巧的一環，現代主義詩的技巧是多方面的，既是橫的移植也是縱的繼承，同時還向其他藝術如繪畫、音樂等汲取養分。

溫任平另外一篇重要的是論是〈論詩的音樂性及其局限〉，發表於香港《純文學》月刊1972年3月號，過後才收錄於作者自己的詩論集《精緻的鼎》。他從杜甫的「無邊落木蕭蕭下／不盡長江滾滾來」談到文字意義的對位，字音與字義上的造成陰陽齒輪銜合的旋律感，再以「歌聲茅月店，人跡板橋霜」、「白日依山盡，黃河入海流」二例，突出古典詩字音上的平仄交錯、字義互為對照，巧妙粘附了兩個並存的景，突破時空距離，提升了詩境，產生了正面的效果。至於擬聲技巧的音樂效果，他舉了李白的〈天馬歌〉，詩人「以聲韻模擬內涵的意義，構成了一種奔騰的急速的節奏感。」

文中他也提到多首新詩在音韻控制上的失誤，造成美感無法有效傳達，典型的例子是劉大白的〈賣布謠〉：「嫂嫂織布，哥哥賣布。賣布買米，有飯落肚。嫂嫂織，哥哥賣布。弟弟褲破，沒布補褲。」劉的詩企圖掙脫格律的限制，卻又身墜格律的窠臼，美感盡失，很難引起讀者共鳴。早期的新詩到了戴望舒、徐志摩、何其芳等人的手中，才逐步擺脫詩的音樂形式之局限，開始重視語言節奏帶來的音樂效果。過後，溫任平才舉例周喚的〈存在之多〉、洛夫的〈海之外〉、葉珊的〈忠臣藏〉論述行內韻帶來的音樂效果，再舉例夏菁的〈聖女節〉、新加坡詩人謝清的〈歲末〉、臺灣現代詩人辛鬱的〈啟幕日〉、馬華現代詩人賴敬文的〈已經疲乏的〉、紫一思的詩論述雙聲疊韻在現代詩裡的作用。

疊字是營造音樂性不可或缺的手段。在70年代，現代詩在使用疊字來達到音樂性效果的，例子不少，例如溫瑞安的〈清唱〉其中一首：「山知道，我知道，你知道／什麼時候會有一群愛笑的青年／揹了一隻重重的吉他……什麼時候才來呢？愛笑愛鬧的孩子們／山知道，我知道，你知道」，這首詩疊字運用凸顯情緒之奔放。

溫氏在文中列舉了大量作品來討論詩的音樂性，而所舉的例子包括古典詩、新詩以及大量的現代詩。他把兩種不同藝術的相關性作出探索與研究，並指出詩的音樂性固然重要，但是太過偏重於追求文字的音樂美而忽略內容，對詩其實是危害性多過輔助性的。他認為，詩行的結構，語言的襯托所造成的音樂感千變萬化，足以構成一個廣袤的藝術天地。就此看來，溫文所探討的只能算是熒熒大端的一小部分而已。我們認為，這篇文章所討論的事項相當廣泛，如對照古典詩與現代詩，方言詩中的文字諧音，也論述了雙聲疊韻、行內韻、跨行句，甚至韻腳如何前後呼應，再如何配合詩的內在律動等能夠強化詩音樂性的策略都討論了，可謂鉅細靡遺，滴水不漏。

更難得的是，溫氏還分析了音樂性的局限，他不迷信音樂性，並且很肯定地表明，「詩和音樂是兩門藝術，詩的創作不是為了譜成歌曲來唱的。」他也認同梁實秋的看法：「文字究竟是文字，不能變成樂譜上的符號。一首詩無論怎麼鏗鏘，它不能成為音樂。」這篇論文論證詳細，文字慎密，是一篇重要的詩論。本文發表之後，受到余光中的重視，甚至致函溫任平，邀請他到政大西語系任教。

無論是〈論詩的音樂性及其局限〉，還是〈電影技巧在中國現代詩裡的運用〉，溫任平引用了不少古典詩詞曲為例，尤其是唐詩，這主要是證明現代詩不是橫空出世，它的出現與寫法與中國文學的抒情傳統一脈相承。類似跨時代連接，強化了傳播現代詩的合理性，同時也為現代詩、馬華現代詩找到了立足的基礎。

在傳播現代主義文學的過程中，溫任平認為引導讀者進入現代主義詩的堂奧是刻不容緩的事情。讀者欠缺閱讀現代主義文學作品的經驗，對現代主義作品認識不深，當然就無從欣賞了。有鑑於此，溫任平充當中介，撰寫現代主義詩詮釋的文章，詳細論述所選現代主義詩的主題、思想和表達技巧。溫任平推介了新批評。新批評那種字質研究，就文學論文學的文本詳細研究，對溫任平有很大的啟示。他研究新批評並運用在詩歌鑑賞上面，不牽強附會，十分謹慎。

他這方面的努力可從他分析單篇現代詩看出。《精緻的鼎》這本詩論集的第二輯各文章都是新批評的嘗試，共有10篇文章，即〈析文愷的〈走索者〉〉、〈論介葉維廉的〈愁渡五曲〉〉、

〈析溫瑞安的〈性格〉〉、〈析鄭愁予的〈當西風走過〉〉、〈析淡瑩的〈飲鳳之人〉〉、〈論林梵的〈失題〉〉、〈析余光中的〈長城謠〉〉、〈〈江雪〉與〈寒江雪〉〉、〈析郭青的一首戲劇詩〉以及〈哭泣的樣子是怎樣的？〉。除此之外，在後來出版的研討會工作論文集《文學‧教育‧文化》中，溫任平也收錄了其他這類型的文章，其中包括：〈「分段詩」初探並舉例〉、〈現代詩的語言現象〉、〈抒情與敘事之間〉、〈現代詩的欣賞〉、〈曲徑幽通看現代詩〉、〈談鄭愁予的〈衣缽〉〉、〈丘雲簽的兩種風格〉等。這些文章從不同的角度與側面突出現代詩的藝術特點，為詩提供了鑑賞的焦距。除此之外，他在替年輕詩人的詩集寫序文的時候，採用的方法也是新批評加上他自己的眉批。可以那麼說，他的每一篇序文都是一篇詩歌評論。這些作品包括：〈序《一思詩選》〉、〈燈火總會被繼承下去的——序《大馬新銳詩選》〉、〈修飾性與真摯性——序《魚火吟》〉、〈道德意識與時空意識——序《煙雨月》〉。

明顯的，溫任平撰寫新批評詩論的目的是讓本地讀者了解和進一步欣賞現代詩。他的文章引導讀者進入現代詩的堂奧，探索現代詩的本質以及特色，通過大量的實例，呈現在讀者眼前。這些文章不下10萬字，可見他對馬華現代詩所持的信念與態度，所下的工夫和所費的精力。這些詮釋文章把現代詩視為審美研究的客體。他本身很清楚這是一項吃力不討好的工作，他說：「詩的鑑賞是一種直覺的感染，那是最直接的，也是最真的，而利用批評的工具去剖析詩的時候，往往就戕傷了詩的本體……」他那股「知其不可為而為之」的精神，在這句自我表白的話中可見一斑。他努力讓讀者了解詩歌的形式如何冶於一爐，詩節與詩節之間，詩行與詩行之間如何互相配合，詩人如何把文字控馭得當，使到文字跌宕抑揚，交響成文字的大合奏，以有效地引發讀者美感的參與。新批評對現代詩所發揮的引導作用，在溫任平的努力中明顯地實踐了。

溫任平在傳播馬華現代文學時，把馬華現代詩與唐詩宋詞元曲做了很好的連接以打穩基礎。必須強調的是，這種連接不是地理上的而是文學的連接。這種古今時空連接的企圖在〈論詩的音樂性及其局限〉、〈初論喬林：基督的臉〉這兩篇文章中十分明顯。詩歌傳播要有源頭，要有目標，馬華文學不能脫離中國文學，因此，把馬華現代詩的種種特徵，追溯到中國古典詩，那是一脈相承的抒情傳統。這樣的連接鞏固了馬華現代詩的立足點，也同時推翻了現代詩是舶來品的指控。

二、以創作實踐理論，印證現代文義詩的多元寫作策略

溫任平傳播現代主義詩時理論與創作並重。他要馬華作家了解現代主義詩的理論，現代主義的精神，為了證明他所提出的理論可以實踐，他用作品來印證理論。傳播不能只靠空言，實踐才實際。所以說，溫任平不但提出理論，而且還加以實踐，例如現代詩的電影技巧方面，他就曾運用所提出的理論技巧創作了〈甲蟲與女人〉、〈風景〉、〈水鄉之外〉、〈變遷〉等詩作。

〈甲蟲與女人〉

時間：晚上7點

地點：A

飛撞而來的是什麼
一隻甲蟲
他呸一聲把它彈到老遠去
沒有忘記
用潔白的手帕
抹淨手指

時間：晚上9點
地點：B

哈囉
幸會幸會
有禮貌地捧起長滿金毛的手
全心全意地
抬起剛俯下的頭：
「It is such a great pleasure」

時間：晚上11點
地點：C

月光爬在天的脊背上
在一棵整齊的聖誕樹下
吮乾了她臉上的Avon唇膏
她一嘴的腥羶是他一肚的營養

時間：晚上11點
地點：A

那隻甲蟲
半死不活地躺著
四肢向天抽搐不已
兩顆滾圓凸出的眼
從來沒有閉過

這首詩基本上是一首劇詩，共有四個場景，時間則從晚上7點到晚上11點。晚上7點，場景是地點A；晚上9點，場景是地點B；晚上11點，場景則有兩個，一個是地點C，一個是地點A。最後的場景回到第一個地點，事情的開始與結束都在這裡。借用戲劇手法來寫詩是溫任平的一大嘗試，其試驗意味十分明顯。〈風景〉延續這種技巧，乃意象與蒙太奇的結合。

〈風景〉全詩如下：

一個襤褸的老人
坐在
塌倒了的廟前哭泣

怒嘶著的馬
卸下馬鞍
被鎖在欄裡

沒有人用火去烘酒

龍井茶獨自惆悵

不遠處
新建的城鎮冒著大股黑煙
無助的風景

躲在山後企圖遺忘
一隻白色的鳥歪斜地飛過
翅膀滴著鮮血

本詩也是應用了電影技巧，詩的每一節都是一個自身俱足的意象，並列在一起，構成了蒙太奇，效果不俗。〈變遷〉每節兩行，共六節，開始五節寫人、事、物的變遷，類似一個個不同的鏡頭，也是電影技巧的使用。它與〈風景〉不同的地方在於最後一節的逆轉：「河水輕輕流動／滿山的猿吟依舊」，與前五節構成強烈的對比，造成詩的張力。

現代詩的音樂性方面，他也嘗試運用各種技巧來達到效果。茲舉〈第一交響詩〉為例。

人造花時髦地被擺設在庭前小几上

與煙灰缸闊論張大千的樓臺仕女
假面蛇在沒有草的街上逛來逛去
陋巷張開雙腿去引渡善男們的跪姿

你仍然期待著某項突破

某種韻律。一盞燈

你用你瘦瘦的手去彈一闋漢賦
去歌一種很少人聽懂的歌

有人就在此時打一個長長的呵欠
把露出的奶又塞回胸衣裡頭去
自印度支那有一朵黃菊用整塊的紅河三角洲，換取
一桿弱弱的稻。一腋的黑色
刺青龍的肩膀。毒瓦斯
西貢市郊的蔬菜就這樣萎謝掉了

你企圖走出那道門
而你的門是沒有把柄與拉環的
你急躁地往返走著。當然也詛咒著
蒼白而又憤怒
你抓起一把斷刃，拼命地磨著
切齒地詛咒著

以上是從〈第一交響詩〉摘錄出來了的第四節到第七節。詩人運用了古典樂章的第一主題和第二主題穿插交錯，呈現情緒對比的矛盾。具體言之，第四節和第六節是外在的現象界，而第五節及第七節則是詩中人物內在的心靈世界。從中國詩學的角度來看，這是情景的交融，兩個主題通過外在景物的描繪及內在心靈的交織，有效地襯托出兩個世界的衝突。換言之，詩人乃是運用了樂章的架構，呈現了詩中的戲劇性與矛盾，是一項很新穎的

嘗試。

古典樂章有第一主題和第二主題。一般而言，前者如果是快板（Allegro），那麼第二主題通常節奏明快。這種安排目的有助於造成情緒的對比，導致快速的調子顯得更有生氣，緩慢的調子更加柔婉抒情。基本上，〈第一交響詩〉以這種樂章結構作為詩的形式，不難看出詩人的企圖心以及實驗精神。讀這首詩的時候，讀者最好是先讀單數的詩節，過後再讀雙數的。單數詩節的人物是第二人稱的「你」：「你是尋鏡子的人／你守住全人類精神的出口／你失落於永恆的守望中／你用你瘦瘦的手去彈一闕漢賦／去歌一種很少人聽懂的歌／你抓起一把斷刃，拼命地磨著／切斷地詛咒著／你是你自己的陪審官，你是囚犯／所以你的吶喊是沒有回音的／啊，你尋覓鏡子的人／你溫文典雅的言語／能否強得過用鐵路下賭注的賭徒呢？」[1]。

這是個人理想的追尋，從中可看出「你」經歷了不少困難。雙數詩節呈現的卻是現實世界的不同場面，是社會的、眾人的。例如：第二節寫的是許多人在新開張的館子討論分期付款以及咖啡濃或不濃的問題；第四節則寫妓女的生活；第六節強調色情街道主角在一天結束前的景象；第八節重點在突出城市發展的種種；最後的第十節則以一些人的生活哲學暗示生命的無奈。簡言之，單數詩節與雙數詩節呈現了兩個截然不同的世界，它們猶如交響曲樂章中的兩個主題交織而出，造成鮮明的戲劇性對照，兩個世界的隔閡感更加突出。質言之，從第四節到第七節，詩人嘗試通過古典樂章中的第一主題和第二主題的交錯穿插，成功對比了兩種不同的情緒，也表現了外在的現象界和內在的心靈世界。

[1] 溫任平：《流放是一種傷》（安順：天狼星出版社，1978），頁41~46。

這兩個互為悖逆世界在特殊的音樂架構中，一次又一次地撞擊衝突，使到詩歌的戲劇性以及對抗的尖銳形態更為明顯。

為了傳播的效果，溫任平也嘗試運用現代主義的技巧來創作現代詩。例如，〈事件〉這首詩，語言淺白簡易，以兩代之間的代溝為主題。詩人摒棄意象，用詩中人物的外在行動來反映內在的思想感情。詩中的情節是這樣的：主述者從街上回來，父親詰問，他開始不願回答，先坐下來喝茶，過了一陣子（父親的詰問與主述者回答之間隔了7行），才淡淡且含糊地回應了一聲，然後他又梳頭上街。整首詩猶如小小的劇場，詩人通過詩中人物的行動把兩代的問題在讀者面前演示出來，並在詩行間提供線索，讓讀者去體會兩代之間的冷淡與隔膜。這是舞臺技巧的牛刀小試。

〈嫁〉共有15行：

長睫微微抬起
初陽曬在硃紅灑金的祖宗牌位那
一絢絢裊裊的煙說有多細緻就有
多細緻客人在磕著瓜子必剝必剝
像我手上的鐲子羞人答答底低語
堂前那對紅燭嬰孩手臂那般大小
紅嫩得令人駭怕的啊總有那麼多
人凝睇注視著奴奴是流蘇後面的
你們是流蘇外面的求你們不要闖
開奴稚弱稚弱的小瀑布讓我隱藏
在鳳冠彩繡的景裡讓我像右邊的
對聯恆與左側的起聯押韻成美麗

喜娘嘻嘻地進來邊說邊走後面是
響得亮亮的喇叭花轎來得好快哎
長睫輕輕合攏

第一行和最後一行只有6個字，而且結構相同。第一句是「長睫微微抬起」，末句是「長睫輕輕合攏」，都是主謂結構，三四兩字都用了疊詞，排列卻不同，首句由上而下，末句則從半中間而下。第一句與最後一句之間的13行詩展示詩中人物意識流動的心靈世界。換句話說，本詩採用的技巧是現代小說中的意識流手法。

〈聽海〉值得一提。詩只有14行，全詩如下：

面對海何如傾聽海
傾聽大自然脈搏的起伏
起伏的浪濤滾滾來去
來去無踪是那時間的舯肛
舯肛負載幾許期待與悲哀
悲哀化作淚水尋找歸宿
歸宿在眾生競逐的天涯
天涯在日落月升的海角
海角正值燈火淒迷
淒迷終於點滴落下成微雨
微雨淅瀝是海的呼吸
呼吸延綿成歷史
歷史與衰似海洋

讓我匍匐傾聽祢[2]

這首詩意味雋永，意境迷人，內容與形式可謂融合無間。詩人以「海」作為中心意象，所要表達的是一種對時間、生命、歷史甚至宇宙的哲思。詩人探索「大自然脈搏的起伏」的同時，也在探究生命的神祕。在過程中，詩人沒有沉迷於玄想，他想到的是歷史，其實他要關懷的是超越自我的大生命。這種精神就是現代主義裡的主知精神。

生命的延續、歷史的興衰、「浪濤的滾滾來去」都是沒有間斷的。由於內容所需，詩人採用頂真修辭，以詩行的句式模擬海濤的來去，其中有許多想像的空間，讀者可以細細咀嚼。

溫任平對馬華現代詩的傳播可謂不遺餘力。他在創作上的謀新革舊，無非證明馬華現代詩有能力生存、發展和取得成就。

三、編撰《大馬詩選》：馬華現代詩傳播的典律建構：具體化傳播效果

溫任平推廣和傳播馬華現代主義詩的另一項策略是「典律建構」。70年代的馬華現代文學尚處於萌芽時期，個別作者的創作表現難以抵抗現實主義文學集團的強大勢力。有鑑於此，溫任平在1971年毅然編輯《大馬詩選》，讓大馬現代詩人展現實力，以作品來印證自己的存在，同時也集體為馬華現代詩立下第一個里程碑。這本詩選原本預期在1972年出版，然而，事與願違，各種意想不到的因素導致詩選遲了兩年才與讀者見面。

---

2 溫任平：《傘形地帶》（吉隆坡：千秋事業社，2000），頁97。

收入這部詩選的共有27位現代詩人。編者認為這27位詩人都有他們的代表性，在馬華文壇有不可抹煞的地位。他說：「他們都曾狂熱地從事過詩的探討，詩的創作，並且極大多數仍在不斷砥礪他們的詩藝，對繆斯的執著有增無減，雖然其中一兩位寫詩的朋友目前已近乎熄火停工，但是他們在大馬現代詩壇的奠基上，曾做過非常寶貴的貢獻，他們貢獻的不是金錢不是物質，而是作品，而由於他們的作品，才漸漸蔚成今日略具雛形的大馬中文文壇的現代詩運。他們在10年前發表於文學刊物上的詩作在今天看來當然談不上成熟，甚至還牽著五四的辮子，拖著李、戴的馬褂，有為現代而現代之嫌，不過他們的影響與啟示卻是深遠的，這種影響與啟示與其說來自作品的藝術造詣，毋寧說來自作品的『啟蒙作用』，他們的進入詩選足可使詩選面貌更為完整。」[3]這番話反映了編者選擇詩人的標準。綜合起來，他的標準包括代表性、在文壇的地位、對大馬現代詩壇有奠基的貢獻、作品有深遠的影響與啟示。我以為編者所列的標準都很客觀，對編選詩人有指導作用。馬華現代詩人這種集體成果有助於馬華現代文學的持續成長，得到更好的傳播效果。

在溫任平為馬華現代詩建構典律的過程中，必須一提陳應德企圖拆解典律、修正典律的努力。溫任平在〈馬華現代文學的意義和未來發展：一個史的回顧與前瞻〉的第二部分提到馬華第一首現代詩〈麻河靜立〉：「馬華現代文學大約崛起於1959年，那年3月6日白垚在學生週報137期發表了第一首現代詩〈麻河靜立〉。關於這首詩的歷史地位，最少有兩位現代詩人——艾文和周喚——在書信表示了與我同樣的看法。如果我們的看法正確，

---

3 溫任平：〈血嬰——寫在《大馬詩選》編後〉，《大馬詩選》（安順：天狼星詩社，1974），頁303~304。

馬華現代文學迄今（1978年）已近二十載。」[4]對於馬華第一首現代詩，陳應德持不同的看法。他在不同的文章否定了溫任平的看法，並提出馬華第一首現代詩可以追溯得更早。針對溫陳的意見，張錦忠從建構典律的角度來看，認為「溫任平意圖建立的是馬華現代文學的典律，並從文學史書寫的角度，追本溯源，刻畫現代文學典律的系譜。陳應德的考掘拆解了溫任平所建構的典律，替馬華現代詩找到一個新的起點，重新結合了現代詩和新詩原本斷裂的歷史淵源。」[5]

過後的一些論述都提到陳應德否定溫任平的意見，卻很少提到溫任平曾就這個議題寫了一封公開信給陳應德〈與陳應德談「第一首現代詩」〉。在這篇文章裡面，溫任平全面否定了陳應德所提出的幾首詩如滔流的〈保衛華南〉、鐵戈的〈在旗下〉、雷三車的〈鐵船的腳跛了〉、傅尚果的〈夏天〉、威北華的〈石獅子〉作為馬華現代詩起源的可能性。溫任平從詩歌背景、未來派傾向、比喻用法、象徵主義及現代的自覺分別否定了上述幾首詩歌成為馬華第一首現代詩的可能性。我們以為，論述陳應德拆解溫任平的典律建構，必須參照溫氏後來發表的書信論學，否則論述以及分析都不可能完整。

結語

溫任平1963年開始寫詩，至今已超過半個世紀。這50多年

---

[4] 溫任平：〈馬華現代文學的意義和未來發展一個史的回顧與前瞻〉，《憤怒的回顧》（馬華現代文學21周年紀念專冊）（安順：天狼星出版社，1980），頁65。

[5] 張錦忠：〈典律與馬華文學論述〉，江洺輝主編：《馬華文學的新解讀》（八打靈：馬來西亞留臺校友會聯合總會，1999），頁233。

來，他並非只專注於寫詩而已，還挑起推廣傳播和維護馬華現代詩、馬華現代文學的責任。這種明知不可為而為之的作風，體現了儒家君子的精神。馬來西亞華人文化協會於2010年頒發第六屆馬華文化獎（文學），肯定他對馬華現代文學的貢獻。

本文所論述的是溫任平其中三種現代詩的傳播策略。事實上，溫任平在傳播和推廣馬華現代詩的策略還不止這一些，如借助馬來西亞華人文化協會的力量，邀請余光中到吉隆坡主講〈現代詩的新動向〉，以及主辦《全國現代文學會》。

（2018年8月28日修訂）

Ch.9 散文革新與傳播：溫任平與馬華現代散文的傳播

前言

溫任平除了積極推廣和傳播現代主義文學以及馬華現代主義詩，他對現代散文也頗為重視，並認為散文，尤其是現代散文是可以擴展的文類，並坦言「對散文是野心勃勃的。」他不滿意60年代和70年代初馬華散文的表現，認為還有許多可以改進的空間。馬華散文要進步，必須注入現代精神，同時向現代詩汲取養分。在他積極傳播現代詩之餘，他的另一隻手也開始了馬華現代散文的傳播。

溫任平對馬華現代散文的傳播所採取的策略，包括理論的宣達以及作品的詮釋與印證。溫氏對現代散文的傳播可以從他的論文、與溫瑞安的對話錄、文集序文、研討會工作論文等看出其企圖。根據手頭上的資料，溫氏於70年代和80年代發表有關散文的論述如下：

表（1）溫任平在70年代和80年代發表的散文論述

序號	文章	發表日期	發表園地	類型
1	寫在「大馬詩人作品特輯」的前面	1972年8月號	香港《純文學》	特輯序文
2	散文的寫實與寫意	1973年5月號	臺灣《幼獅文藝》	理論
3	論思采的散文集《風向》	1973年9月號	《蕉風》304期	評論
4	對話錄	1977年7月號	《蕉風》	理論

序號	文章	發表日期	發表園地	類型
5	《黃皮膚的月亮》自序	1977年7月號	《黃皮膚的月亮》	理論
6	《黃皮膚的月亮》後記	1977年7月號	《黃皮膚的月亮》	評論
7	馬華現代文的意義和未來發展：一個史的回顧與前瞻	1978年12月	文學研討會	工作論文
8	從楊牧的《年輪》看現代散文的變	1979年2月	文學研討會	工作論文
9	論張樹林的散文風貌	1979年10月	《千里雲和月》序	序文
10	《馬華當代文學選》（總序）	1981年5月16日	《馬華當代文學選》（散文）、《馬華當代文學選》（小說）	文學選總序
11	天為山欺，水求石放——以張曉風、方娥真為例，略論現代散文的重要趨勢	1984年4月15~16日	馬來西亞華人文化協會，霹靂州分會主辦《全國現代文學會議》	工作論文

這11篇文章在內容上可以分為四種，第一種為純粹理論的陳述，如〈散文的寫實與寫意〉、〈對話錄〉，〈自序〉、〈後記〉；第二種為文集序文，乃對個別作者散文的評論，如〈論思采的散文集《風向》〉、〈論張樹林的散文風貌〉；第三種為選集導言，重點在論述馬華散文的各種現象，如〈寫在「大馬詩人作品特輯」的前面〉、《馬華當代文學選》（總序）；第四種為研討會工作論文，如：〈從楊牧的《年輪》看現代散文的變〉、〈馬華現代文的意義和未來發展：一個史的回顧與前瞻〉、〈天為山欺，水求石放——以張曉風、方娥真為例，略論現代散文的

重要趨勢〉。

本文主要探討的是溫任平通過發表現代散文的理論宣傳相關理念，通過散文評論提出對現代散文的技巧要求與表現，通過自己的散文創作印證所提出的理論，最後通過文學選的序文或者總序概述馬華散文的現象、優缺點等等。

一、通過撰寫散文理論，達到傳播現代散文的效果

溫任平的散文理論見於〈散文的寫實與寫意〉與溫瑞安的〈對話錄〉。在〈散文的寫實與寫意〉裡，他首先把散文分為兩大類，即寫實與寫意，並認為這是散文的兩種重要趨向。他列出諸多實例闡述兩者的不同。他認為，寫實的散文是知性的，而寫意的散文卻是感性的。在他看來，「寫意」寫的是情思昇華後的情態，表現為抒情風格。余光中的散文如〈蒲公英的歲月〉、〈九張床〉、〈下游的一日〉等乃是此類散文的代表。

他強調「寫意」的散文除了文字需要基礎的訓練外，還要看作者的才氣及稟賦。一流的寫實高手，可能終身只能寫傳記，寫理論，完全無涉於感性的奔躍。對於寫意的散文作者來說，後天的語文紮基雖然重要，其個人的性情與資稟也有不小的影響。因此他提出寫意散文的知性約束的重要性。他舉馬華散文作者思采為例，說明他的散文其中的一項致命傷是作者本身的無法控馭情感，以致感情氾濫。在思采的散文中，濫情程度嚴重，「猶似洪水之衝潰堤岸，土崩瓦裂，情況已無法收拾，感性是絕對的放縱了，知性是完全被淹沒了。」

溫任平現代散文的傳播也可以從他與溫瑞安的對話錄中看出。〈對話錄〉有三個重點，第一個是散文的定位，接下來是散

文語言，而最後是純散文的問題。首先，他不同意顏元叔把散文列入小說的範疇，只把散文當作一種工具，未予散文以獨立的文類定位。他了解顏氏的分類法乃以西洋文學理論為依據。在西洋文學裡，散文的地位是浮動的，搖晃不定的，在表現上它有時是essay，有時是short stories，由於散文的地位是晃動不定的，所以它並無穩固的地位，它並不能成為文學類型Genre其中的一種。[1]

這是西洋文學中的散文地位，但溫氏認為這種定位法或文學類型劃分法不適合用於中國的散文。他強調「要建立今日中國的理論體系以及今日中國的實際創作趨向與表現，在辨析疏通的方法上我們可以藉自西洋，但我們不是站在希臘、西歐或美國的基點來看中國文學的，我們必須站在中國文學的基礎上進行細密的探究。」溫氏的看法客觀而實際。中西文學的傳統與特質不同，不能用西方的觀點硬套在中國文學上。70年代的臺灣學者有這種傾向，顏元叔就是典型的例子。他也用西方的新批評理論來評論古典詩，引來葉嘉瑩的反駁。溫氏這種散文的基本定位原則比較能夠讓人接受。

溫氏在文中嘗試從歷史的觀點來審察散文地位。從所列的史實中，不難看出，中國散文的確有其理論，並具備創作實踐的印證。在這個基礎上，散文肯定是重要的文學類型，絕對不可與西洋文學中的散文相提並論。郁達夫曾說：「中國古來的文章，一向就以散文為主要的文體，韻文係情滿溢時之偶一發揮，不可多得，不能強求的東西。」[2]由此可見，中國的散文傳統悠久，散

---

[1] 溫任平：〈對話錄〉，《黃皮膚的月亮》（臺北：幼獅文化事業股份公司，1977），頁253。

[2] 郁達夫：〈《中國新文學大系・散文二集》導言〉，《中國現代散文理論》（中國：廣西人民出版社，1984）（第五版），頁441。

文在中國文學中是重要的文類。溫任平重視散文傳統，這個基本立論原則是正確的。中國文學有自己源遠流長的傳統，而散文又是在如此特殊的時代文化背景發展出來的文學樣式，否定散文的傳統意義抑或在論述中國文學時，著重其他文學而忽略散文，無論如何，都不是恰當的做法。

〈對話錄〉的第二個重點是散文的語言問題。這個討論也是因顏元叔的一篇文章〈單向與多向〉引起的。顏氏認為「詩是一種多向語言，散文是一種單向語言。所謂多向語言，指語言的意圖朝多個方向投射出去。所謂單向語言的意圖朝單個方向投射出去。」溫任平認為顏氏的意見具有建設性，而同意顏氏所說的「詩語言與散文語言的差別，只是程度之差，不是類型之差。」

散文語言的討論歷來難得一見，尤其是在70年代。鄭明娳在80年代和90年代出版的三本散文論著都沒有以特別專題方式討論散文的語言與詩歌語言之區別。換言之，有關散文語言的討論頗具開創性。顏氏在論述兩種文類的語言差異時，還畫圖來說明。不過，溫任平覺得顏氏的繪圖有許多缺憾與漏洞。

第三個重點是嘗試予純散文一個定義。純散文的概念由溫瑞安提出，溫氏也提出自己的看法，「知性與感性並不能決定一篇文章能否成為純散文，決定純散文的因素除了要靠它的語言，文字結構的彈性與密度，內容的深度與闊度以外，本質上它應該是寫意的。」這個看法與前面所提的寫意散文呼應，為寫意的散文添加理論的向度。

另一方面，溫任平在馬華文壇推介張愛玲、葉珊、余光中，葉珊的散文也是其傳播的策略之一。在其散文集《黄皮膚的月亮》的〈自序〉裡，他先討論散文沒有位置，再探討散文批評與理論的貧乏，第三部分就介紹了這三位散文家的作品。張愛玲的散文集《流言》文字簡潔，意象適當，內涵豐富，機智，有點玩世不恭，還帶有諷世的意味。葉珊的散文融合了魏晉駢儷的文采與異國情調，同時具有宋朝的美，古典的驚悸，風格獨特，難以模仿。第三位是余光中。余光中在散文創作中對文字的使用達到了很高的層次。他曾在《逍遙遊》後記中說：「我嘗試把中國的文字壓扁、拉長、磨利，把它拆開又拼攏，折來且疊去，為了試驗它的速度、密度和彈性。我的理想是讓中國的文字，在變化各殊的句法中，交響成一個大樂隊，而作家的筆應該一揮百應，如交響樂的指揮杖。」

這種對散文文字的認真，執著與創意，可讓馬華作家知道寫散文不只是「我手寫我口」這麼簡單。過後溫氏介紹了余光中散文的音樂性，句法調配，節奏緊扣，詞性活用等，都舉出適當的例子來說明。

介紹了以上三位散文家的作品，在第四階段他也介紹了鼎足以上三位散文家以外第四位散文家張曉風。他首先簡略說明張愛玲、葉珊和余光中散文的特色，再介紹張曉風那種意圖融合古典與現代於一爐散文帶來的驚喜。在1984年，溫任平在《馬華現代作家會議》提呈論文〈天為山欺，水求石放——以張曉風、方娥真為例，略論現代散文的重要趨勢〉，對比研究臺灣散文作者與馬華散文作者的異同。就他的觀察，張、方兩人的散文，在興味主題，在筆力精神雖然有許多不同，但擺在一起，仍可看出某些共同點。

除了嘗試建設散文的理論，分析臺灣四位散文家的作品特色，溫任平也在為年輕作者的散文集寫序時，再度宣達馬華現代散文的理念，同時舉出很多例子來印證。他曾為多位年輕作者寫序文，如張樹林、傅承得等，並在其中暢談現代散文創作策略、文字應用等，也可以達到傳播的效果。

在現代散文的實際評論方面，他主要通過：〈論思采的散文集《風向》〉、〈從楊牧的《年輪》看現代散文的變〉以及〈天為山欺，水求石放——以張曉風、方娥真為例，略論現代散文的重要趨勢〉這三篇文章來達到傳播的效果。

二、通過散文評論傳播現代散文的質量要求

溫任平的散文評論數量雖然不及現代詩評論，也可從不同的評論中看出溫氏對現代散文的熱愛以及在馬華文壇傳播現代散文的意圖。〈寫在「大馬詩人作品特輯」的前面〉論述馬華文學的狀況、背景、各文類的表現等。談到散文的只有這幾句話。溫氏說「散文的創作尚在摸索的階段，不少所謂的現代散文都洋溢著一股感傷的情調，自怨，自艾，自憐，自瀆，偽裝天真與矯裝失落成了女裝裙的迷死與迷你。更由於散文作者的力圖創新，故意扭曲文字，任意擺佈句法結構（其實是完全不理會結構），結果陷身於修辭學的迷魂陣中不能自拔。」[3]

這兩句話是對70年代馬華散文的概括性批評。第一句的評論在〈論思采的散文集《風向》〉中論述詳細，容後再論。第二句勾勒出他對散文的要求，即散文可以創新，但是在這當中不能任意扭曲文字，不顧語法而任意擺佈句法結構。這個要求其實不高，只是基本的文章要求。

〈論思采的散文集《風向》〉和〈論張樹林的散文風貌〉這兩篇文章頗能反映溫任平的散文觀。溫氏認為，思采在馬華現代

---

[3] 溫任平：《文學觀察》（安順：天狼星出版社，1980），頁66。

散文作者群中，地位特出。思采在散文創作上，顯示他對文字的駕馭可以稱得上穩健，對文字也稟有某種程度的敏感。不過，他也指出，思采的散文其中一項缺點是作者本身理性調控不逮，以致有感情氾濫之嫌。沉溺於感情的抒發是當代散文作者的通病。鄭明娳曾指出這是臺灣現代散文的危機之一：「近四十年來，臺灣的散文創作者大部分沉溺於感性的抒情小品」[4]。從溫氏對思采的評論中，我們可以說溫任平對散文的要求有：（1）文字要穩健；（2）對文字要敏感；（3）抒發感性時必須有理性的調控，以避免感情氾濫。另外，從溫氏給張樹林的建議中，我們也可以看出他對散文的一些基本觀點，即：（1）結構必須嚴謹；（2）感性與知性之間要有適度的調融；（3）在感情奔放之際仍能顧慮到古典的節制與均衡。[5]

在〈論張樹林的散文風貌〉中，溫任平提出了他對好散文的看法。在他看來，「好的散文不一定要寫得穠麗濃烈，雖然穠麗的辭藻，濃烈的字詞也可能造就出好的散文。但是寓濃於淡，負重若輕，也許更需要作者根基紮實的內勁。」[6]這是對好散文語言文字的要求。他認為，張樹林的散文〈河岸〉，運筆閒閒，娓娓道來，整體的效果卻能予人一份突兀的驚訝與想像的升躍，可謂達到了散文的詩境。由此看來，溫氏對好散文的要求之一是詩境的臻至，而達到這種境界的手段不一定是穠麗的語言文字，輕鬆的運筆也同樣有這樣的效果。其實，有一點更加重要的是，作

[4] 鄭明娳：〈臺灣現代散文的危機〉，《現代散文現象論》（臺北：大安出版社，1992），頁83、87、88。

[5] 溫任平：〈論張樹林的散文風貌〉，謝川成編：《馬華文學大系》（評論）（1965~1996）（新山：彩虹出版有限公司，吉隆坡：馬來西亞華文作家協會，2004），頁308~315。

[6] 如上，頁314。

者的情感要真，但不氾濫。不真，扭捏作態予人造作之感，不可取，但是這種情況卻是70年代散文的通病之一。因此，他鼓勵張樹林寫散文的時候，可以通過古典的矜持和古典的約制來避免感情的氾濫。

在〈馬華現代文的意義和未來發展：一個史的回顧與前瞻〉中，溫任平首先批評當時馬華抒情散文多數是「信手拈來的一點感想，一些感喟，寫得成功的是輕鬆活潑，娓娓道來，猶似閒話家常；寫得失敗的則東拉西扯，纏個沒完，簡直像長舌婦貧嘴。」[7]這種批評反映了他的散文觀的一致性。他在之前所論述的寫意的散文，就強調了寫意散文可能出現的毛病。

另外，從他評論魯莽與憂草的散文，我們不難看出他對散文的要求簡單地說包括辭采繽紛的文體、豐富的詞彙、語言與技巧的新穎、內容之深刻與繁富等。

總的來說，溫任平70年代的散文論述主要是在為散文重新歸類以及為純散文定位。在這些嘗試中，加上他對散文作者的評論、選集序言、自己散文集的前言與後記，他提出了不少有關散文的意見與看法。他的分類方法雖然不是前衛的或是最妥善的，卻有一定的引導作用。他的其他論述讓讀者認識散文的藝術技巧。

溫任平80年代的散文觀基本上與70年代的相同。在這十年裡，他只寫了一篇散文評論〈天為山欺，水求石放——以張曉風、方娥真為例，略論現代散文的重要趨勢〉。就他的觀察，張、方「兩人的散文，在興味主題，在筆力精神雖然有許多不

---

[7] 溫任平：〈馬華現代文的意義和未來發展：一個史的回顧與前瞻〉，發表於1978年12月16日及17日馬來西亞華人文化協會假吉隆坡聯邦大酒店舉行的「通過文學，發展文化」文學研討會，後收入於氏著《文學・教育・文化》（安順：天狼星出版社，1986），頁7。

同，但擺在一起，細心閱讀鑑賞，仍可領會出某些重要的共同點。」[8]這是對散文風格的對比研究。

溫氏發現張、方散文的第一個共同點是歷史感與現代感的結合融渾。張曉風的現代散文「一方面洋溢著現代的律動，另一方面又煥發歷史的光彩，古色斑斕。娥真的古典傾向，源自她的『中華孺慕』。」然而，溫卻認為這兩位作家的散文成就「不在於伸向古典，勾起讀者思古幽情，也不在於她們步武前賢，在筆路風格方面仿古得有多神似。她們的成就在於「用現代的語言處理與思維習慣去熔鑄傳統，轉化歷史，賦予作品一種既古典又現代，既風雅又恣肆的二元風貌。」這是風格上的相同點。她們的另一個共同點是在創作散文之際，不忘記向現代詩學習。張曉風的散文借助現代詩的聯想與跳接手法，方娥真則藉用現代詩所擅長的把陳腔濫調拆開與併攏，拆來又疊去。第三個共同點是兩位女性散文家的意象塑造，以及作者的巧思奇想，於藝術的品味上在在能予讀者層樓更上的驚喜。

張、方的散文也有不同的地方。用余光中的話，張曉風是一枝亦秀亦豪的健筆，其散文「有一股勃然不磨的英偉之氣」[9]。溫任平完全同意余光中的說法。比較起來，方娥真走的是婉約柔麗的閨秀路線，任真自然率性。文章結語的一句話概括了張、方散文的風格之異。他說：「張曉風、方娥真散文風格之異，也可以見諸於彼此之述說體制不同，娥真常用獨白、自言自語，將心事剖析，把讀者視為是可以傾訴信任的朋友。她的語言有一種迷

[8] 溫任平：〈天為山欺，水求石放——以張曉風、方娥真為例，略論現代散文的重要趨勢〉，《文學‧教育‧文化》（安順：天狼星出版社，1986），頁76。

[9] 余光中：〈亦秀亦豪的健筆：我看張曉風的散文〉，轉引自溫任平：《文學‧教育‧文化》（安順：天狼星出版社，1986），頁82。

人的詠嘆意味，於起伏跌宕間，襯出少女的情懷與她的感性世界。曉風則善於調融客觀的事實與主觀的想像，把感情的成分投入周遭的人物景象裡。她的愛心與誠懇是她的激情底源頭，但就我的審察，就算曉風最激情的時候她還是有若干理性的抑制的，這與娥真的唯感，顯然迥異。」[10]

這篇論文反映了溫任平對不同風格散文的欣賞。他對兩位作者的古典傾向也多有讚歎，對兩者向現代詩取經也有認同感。總的說來，這個時期的散文觀還是在現代主義影響下的散文觀，與70年代的觀點大致相同，意念則進一步蔓延擴展。

三、通過創作，傳播現代散文的寫作方法

溫任平對現代散文是野心勃勃的，付出不少努力和嘗試，也有一定的成果。他撰寫散文評論，並認為「由於對理論的涉獵，使我能盡量免於因襲別人，使我能進行自我批判。」[11]他的第二本散文集《黃皮膚的月亮》記錄了他蛻變的過程以及所得到的成績。這本散文收入了溫氏49篇散文，1977年在臺灣出版。[12]

楊昇橋在〈現代散文的奇峰——評溫任平的散文〉一文中認為，《黃皮膚的月亮》這本散文集中，至少有9篇散文是可以傳世的。它們是〈散髮飄揚在風中〉、〈死蛇的舌〉、〈一箇全圓〉、〈黃皮膚的月亮〉、〈暗香〉、〈朝笏〉、〈明信片和

---

[10] 溫任平：〈天為山欺，水求石放——以張曉風、方娥真為例，略論現代散文的重要趨勢〉，《文學・教育・文化》（安順：天狼星出版社，1986），頁84。

[11] 溫任平：〈自序〉，《黃皮膚的月亮》（臺北：幼獅文化事業股份有限公司期刊部，1977），頁10。

[12] 如上。

詩〉、〈吉隆坡〉以及〈天問〉。楊氏的觀點自有道理，我們認為，除了所列9篇，還有幾篇可以看出作者的實驗精神以及嘗試多樣化寫作技巧，即〈惜誓〉、〈這是九月〉、〈疲乏的馬〉、〈山的浪漫〉、〈咬傷自己的人〉等。

以上散文可以分為幾種類型。首先，〈暗香〉、〈朝笏〉的語言婉約，富於文字的歧義與伸縮性，嘗試把文字美學化（aestheticized），是宋詞元曲的改裝，屬於陰柔書寫。這種嘗試需要冒極大的藝術風險，是「美的美學」（aesthetics of the beautiful），任何感性充沛的人只要一朗誦這兩篇散文，馬上就感覺到它們的律動與情韻。其中一個原因應該是這兩篇散文特別注重音樂性。從文體特色的角度看，我們認為這兩篇散文古典與現代交融無間，作者使用自己發明的一種古典式的白話，來營造一種特別的語言氛圍（ambience）。例如：

> 我走的時候是秋末，瞬間便是雪花滿地。此間猛陽烈照，一切盡在不言。但不想說，不宜說，不應說的，畢竟說了這許多，是到了不能再說的階段了，卻是欲斷還續，未語先咽。無情抑是有情，眼前就有不少猜測，市井正在流行著一則不利的謠言。眾人說我誤墜狐狸設下的媚邪，不知從那裡弄來一張黃紙塗著硃砂的符咒，一把劍穿在中間，一汪燭火把它燒成黑中泛白、薄皺枯乾的灰色片片，滲入茶中，要我吞服。我的苦笑是不被認可的申辯，萬般無奈，只好拂裾而去，我才踉蹌奔出，大門便在後面砰然闔上，攀牆的幾朵杜鵑花震落地面，仍在顫抖，一身塵垢。[13]

---

[13] 小黑編：《馬華文學大系》（散文二）（1981~1996）（新山：彩虹出版有限公司；吉隆坡：馬來西亞華文作家協會，2002），頁417。

短短的一段文字，作者用了22個四字詞語，若說不是刻意經營，我想沒有人會相信。第一句的「雪花滿地」與第二句的「猛陽烈照」結構相同，都是主謂短語。但是，兩個短語的意思卻是互相對照的。「雪花」對「烈陽」，一冷一熱，對比強烈，矛盾極致。「滿地」空間廣大，「冷」的感覺因此而加強了；「烈照」乃程度的強調，帶出「猛陽」的炙熱。兩個短語的後面部分從不同的角度加深了各自陳述的主語。第四句用了較多四字詞語。首先是由數量詞和一般名詞組成的偏正短語。「一張黃紙」、「一汪燭火」順接第二句的「一則謠言」構成寬式排比句，凝聚語言力量。從「一汪燭火」開始到「要我吞服」，29個漢字中，作者用了六個四字詞語，數量驚人，也是作者的匠心獨運。這些四字詞語結構不同，有偏正結構的「一汪燭火」和「黑中泛白」，有聯合結構的「薄皺枯乾」，有主謂結構的「灰色片片」，有動補結構的「滲入茶中」，最後是兼語短語「要我吞服」。六個詞語就用了五種結構，作者的意圖應該是，他要用連串的四字詞語造成言簡義豐，凝練生動的語言效果。最後一句動感十足，因為作者用了許多動詞短語來陳述。「拂裾而去」、「踉蹌奔出」、「砰然闔上」、「震落在地」和「仍在顫抖」一連五個動詞短語所帶出的效果是戲劇意味濃烈，形象生動。

這樣的動態語言可以說有效地揭示主述者內心澎湃起伏的情緒。換言之，作者乃借用語言的動態暗示因為矛盾而造成內在感情，形式與內容因此而融合無間。「我的苦笑」與「一身塵垢」前後呼應，前者是主述者因多種矛盾而反映在臉上的表情，後者形容象徵主述者的杜鵑花，本體喻體遭遇相同，加強表達的繁複性。

除此之外，本篇散文裡所用到的典故詞語如「金鳳」、「樓閣」、「古印」、「銅爐香」等使到文章散發著古典的芬芳。

〈暗香〉、〈朝笏〉處理的「散居在世界各地千千萬萬『有夫之婦』的心聲」，是個偉大的主題，也「為世世代代孺慕中華文化源頭卻不得不居外的『精神浪人』做了歷史的見證。」處理這些大主題，作者融合了傳統散文的典雅、細緻、多義、莊嚴以及現代化的技巧如音樂性、意識流、象徵性、文字的稠密與彈性等。我們可以肯定地說，這兩篇散文在傳播現代散文的特質、技巧方面是成功的。雖然文章裡用到不少典故詞語，但是在風格上，還不是古典主義或者新古典主義。整體而言，這兩篇散文的現代傾向頗為濃厚，尤其是在語言的提煉上，結構的建構上，基本上有抒情浪漫的取向，又不失現代的嚴謹，同時，許多句法因句生句，自然剪裁，頗為即興。類似這樣的寫法，無疑為馬華現代散文提供了參考的作用。

〈天問〉和〈惜誓〉是另一種類型，用的是「古典式白話」，情境是屈原的。作者帶入屈原，其實寫的是自己的孤憤，孤臣孽子的心境。〈天問〉全篇用的是修辭問句（rhetorical questions），一個問句接著一個問句，全篇共32個問句，沒有分段，一方面造成文字的氣勢，也同時為讀者帶來閱讀時的急迫的感覺。所涉及的內容可謂包羅萬象，理想、現實和困境都是沒有辦法回答的設問。例如：

> 抬望眼，仰天長嘯，回應你的是一屋簌簌落地的灰塵，你如何不在乎下去？呼嘯狼嚎馬嘶猿啼梟哭，你如何掩耳下去？將在兵不在，劍在人不在，你如何江湖下去？妻無辜，子稚嫩。一個是款款情深把你護，一個是牙牙學語逗你喜，你啊你，你如何壯烈下去？

像這樣的問句安排，顯然是作者刻意為之的，目的是為了營造一種緊湊的效果。

仔細閱讀，我們發現，〈天問〉有不少句子引錄了古代篇章的問句，例如第二個問句的「田園將蕪」，第五句的「有朋自遠方來」、「不亦樂乎」，第九句的「前不見古人」，第十句的「抬望眼，仰天長嘯」，第十四句的「孔曰成仁，孟曰取義」，第二十四句的「田園將蕪」，第二十六句的「十年生死兩茫茫」，第二十九句的「這不是垓下，這不是烏江」。有些問句還引用元曲的造句法如「妻無辜，子稚嫩。一個是款款情深把你護，一個是牙牙學語逗你喜，你啊你，你如何壯烈下去？」這些語句進入散文的問句當中並無不妥，反而令人感到有點熟悉。

〈散髮飄揚在風中〉自成一格，是散文集裡一篇頗為重要的文章。就文體而言，它可以是詩，也可以是散文，楊昇橋稱之為散文詩。換言之，作者企圖打破文類的界限，這是大膽的嘗試，是現代主義試驗精神的體現。溫任平在給《蕉風》的信裡說：「這篇散文，我企圖用的是詩意的結構，整篇就像是一首長詩……」這個企圖使我們想起王文興的論調：「想要振興今天的散文文字，唯有向詩學習。詩是文字中的貴族，我們的散文太需要尊貴的血質了。」[14]所以，到底要把這篇文章看成詩還是散文呢？其主要的關鍵是作者所說的「詩意的結構」。

什麼是「詩意的結構」？我們的看法是，文章的句子如果邏輯關係清楚，又有連接詞連接起來，語意明確清楚，這是散文的結構。如果文章中句子每一句都獨立存在，與上下句似乎談不上關係，我們只能體會句子與句子之間的微妙關係，那麼這樣的結

---

[14] 王文興：〈新刻的石像序〉，《新刻的石像》（臺北：仙人掌出版社，1968），頁20。

構是詩意的結構。

〈散髮飄揚在風中〉裡的句子，大部分可以歸類為開合句法，亦即修辭學裡的periodic sentence。這種句子最大的特色是句子末端出現懸疑（emphatic climax），能夠有效地勾起讀者閱讀的興趣。例如：

> 物質填不滿，精神缺乏來源。史特拉文斯基（Igor Stravinsky）柏恩斯坦（Leonard Berstein）的交響樂底諸般樂器中並沒有古筝琵琶；齊如山梅蘭芳的藝術是一種追逐漸趨向沉寂的古典；趙無極莊潔的構圖看不到多少東方。在夜的黑色愈來愈肥膩的時辰，你清醒地燃燒著自我且敲擊鎚煉詩；你瀟灑的吟詠，在那些把電唱機開得大大聲的人的心目中：是病態的。[15]

這段文字中句子表面看起來似乎互不相干，各自為政，借用賴瑞和的話，「是一扇獨立的門，有節奏地一開一合」，完全看不出任何邏輯的聯繫，都是獨立自足的句子，猶如現代詩的句子，行與行之間有著內在的聯繫，整體來看像是一首長詩，句子一開一盒地交互出現，最後一句以「是病態的」作結，懸疑感頓生。每一個句子都隱藏著什麼，一開，你還沒看清楚，就合起來了，增添了不少神祕感。

從技巧而言，〈散髮飄揚在風中〉用到了戲劇性獨白（Dramatic Monologue）。文中的「你」其實就是敘述者本人，形成文中主角心靈的分裂，用精神分析學的述語，這是良心與良心的對話。

---

[15] 溫任平：〈散髮飄揚在風中〉，《黃皮膚的月亮》（臺北：幼獅文化事業股份有限公司期刊部，1977），頁42。

戲劇理論告訴我們，「獨白」是劇中人物要向觀眾說出心中的祕密，舞臺上沒有別的人物，只有主角自己而已。例如莎士比亞《哈姆雷特》裡面就好幾個獨白，揭露了哈姆雷特的內心世界，他的矛盾，他的顧慮以及心中的焦慮。戲劇性則是戲劇重要的元素，基本上要有兩個人，才能形成戲劇情境，才有互動，才會出現戲劇性。現在把這兩個詞語放在一起，讓我們了解到，文章裡面看起來像是兩個人在對話，頗有戲劇感，卻發現是良心與良心的對話而已，但又像是獨白。這是作者高明的地方。從這個角度看，這篇散文的確用到了戲劇技巧，而且加以活用，在70年代的馬華文壇，這種寫法甚具開拓性，也有示範作用。

就意象而言，「散髮」是主要的意象，具有象徵的作用。這個意象已經提升到了原始祭禮的可以用來躲避「黑色怪鳥的撕扯吞噬」以及「挑動情慾的小調」。例如：

> 只有你仍活著，散髮如雲，在全無血色的庭院三聲呼嘯，你異國的聲浪淒厲如山魈夜哭，足以撼動萬里外黃土下悲憤的屈夫子底陰魂。冉冉升起，葉落無盡，滿眼是幽冷的意象。

這段文字帶出的氛圍有點陰森，有點恐怖，使到通篇散文籠罩在幽冷陰森的感覺裡。「散髮」具有象徵作用。我們不禁要問，文中的「你」為何要留長髮？只是「因為這便是唯一的自由。」這裡所謂的自由又是什麼？如果說「散髮」象徵一種堅持的態度，一種非宗教式的信仰，那麼，「散髮」與鬥牛者的髮辮有異曲同工的作用。後者保留髮辮是為了回憶已經失去的尊嚴和勝利，前者則是為了自由同時能夠躲避「黑色怪鳥的撕扯吞噬」

和「挑動情慾的小調」的飾物。

〈散髮飄揚在風中〉也用到了現代主義文學常用的方法，也就是消滅個性，達到大我或者無我的境界。文章中的「你」不再是小小的個體，他是現代人的代言人，敘述者說出或者描述的是大我的遭遇，大我的實況。如是言之，文中敘述者與其靈魂進行了多次的戲劇性對白，透露的是現代人的精神問題，如：「就是這樣，這樣無聊和失落，而它們的形式主要是因為20世紀的肚皮已然朝天、朝向穹蒼，而精神的高塔已轟然崩落。」[16]讀到這裡，才發現本文描述的其中一個重點居然是現代人受到文明的侵襲，最後才知道這個高塔不能用了。

另一篇散文是〈一箇全圓〉，內容是關於作者的婚禮，因此特別注重音樂性，使到整篇散文的抑揚頓挫構成了一首結婚進行曲。例如：

> 樂聲四起，我走進廳堂，你挽著我的右臂。我耀眼的皮鞋踩著光滑的方方底磚塊，我走在一條我從來未走過的路上。樂聲四起，迎我以弦的密聚，迎我以一座大風琴的鳴奏，迎我以管笛的奔竄，而你挽著我的右臂，你的柔荑般的小手透過白色的手套把溫暖牽掛在我的臂膀。

楊昇橋認為這篇散文「不僅要用眼睛去看，也須用耳朵去聽。」楊氏的建議有道理。〈一箇全圓〉寫的是婚禮，內涵、字質、音樂性都具有特色。「樂聲四起」的重複，猶如樂章主模題的複現，整段的音色設計以兩組韻腳組成。第一組是「i、ü」，

[16] 如註15，頁44。

第二組是「an，ang」。第一句的「起」、「臂」，第二句的「起」、「聚」、「臂」幾乎連續押韻或者隔句押韻。另外，第一句的「堂」、「磚」、「上」，先隔句押韻，後來連續押韻。第二句的「眼」和「磚」；第三句的「管」和「竄」、「挽」、「暖」、「牽」和「膀」都隔句押韻。兩組押韻的字構成聲音之交錯，類似一首交響曲。

整體而言，這篇散文讀起來讓人感覺圓滿幸福，是溫任平散文中，最具試驗精神，也最富有音樂性的一篇。「樂聲四起」四次復用，主模題貫穿全篇，加上通篇文章重複運用的句子交織互錯，一首文字交響樂就這樣完成。

以下引錄作者對這篇散文的期許作為本節散文討論的結束：

> 〈一箇全圓〉是我在散文試驗中，最富音樂性的一篇。它寫成於我婚後的蜜月時期，所以文中有「我和妳將組織聯合政府，而我們的政府沒有辯爭沒有競選。」通篇文章往返重複運用的句子交織互錯成一首交響詩（symphonic poem），而它的主模題（motif）是一連復用四次的一句「樂聲四起」。

為了推廣和傳播現代主義散文，溫任平刻意地運用了現代主義的常用技巧來撰寫散文。例如，《黃皮膚的月亮》第二輯中〈疲乏的馬〉使用的是現代小說慣用的技巧意識流。整篇所寫無非是女孩子內心的思維，也就是她當時的意識之流動。這裡所運用的意識流比較簡單，時空跳躍也不是很明顯，讀起來比較容易明白。重要的是，作者的示現寫法是為了說明一點，散文可以向現代小說借鏡，亦即作者可以運用意識流來寫散文。

另外一篇也是嘗試用現代小說手法來寫的。〈這是九月〉使用了象徵手法。「這是九月」這四個字幾乎在每一段都出現，有時在第一句，有時在段落中間。細讀這篇散文，不難發現「九月」並不是實指，應該是一個象徵。以下幾句：「這些老店引起我的注意，因為它們是那麼緩慢陰森地走過我。每間老店都大張著口等著我走進去，我沒有走進去，它們細細地觀察著我，在我的左右斜睇著我，在我的前面窺伺著我。」[17]

這裡面所提到兩條街看起來都不是什麼實景，只是作者想像的起點，並用這條街里店鋪、街景等作為象徵，以讓他在散文中使用象徵手法。文章裡所描述的柏油路上的窟窿，軍用卡車的出現和經過，店鋪「緩慢陰森地走過我」，讓人感覺不舒服，那是亂夢顛倒的氛圍，帶點神經質。這是象徵手法的使用。

寫散文也可以用電影技巧。溫任平曾經撰寫過〈電影技巧在中國現代詩的運用〉，對電影技巧早有認識。這種技巧其實也可以用在散文，散文集中的〈山的浪漫〉就是典型的例子。這篇散文主要是藉電影技巧裡的聲形轉位，文字實驗的精神則不明顯。散文一開始便是對話：「就是這一座山嗎？」接著描寫了巴士上山的情況，再來又有對話：「這座山很高嗎？」「我也不了解這座山。以前我沒有來過。」話一說完，鏡頭轉到爬山的一群人，接下來又是對話：「我們是在山中了吧？『我想是的。』」再下來，鏡頭就轉到文中的對決，文章裡提到，主角正踏著一塊浮木走過一處泥窪，背景是「祕密的樹叢，有刺的野草，交錯的枝椏。」這種嘗試是散文技巧的突破。溫任平在70年完成了〈電影技巧在中國現代詩的運用〉，對電影技巧頗為熟悉，並用於散文

---

[17] 溫任平：〈這是九月〉，《黃皮膚的月亮》（臺北：幼獅文化事業股份有限公司期刊部，1977），頁117。

的寫作，帶來了驚喜。溫任平《黃皮膚的月亮》散文集裡還有多篇散文極具特色。例如，〈吉隆坡〉、〈會館〉、〈當鋪〉，她嘗試考驗中文字的可塑性，把微言大義融入散文中，而在〈好學生〉裡，他卻注入了諷喻與調侃，傾向犬儒。

總而言之，溫任平通過創作來傳播現代散文的寫作技巧盡了很大的努力。各組各篇的散文，各具特色，整體展現了多樣化的技巧，對70年代的馬華文壇應該是一個很大的刺激。當時的散文，平鋪直敘，四平八穩，過於寫實，疏於寫意。溫任平意欲展現某種示範，刺激當年現實主義主導的馬華文壇，他的目的可以說達到了。馬華文壇沒有任何一位現代作家有這麼大的氣魄和使命感，為現代散文投入如此大的精神。

結語

溫任平對馬華現代散文傳播的努力是有目共睹的。他嘗試建構現代散文的理論可謂用心良苦，以創作實踐來印證，和展現現代散文多元的創作技巧更突出了他散文創作的高度及優異表現。

《黃皮膚的月亮》這本散文集裡，超過三分之二的篇幅展現某種悲情，一種面對異質文化、現實環境引發的內心不平，輾轉不安，加上蝸居斗室苦讀的孤絕感。從這些篇章當中，我們看到對作者而言，讀書是一種煎熬，不是享受。通過讀書，他的文學觀念在蛻變，變型，矛盾的是，讀書，對他的心靈折磨也很大。

為了加強現實生活的不足，精神的不安，作者在很多篇散文中引用了文學家如Henri Heine、James Joyce、余光中、張愛玲、海明威、艾略特、田納西・威廉、佛洛斯特等的詞句，史特拉文斯基、柏恩斯坦的交響樂，齊如山、梅蘭芳等的藝術，Andre Gide

攝人心魄的話，哲學家桑塔耶那、黑格爾的哲學洞見等等。這裡面所引的詞句，可謂動員了知識的力量，同時也加強了文章的思想性。像這類平衡抒情和知識的散文，可以歸納為抒情與述志，是溫任平散文的一大特色。

（2018年8月28日修訂）

後記

文學傳播媒介包括書局、文人、文學團體、文學雜志和報章。本書研究的是馬華現代主義文學的傳播，並以雜誌、文學團體和文人為例，論述這幾個媒介在馬華現代主義文學發展的過程中，所扮演的角色及其貢獻。書局不在論述的範圍，原因是本地的書局從50年代至今慘澹經營，沒有販賣多少文學書籍，現代文學書籍更難得一見。70年代末到80年代，首都的金河廣場有一間書局，還可以買到一些臺灣現代文學作品。我在1979年7月開始在馬來亞大學就讀，週末都常到這所書局逛，也買到一些自己喜歡的書，如張漢良、蕭蕭編的《現代詩導讀》等。吉隆坡還有其他書局，都很少售賣現代主義文學作品。由此可見，書局在馬華現代主義文學傳播方面，並沒有扮演積極的角色。

報章雖然對馬華文學的發展與推動影響很大，然而對馬華現代主義文學的影響而言，也只是在60年代初那兩年而已，所以也未被列入專章討論。當然，報章文學副刊也有一定的貢獻，我選擇在〈馬華現代主義文學發展〉這一篇文章討論《南洋商報》文學副刊對馬華現代主義文學傳播的影響。由於體例關係，文章並未收錄在本書。

除去書局與報章，我的論述對象只剩下文學雜誌《蕉風》、文學團體天狼星詩社以及文人。《蕉風》是馬華現代主義文學的堡壘，刊登最多現代文學作品，並在牧羚奴的策劃下，出版了多種專號、專輯和專題，推動了馬華現代主義文學的發展和傳播，也栽培了不少新秀。很多有成就的馬華現代文學作者早期都是在

《蕉風》發表文章，逐漸成長的。《蕉風》的論述方面，由於某種原因，我只選擇了《蕉風》在50年代、60年代以及70年後陳瑞獻時期的論述，雖有不足，論述範圍也頗為廣泛。

天狼星詩社與馬華現代主義文學關係密切。自始至終它都是以維護和推廣傳播馬華現代主義文學為己任。從它的活動到所出版的詩集、散文集和選集，都可以看出其所自覺承擔的使命。葉嘯甚至指出馬華現代詩的發展到了70年代就進入了天狼星時期。本書論述了天狼星詩社於70年代和80年代在推廣和傳播現代主義文學方面所作的努力以及所扮演的角色。

文人方面，我選擇了白垚、牧羚奴（陳瑞獻）以及溫任平。白垚在50年代就推動反叛文學，後來積極引介現代主義文學，本身也創作和發表現代詩，為現代主義文學奠下基礎。牧羚奴在大學時期主修現代文學，又從事現代詩和小說創作，1968年加入《蕉風》編輯陣容，採取多樣化的策略，促進馬華現代主義文學的傳播。尤其是翻譯西方現代文學方面，他本身翻譯了不少重要的作品，也找到一批人與他一起從事譯介西方現代文學的工作，對馬華現代主義文學的傳播影響深遠。溫任平在70年代初崛起，撰寫現代詩、散文和文學評論。他從理論建構與創作實踐積極推廣馬華現代文學，策劃主編和出版《大馬詩選》、《馬華文學》和《馬華當代文學選》，並成立天狼星詩社，栽培文學新秀，對馬華現代文學的傳播可謂情有獨鍾和不遺餘力。這三位作家在不同的時期對馬華現代主義文學的傳播各有影響，因此值得專章討論。

白垚和牧羚奴的現代文學傳播所依附的場地是《蕉風》，因此，在這兩方面的論述中，有些資料重複出現在所難免，唯從《蕉風》的角度看，以及從白垚或者牧羚奴的角度看，論述的側面並不相同。同樣的，天狼星詩社與溫任平的論述也有類似的情況。

感謝溫任平老師、謝永新教授、王潤華教授和李瑞騰教授在百忙中為本書寫序。

是為記。

（2019年9月29日）

語言文學類　PG2237　文學視界109

馬華現代主義文學的傳播（1959~1989）

作　　者／謝川成
責任編輯／徐佑驊
圖文排版／楊家齊
封面設計／劉肇昇

發 行 人／宋政坤
法律顧問／毛國樑　律師
出版發行／秀威資訊科技股份有限公司
114台北市內湖區瑞光路76巷65號1樓
電話：+886-2-2796-3638　傳真：+886-2-2796-1377
http://www.showwe.com.tw
劃撥帳號／19563868　戶名：秀威資訊科技股份有限公司
讀者服務信箱：service@showwe.com.tw
展售門市／國家書店（松江門市）
104台北市中山區松江路209號1樓
電話：+886-2-2518-0207　傳真：+886-2-2518-0778
網路訂購／秀威網路書店：https://store.showwe.tw
國家網路書店：https://www.govbooks.com.tw

2019年12月　BOD一版
定價：320元

國家圖書館出版品預行編目

馬華現代主義文學的傳播(1959～1989) / 謝川成著
-- 一版. -- 臺北市 : 秀威資訊科技, 2019.12
面；　公分. -- (語言文學類；PG2237)(文學視界；109)
BOD版
ISBN 978-986-326-763-8(平裝)

1. 馬來文學 2. 文學史 3. 學術傳播

868.7　　108019647

讀者回函卡

感謝您購買本書，為提升服務品質，請填妥以下資料，將讀者回函卡直接寄回或傳真本公司，收到您的寶貴意見後，我們會收藏記錄及檢討，謝謝！
如您需要了解本公司最新出版書目、購書優惠或企劃活動，歡迎您上網查詢或下載相關資料：http:// www.showwe.com.tw

您購買的書名：________________________________

出生日期：________年________月________日

學歷：□高中（含）以下　□大專　□研究所（含）以上

職業：□製造業　□金融業　□資訊業　□軍警　□傳播業　□自由業
　　　□服務業　□公務員　□教職　□學生　□家管　□其它_____

購書地點：□網路書店　□實體書店　□書展　□郵購　□贈閱　□其他

您從何得知本書的消息？
□網路書店　□實體書店　□網路搜尋　□電子報　□書訊　□雜誌
□傳播媒體　□親友推薦　□網站推薦　□部落格　□其他__________

您對本書的評價：（請填代號　1.非常滿意　2.滿意　3.尚可　4.再改進）
封面設計____　版面編排____　內容____　文／譯筆____　價格____

讀完書後您覺得：
□很有收穫　□有收穫　□收穫不多　□沒收穫

對我們的建議：________________________________

____

____

____

請貼
郵票

11466
台北市內湖區瑞光路 76 巷 65 號 1 樓
秀威資訊科技股份有限公司 收
BOD 數位出版事業部

（請沿線對折寄回，謝謝！）

姓　　名：＿＿＿＿＿＿＿＿　年齡：＿＿＿＿　性別：□女　□男

郵遞區號：□□□□□

地　　址：＿＿＿＿＿＿＿＿＿＿＿＿＿＿＿＿

聯絡電話：(日)＿＿＿＿＿＿＿＿＿＿(夜)＿＿＿＿＿＿＿＿＿＿

E-mail：＿＿＿＿＿＿＿＿＿＿＿＿＿＿＿＿